Heróis sem glória

ANTÓNIO M. NETO GUERREIRO

HERÓIS SEM GLÓRIA

Segunda edição revista

Espaço Editorial

São Paulo – 2010

Diagramação da segunda edição:
Tarlei E. de Oliveira

Revisão da primeira edição
Mário Rocha

Ilustração de capa
Gentileza de
Mário Rocha

Dados Internacionais de Catalogação na Publicação

Guerreiro, António Manual Neto
Heróis sem glória. António Manual Neto Guerreiro. Segunda edição revista. São Paulo : Espaço Editorial, 2010.

16 x 23 cm. 259 p.
ISBN 978-85-903392-3-6

1. Literatura brasileira 2. Romance. I. Título

CDD B869.3

netoguerreiro@superig.com.br

Espaço Editorial
Rua Pintassilgo, 457 – Moema
Cep 04514-032 – São Paulo – SP
Fone: (11) 5543-7099

Impresso no Brasil
Inverno de 2010

Dedicatória

Este modesto e singelo trabalho, quero oferecê-lo a todos imigrantes e aos meus companheiros Elistas.

Prefácio

Não tivesse eu razões para escrever estas poucas páginas, aflorar-me-iam agora dezenas delas. Digo dezenas para não dizer centenas ou quiçá milhares, ao exagero tendente de mostrar ou externar estes sentimentos silenciados durante 'longos e tristes anos, comigo carregados e encubados. Mas, finalmente, vejo concluso este trabalho, em condições razoáveis e intelectualmente viáveis, para ser submetido ao juizo do público, que é finalmente o melhor e mais eficaz juiz de todas as causas.

Na elaboração deste trabalho, excluindo alguns fatos históricos e os personagens que vivenciaram estes mesmos fatos, os outros personagens do romance todos são pura ficção, e, se nos nomes nele contidos, alguma semelhança houver com pessoas da vida real, é mera e pura coincidência. Diga-se também à guisa de esclarecimento, não haver nesta obra intenção alguma, de denegrir esta ou aquela etnia, este ou aquele país, esta ou aquela raça. Há isto sim, a intenção de ser o mais fiei possível aos fatores sociais e antropológicos, por nós observados e concomitantemente estudados desde longos anos, até a hora em que nos propusemos escrever a presente obra.

Neste romance, vários, 'sombrios e tristes enfoques, devem ser considerados.

O principal e mais importante deles é demonstrar ao público como é triste para aquele que imigra, deixar a sua terra natal, a sua família, seus amigos, seus usos e costumes, enfim, a sua pátria querida, e partir para uma terra distante, desconhecida, e porque não dizer – às vezes até inóspita – para se inserir em usos e costumes diversos daqueles a que desde criança se habituara. Quantas e quantas lágrimas vertidas, quantas saudades e tristezas são curtidas no fundo de uma cama mal arrumada e puída, num quarto de cómodos fedorento e sujo. Quantas vezes na divagação destes sentimentos, não rola uma lágrima sofrida no travesseiro mal cheiroso, tudo isto em busca de ilusões ou quimeras por vezes mal sucedidas. E depois de tantos sofrimentos e amarguras, é achincalhado, escarnecido e humilhado pela turba mal dizente. Lembro-me que nas décadas de 50 e 60 alguns pseudo-artistas também chamados de "humoristas", viivam quase exclusivamente de anedotas, chacotas e zombarias dos portugueses. Havia até um programa de rádio exclusivo para este fim. Em certa altura o humorismo nacional teve como suporte principal a ridicularização, a gozação, o achincalhamento do português e do baiano. Tanto isto é verdade que foi apresentado um projeto de lei ao Congresso Nacional, por alguns deputados oriundos de famílias portuguesas, visando acabar com as anedotas jocosas levadas ao ar nas rádios e nas televisões.

De outro lado, também tem esta obra o enfoque de denunciar a interferência do Estado na vida do cidadão comum, quer nas suas liberdades democráticas, quer nas liberdades econõmicas. As lutas pelos direitos humanos têm deixado no seu rastro milhões de vidas, ao longo da história da humanidade. E têm sido os povos do terceiro mundo que ultimamente mais sofreram com este flagelo.

O homem ao se organizar em sociedade, forma o Estado. Todavia, este mesmo Estado, que deveria ter como objetivo primacial o bem estar do cidadão a ele alienado, é pelo contrário, o seu maior verdugo, o seu maior carrasco e o seu maior algoz, não obstante as elites oligárquicas proclamarem e se arvorarem em defensores da pátria e logo da nacionalidade.

ANTONIO M. NETO GUERREIRO

I

Desde criança, mantinha uma espécie de alienação mental de emigrar. Seu pai viajara para França e por lá ficara vários anos, regressando à Pátria de mãos abanando. De tudo quanto conseguira trazer para a família, poder-se-iam destacar uma bicicleta, um gramofone, uma máquina fotográfica, algumas roupas um pouco melhores que as usadas na terra e uma carteira cheia de francos franceses e marcos alemães sem nenhum valor. Assim mesmo, vendo o exemplo do próprio pai, embalava-o aquele desejo, aquela ilusão de conhecer novas terras, novas pessoas, enfim, novos horizontes. A xenomania não o abandonava.

Aquela obstinação ainda se tornou maior quando, numa quarta-feira de cinzas, se deslocara a uma pequena aldeia onde todos os anos se realizava uma paródia de carnaval. Lá encontrou o Chico das Sinas. Seu nome era Francisco de Sá, obeso, de uns cinquenta anos presumíveis, e percorria toda a província do Algarve vendendo, nos mercados e feiras, quinquilharias como almanaques, sinas, profecias, alfinetes e outras miudezas. O Chico das Sinas – como o conheciam – era natural de Olhão, vila piscatória muito afamada pelas suas fábricas de conservas de peixe e pelo seu clube de futebol, o Olhanense, e tinha no Chico o seu mais degradante embaixador, pois o diabo do homem gostava de rapazinhos de doze a dezesseis anos.

Fernando Guedes e seu inseparável amigo Germinal iam andando por entre a multidão, quando o velho Chico os abordou com aquele seu jeito lascivo:

– Ai, meninos! Não querem tirar a sina? Aproveitem, hoje eu faço de graça ...

– Oh, tio Chico, de graça até injeção ...

– Então aproveitem.

– Onde estão as sinas? – interrogaram os dois rapazes.

– Aqui nesta caixinha! Feche os olhos e tire só uma dizia o velho enquanto passava a sua mão pela de Fernando, acariciando-a.

– Ó tio Chico, que é isso, homem?!

– Ora, é para você acertar melhor...

– Tá bom! Aqui está: vejamos o que diz.

Era uma sina que se referia às pessoas nascidas no signo de Capricórnio.

– Qual é o seu signo? – indagou o velho das sinas.

– É Capricórnio – respondeu ingenuamente o rapazola.

– Olha, deu certo, esta sina também é de Capricórnio ...

O papelucho descrevia com todos os efes e erres a vida futura das pessoas nascidas naquele signo, entre 23 de dezembro e 22 de janeiro. O décimo signo zodiacal é simbolizado por uma cabra que, por sua vez, trepa nas brenhas mais inacessíveis, simbolizando assim a marcha do Sol, fazendo com que os dias aumentem de grandeza. Exprime no mundo divino o castigo do orgulho, carrega em seu bojo, o emblema da servidão material, gerando a independência e tendência ao isolamento e à obstinação. Depois, a sina falava de uma grande viagem e o regresso triunfal com uma grande fortuna.

Fernando não compreendera bem aquelas palavras da sina. O velho ainda tentou explicá-las mais detalhadamente, mas assim mesmo, não conseguiu fazer com que o rapaz as entendesse totalmente.

De regresso à sua vila,[1] passara em frente aos moinhos do José

1. Vila em Portugal é uma povoação de população inferior à de uma cidade.

Elias. Afigura-se-lhe ver naqueles dois moinhos, com suas velas zumbindo e rodando como se fossem hélices dum grande avião que o levaria na sua colossal aventura à terra da promissão, como ainda há pouco lhe prognosticara a sina. Andou mais uns quatro quilômetros a pé, até chegar a casa e, quanto mais se aproximava, mais nítida lhe parecia esta visão.

Ficara-lhe o resíduo daquele sonho acomodado no fundo da sua alma. Cada hora, cada dia, cada ano que passava, mais profundamente este pensamento se enraizava no seu íntimo. Às vezes deitava-se e, com os olhos muito abertos, pregados no teto, ficava horas e horas a fio, sonhando. Sonhava que tinha saído de casa e, nestas horas de devaneio entre ninfas e serafins, via-se muito rico e poderoso, chegando à terra, cercado pelos conterrâneos, que, incrédulos, lhe perguntavam como tinha conseguido angariar tamanha fortuna. Então, cheio de ufanismo e jactância, iniciava uma retrospectiva de suas andanças pelo mundo afora, os sacrifícios e as lutas que enfrentara, onde vira a morte a seus pés, enfim, os perigos ultrapassados, quando, em feitos heróicos e gloriosos, tinha saído das situações mais indescritíveis. Perseguia-o, pois, esta idéia fixa de emigrar. Estava agora com dezenove anos.

Seu amigo Germinal da Silveira recebera dos parentes que estavam no Brasil uma carta de chamada, para vir a Terras de Santa Cruz. Germinal morava com a mãe, nada o prendia a Portugal. Os parentes insistiram para que viesse. Ele e a mãe não pensaram duas vezes. Arrumaram os seus pertences e partiram.

Havia uma promessa do amigo, de mandá-lo chamar assim que conseguisse galgar posição ... Contudo o tempo passara e nada! De outro lado, era verdade que se aproximava a hora do dever cívico de servir o glorioso Exército nacional. Uma vez que os outros atos cívicos estavam cerceados pela ditadura salazarista, ao menos servir a Pátria, engajando-se em qualquer das três armas, era um dever que jamais poderia deixar de prestar. Faria o serviço militar e depois, aí, sim! Depois, emigraria com a consciência do dever cumprido.

Haviam decorridos alguns anos que o amigo Germinal tinha partido para o Brasil. Os primos Silveiras, vendo o esforço do rapaz, cederam-lhe uma parte societária nos negócios. Assim, em pouco tempo, Germinal tinha granjeado no Brasil uma posição invejável. D. Júlia, sua mãe, não gozava de boa saúde, sempre muito pálida, sofria de uma doença ruim, tinha inclusivè ficado sem um seio numa intervenção cirúrgica e, de quando em quando, permanecia acamada. Sempre encarecia ao filho para não se esquecer do amigo Fernando, e que o ajudasse na medida do possível.

A Europa ainda estava envolta em chamas por causa da Guerra. Portugal via-se a braços com inúmeras dificuldades. Então, Fernando, depois de servir a Pátria, resolveu pedir ao amigo se lhe conseguiria uma carta de chamada para vir para o Brasil.

Germinal respondera que a situação em Terras de Santa Cruz também não era boa, uma vez que o país se encontrava em guerra contra as potências do Eixo, mas em todo caso, iria "ver o que se poderia fazer".

Neste ínterim, Fernando resolveu casar, pois era certo que o seu namoro com Leonor já durava bastante tempo, e os comentários na Vila, um pouco mordazes, fizeram com que os namorados chegassem à conclusão que o melhor seria casarem. Entretanto, cinco meses após o casamento, eis que chega a tão almejada carta de chamada para Fernando emigrar. O momento fora inoportuno, todavia o seu grande sonho de emigrar estava ali. Ou era agora ou nunca mais!

Aconselhou-se com o sogro, com toda a sua família, enfim, com os amigos. Então, em decorrência do casamento, via-se frustrado por não poder realizar as suas fantasias da profecia daquela friorenta quarta-feira de cinzas.

Todas estas conjunturas o deixavam embasbacado, sem saber qual o rumo certo que deveria tomar e qual seria o seu futuro se ali se deixasse ficar. Trabalhando como ferreiro, no máximo ganharia para sustentar a mulher e o filho, já no ventre desta. De outro lado, a esposa não queria que ele emigrasse. Ficava portanto entre a cruz e a caldeirinha, sem saber o que fazer.

Um dia, tomou uma resolução! Estava escrito, tinha de emigrar! Contra a força não há resistência, não conseguia mais trabalhar direito, andava pesaroso e triste. Resolveu fazer uma experiência. Emigraria. Se desse certo, muito bem; se não desse, voltaria para a terra novamente...

* * *

Partiu, deixou a mulher grávida de seis meses e veio para onde estava Germinal! Niterói! Empregou-se em Neves, na Covibra, como encaixotador de vidros. Depois de alguns meses foi promovido a cortador, pelo esforço, zelo e comportamento exemplar de trabalho.

Logo depois nascera o filho. A mulher, sozinha lá em Portugal, clamava pela sua presença, ou então que a mandasse vir para o Brasil. Assim separados é que não dava para continuar. Das duas, uma! Ou ela vinha para Niterói ou ele voltava para Portugal.

Mas a situação pecuniária de Fernando não estava lá essas coisas... O salário, muito baixo, não dava para mandar vir a esposa; e, para ele, voltar para a terra com uma mão atrás, outra à frente, tornava-se um tanto vexatório, pois costumava dizer-se que quem assim procedia eram aqueles que não queriam trabalhar. E Fernando sempre fora um rapaz trabalhador, não devia desde logo ser confundido com um vagabundo. Assim se mantinha este impasse. Um dia recebeu uma carta da mulher que começava deste modo: "Aqui, graças a Deus, vamos bem, e nesta monotonia continuada..."; dizia de sua infelicidade, não sabendo se era casada, solteira ou viúva, e, sempre neste ramerrão, queixava-se da sua vida simples, sem alegria e sem futuro.

Fernando ficou desconcertado com os argumentos e ilações apresentados pela esposa. Imediatamente ligou ao amigo Germinal, narrando-lhe o conteúdo da carta, a fim de saber o rumo a tomar. Então combinaram pelo telefone um encontro para o domingo seguinte, com a intenção de discutir o assunto pessoalmente. Foi Germinal quem disse:

– Olha, vens almoçar comigo e conversamos sobre o caso juntamente com a minha mãe. Está bem?

– Está certo – respondeu Fernando – irei lá pelo meiodia.

– Ótimo, ótimo! – concordou Germinal – então até domingo, se Deus quiser...

– Até domingo.

Após desligar o telefone, Fernando ficou mais aliviado daquela impertinente preocupação. Voltou ao trabalho não mais com o seu jeito folgadão e agradável de outrora, mas ainda assim com muito bom humor. Oriundo de famílias humildes, nos bons tempos em que vivia em Portugal era um capeta, como se diz no bom sentido, quando as pessoas fazem brincadeiras e travessuras, somente com o sentido de se divertirem, sem contudo prejudicarem as outras pessoas. Rapaz bem afeiçoado, físico e músculos privilegiados, olhos vivos e luzidios, barba cerrada, cabelos castanhos ondulados, lábios carnudos e tez morena, nariz e orelhas bem proporcionais, apesar dos aborrecimentos e desgostos havidos ultimamente conservava muita jovialidade.

Elegera o Brasil como pátria adotiva, onde viria a dar o melhor de si, isto é, a força de trabalho honesto na construção de uma nova vida e um desejo ardente de ser útil e enriquecer.

O Brasil tão cantado em prosa e verso por alguns de seus amigos! O Brasil, país do futuro, terra de promissão! O Brasil rico e quente, do Samba e do Carnaval, das mulatas e das cabrochas! E aqueles pseudo-intelectuais convictos da sua erudição e conhecimentos literários, arrematavam: "País do Carnaval Cacau e Suor", como escrevera Jorge Amado, ou então como musicara Ari Barroso:

Ó Brasil samba que dá
Bamboleiro que faz zumbá
Ó Brasil do meu amor
Terra de Nosso Senhor

Enfim, cada qual tecia seus elogios, destacava pontos positivos e Fernando encontrava aí justificativas para a escolha de um país grandioso como fora a pátria de adoção onde decidira construir o seu esperançoso e sonhado futuro.

Viera para o Brasil e, alguns anos passados, ainda não conseguira juntar o suficiente para mandar vir a mulher, como ficara combinado à sua partida. Agora recebera aquela carta tão incisiva, tão peremptória, tão taxativa, que o deixava num beco sem saída. Tinha entretanto esperanças de encontrar uma solução no seu próximo encontro com Germinal.

No domingo, deslocara-se à residência dos Silveiras. Foi um pouco mais cedo que o combinado. A mesa já estava posta, com os pratos e talheres "em sentido". Um pouco constrangido, com uma camisa branca (que ele mesmo lavara) um tanto encardida, calças de sarjão, ainda trazidas de Portugal, embaraçado, cumprimentou D. Júlia.

A veneranda senhora, vendo a timidez do rapaz, tentou colocá-lo à vontade, perguntando:

– Então, senhor Fernando, como vão as coisas? Tem recebido notícias da família?

– Tenho sim, D. Júlia, e é por isso que...

Mas Germinal, entrando na sala de jantar onde eles estavam nesse momento, atalhou:

– Ele está aqui justamente para resolver o problema da família, mãe!

– Ah, eu pensava que só vinha para almoçar...

– Também, mãe, também vem almoçar – exclamou Germinal.

– Mas diga-me – insistia D. Júlia – está tudo bem com a sua família?

– Bem, bem, não está – respondeu Fernando, um pouco tristonho.

– Então, que está acontecendo? – indagou a senhora.

– Aborrecimentos, aborrecimentos, D. Júlia!

– Ora, ora! Não dramatizes tanto a situação. Tudo se há de resolver, homem! – disse Germinal em tom alegre.

– Claro, tudo se resolve! Mas eu agora não tenho condições de mandar vir a minha família para cá. Não só porque ganho pouco, como também não tenho o dinheiro para as passagens – comentou Fernando, bastante angustiado.

– Mas, senhor Fernando, não se desespere. Tenho certeza que encontrará solução para todos esses problemas! – ponderou D. Júlia.

A empregada entrou na sala larga e fresca com uma terrina de sopa fumegante, deliciosamente cheirosa, colocou-a na mesa, enquanto os três, com a gravidade que o assunto merecia, continuaram conversando. Foi D. Júlia que primeiramente sugeriu:

– Sirva-se, Fernando.

– A senhora, primeiro – respondeu o convidado.

– Ah, deixem-se de cerimônias... – interveio Germinal – eu sirvo-te. E pegando na concha da sopa, encheu o prato do amigo, enquanto dizia:

– Não temos aqui visitas de cerimônia para estarmos com todas essas mesuras.

Servida a sopa, vieram depois os bifes com batatas fritas e arroz. E quando acabou o almoço, o assunto da vinda de Leonor estava praticamente resolvido. Germinal emprestaria o dinheiro para as passagens da família Guedes.

– Ora aí está, senhor Fernando – exclamou D. Júlia – sentia-se tão aborrecido quando aqui chegou e afinal foi tão fácil resolver o seu problema!

– Oh, D. Júlia, não sei como agradecer à senhora e ao seu filho por tudo quanto têm feito por mim e pela ajuda que me estão dando neste momento. Francamente, não encontro palavras para expressar todo o sentimento de gratidão que me vai na alma!

– Ora, Fernando, deixa-te disso, deixa-te de agradecimentos! Tu, no meu lugar, farias o mesmo... – afirmou Germinal embevecido. E levantando-se da mesa com a tradicional xícara de café na mão, foi até a janela olhar o tempo que ameaçava uma daquelas tempestades formidáveis, com relâmpagos e trovões a ribombar lá para os lados do Saco de São Francisco.

Fernando, ainda sentado à mesa, mais consolado, comentava:

– Não sei, não sei se tenho tão bom coração como tu, Germinal – murmurou polidamente.

– Senhor Fernando, eu o conheço e sei muito bem que o senhor seria capaz de fazer muito mais que isso, desde que tivesse posses – retrucou D. Júlia.

– Pode ser, pode ser... mas o que o seu filho acaba de decidir, poucas são as pessoas capazes de fazer – disse Fernando, carinhosamente.

– O tempo se encarregará de provar se o senhor é ou não capaz de ações como a que o Germinal acaba de praticar disse a idosa senhora.

– Ora, vamos acabar com isso – acrescentou Germinal. E finalizou:

– Parece que a chuva não tarda!

Com efeito, o tempo ameaçador não demorou a derramar um manancial de água por toda a cidade. E enquanto a tempestade durou, conversou-se muito sobre todos os assuntos que envolviam a vida dos três conterrâneos. Terminada a chuva, Fernando foi para a pensão da Rua Visconde de Itaboraí revigorar as energias, para no dia seguinte começar tudo de novo.

* * *

Logo na semana seguinte escreveu à mulher a dizer-lhe que se preparasse para viajar. Mesmo as posses não sendo muitas, de alguma maneira viveriam no Brasil, bem ou mal. Era bem melhor o filho crescer sob as suas vistas do que ser espezinhado pelos outros, como ele fora, enquanto seu pai vivera na França. Ao mesmo tempo, levado pelos mais sublimes pensamentos sobre o futuro do filho, pedira ao seu chefe um dia de folga, para tratar dos papéis e demais formalidades visando trazer a família.

Leonor recebeu a tão decantada carta. No primeiro momento, julgou tratar-se de um sonho. Não cabia em si de contente. Finalmente conseguira sensibilizar o marido. A emoção crescia à medida que se aproximava a data de embarque, e, numa contagem regressiva, ia contando os meses, depois os dias, as horas, e, finalmente, os minutos, sempre na ânsia de abraçar o seu amor, Mas depois deparava-se com uma outra tristeza, onde derradeiras recordações lhe partiam o coração. Ia, é verdade, para junto de seu marido, à sua vida, à luta por coisas melhores do que aquelas da sua pequena e humilde Vila. Mas ia em troca destes sonhos, destas quimeras, deixar os seus pais, seus irmãos, seus parentes e amigos fraternos de tantos anos de bom convívio e de muito amor e amizade. Partia assim para tão longínquas terras e deixava tudo e todos, com quem sempre vivera numa harmonia fraterna de bem querer. Mas que fazer?... Era preciso, era necessário, era uma imposição do destino. Como dizia o poeta:

Navegar é preciso
Viver não é preciso[2]

2. Versos de Fernando Pessoa.

No silêncio da sua tristeza, pensava consigo: é preciso ter muita força interior; deixar todos os entes queridos e emigrar. Emigrar para lugares onde não se conhece ninguém, onde as pessoas são. apenas mais um número, nada mais... Porém, o destino assim queria e contra as forças do destino é humanamente impossível lutar; nada se pode fazer. As lágrimas vieram-lhe aos olhos. Com redobrada ternura abraçou o filhinho e, aos soluços que não fora capaz de conter, desatou num choro solto e abundante em lágrimas. Chorava copiosamente! Aquele desgosto, aquele infortúnio que curtia abraçada ao filho, a despedaçava. Assim ternamente acariciava a cabecinha de Duarte, que, sem compreender porque a mãe chorava, também se pôs a chorar. Recobrando a serenidade, lentamente pusera o filho no chão, enquanto aquela dor atroz comprimia-lhe o coração como se estivesse ajoujado das mais pequeninas lembranças e anseios latentes. Mas era preciso emigrar!... Assim era o destino dos portugueses. Assim estava escrito. Assim era a vida dessa brava e heróica gente.

Finalmente foi marcado, o dia do embarque em Lisboa. 11 de janeiro. Uma inspeção rigorosa, com vacina e atestados, tinha de ser efetuada pelas autoridades sanitárias da Junta Nacional da Emigração. Mais uma série de formalidades e exigências deveriam ser cumpridas rigorosamente. Leonor, com filho ao, colo, com papéis e mais papéis nas mãos, deslocava-se sem um momento de desânimo de um lado para outro, dentro das repartições, sem ninguém para a ajudar.

Naquela manhã de Janeiro, fria, com céu carregado de nuvens cinzentas e lúgubres, Leonor Teixeira Guedes subia ao convés do Juan de Garay, com destino ao Rio de Janeiro, sem um adeus, sem uma mão amiga para lhe desejar boa sorte, sem uma lágrima, enfim, sem nada que a pudesse confortar. Ela e seu pequenino Duarte ao colo deveriam, como Deus quisesse, enfrentar as vicissitudes de uma longa, tumultuada e tormentosa viagem, num navio misto de carga e passageiros, rumo ao Rio de Janeiro.

* * *

Antes de embarcar escrevera ao marido, informando-o qual o navio que deveria levá-la até o Brasil e também o dia em que aportaria no Rio, pelas informações colhidas com os agentes em Lisboa.

Fernando já alugara uma pequena casita, numa vila perto do centro da cidade. Acostumara-se a viver na cidade e não tinha afeição pelos bairros. Conseguira alugar aquele pobre casebre para abrigar a família a muito custo. Afinal, os aluguéis estavam pelos olhos da cara e ele, como ganhava pouco, não poderia enfrentar uma casa mais confortável, senão nada do ordenado sobraria para comer. Quanto às mobílias, também as tinha comprado numa casa onde vendiam móveis usados. Deste modo conseguira também, com muito sacrifício, mobiliar a casita.

Entretanto acometia-o uma preocupação constante e avassaladora. Aquela simplicidade toda para recepcionar a mulher, não lhe agradava muito. Certamente Leonor também não gostaria do lugar que ele arrumara, como também dos móveis velhos, quase caindo aos pedaços. Mas várias vezes lhe tinha escrito explicando a situação em que se encontrava, não porque não desejasse coisa melhor, mas porque ainda não tivera possibilidade de arrumar um melhor emprego e, consequentemente, uma oportunidade de melhorar de vida. Então, como ela teimasse em partir depois daquela irreverente carta, não lhe restava outra alternativa senão a de mandá-la vir. Porém, a sua intenção era conseguir um bom emprego, em que ganhasse o suficiente para lhe proporcionar um conforto compatível ao que ela merecia, E, dubitativo, pensava: será que ela vai compreender esta situação transitória a que geralmente os imigrantes estão sujeitos?... Talvez sim, talvez não! Veremos ...

A noite anterior à chegada da mulher foi uma noite horrível, uma noite mal dormida, insólita, cheia de visões e pesadelos, revolta e pavorosa. Cochilou alguns minutos e pronto... o sono se fora.

O navio atracaria no cais da Praça Mauá lá pelas 10 horas da manhã, mas a ânsia de rever a mulher e conhecer o filhinho era tão grande que combinou com Germinal, às 7 horas, junto às Barcas, para dali rumarem para o Rio de Janeiro. Mas antes da hora marcada já Fernando estava esperando o seu benfeitor. Na travessia da Baía da Guanabara avistaram as chaminés do grande transatlântico, fumegando ao largo. Minúsculas pessoas no convés observavam naquela manhã de sol nascente, abrasador, toda a beleza do Rio de Janeiro, onde a silhueta do Cristo Redentor, virada para o Pão de Açúcar, parecia dar-lhe a paz que os cariocas tanto desejam e cobiçam.

O Astro-Rei, como se fosse uma enorme bola de fogo escarlate, anunciando um incomensurável calor para aquele dia, vinha acompanhado de uma tênue névoa seca e morna, como só acontece nos dias de equinócio de verão.

Rebocadores roncavam seus possantes motores na árdua tarefa de trazerem as grandes naves à borda do cais. Eram precisamente 10 horas quando o Juan de Garay foi rebocado até a beira do porto.

Parentes e amigos dos passageiros apinhavam-se nas plataformas externas, onde seus entes queridos deveriam descer a terra.

Fernando esquecera todas as preocupações que o tinham afligido durante a noite anterior. Agora só queria ver a sua família. Ansioso como se encontrava, se algum vulto feminino era vislumbrado no convés, logo se voltava para o amigo:

– Olha, aquela parece a Leonor!

Germinal, sereno e sem querer desmotivar a ansiedade,do amigo, acenava com a cabeça. Sim, deveria ser mesmo. Leonor, afinal ela estava lá em cima com os outros passageiros, e como ele não recordava muito bem os traços fisionômicos da mulher do amigo, então bem que podia ser mesmo ela. Mas, finalmente, eis que aparece Leonor com o filho ao colo! Agora não havia mais dúvidas, logo estaria abraçado a sua amada e o filhinho, que tanto desejava afagar e beijar.

Avançou que nem um rojão por entre a multidão, acenando à esposa e arrastando o amigo pelo braço. Alguns minutos depois, cenas das mais inesperadas e caricatas eram vistas por todos os presentes. Pais choravam de emoção ao reencontrar os filhos, maridos e esposas amalgavam-se mutuamente, entre murmúrios e "ais" maravilhosos, parentes e admiradores juntavam-se em confusas manifestações de carinho e boas-vindas, enfim, uns riam, outros choravam, em devaneios de grata e sublime sensação, ao tocarem os seus mais caros.

A descida a terra revestiu-se de uma algazarra terrível; mas o ambiente era todo de festa, de amor, de emoção, enfim, uma festa de excitação. E esta alegria momentânea, onde reinavam a fraternidade e a comoção dos imigrantes, cujas famílias se jubilavam, por certo despertaria no mais cético espectador e no mais incrédulo dos homens, reação carinhosa e confraternizadora.

Germinal, impassível, a tudo assistira com um sorriso nos lábios, rememorando também a sua chegada àquele mesmo lugar e precisamente nas mesmas condições. Era então muito novo, não tinha a menor noção daquilo que se passava no íntimo das pessoas. Agora, sim, sabia dar valor a quanto era maravilhoso o reencontro de entes queridos, ligados por laços indestrutíveis de amor. E lá dentro do seu ser, sentia uma sensação de conforto, de grandeza e candura, por ter propiciado àquelas três almas cheias de amor e confiança no futuro, momentos de muita felicidade. Então, distraidamente, tirou um cigarro do maço, colocou-o nos lábios, puxou do isqueiro e maquinalmente acendeu-o. Tirou algumas baforadas do cigarro e, num gesto inconsciente, o jogou a um canto, onde se acumulava um monte de lixo. Lembrou-se depois das várias tarefas que ainda os esperavam para saírem dali. Tinham de desembaraçar as bagagens na Alfândega e certamente não seria muito fácil; diante disto urgia apressarem-se, pois o tempo era pouco.

Então os Guedes, ao se reencontrarem, já na plataforma, lançaram-se num efusivo e demorado abraço, como se quisessem fundir-se num corpo só. Germinal a tudo assistia, sóbrio e passivo, olhando com ternura a felicidade daquelas três criaturas. Depois, com voz suave e carinhosa, como se não pretendesse acordá-los para a realidade, disse timidamente:

– Vamos, vamos!... As bagagens precisam ser desembaraçadas. Temos de nos apressar, senão não sairemos hoje daqui.

Tanto Fernando como Leonor nem deram sinal de quererem interromper aqueles momentos de rara felicidade que a ingrata separação tão demoradamente adiara. E abraçados, amalgamados, ainda assim permaneceram por mais alguns instantes, sob a candura do olhar do afetuoso amigo que lhes havia proporcionado parte dessa tão grande ventura.

O sol escaldante e uma aragem morna das manhãs ensolaradas do Rio de Janeiro, começava a incomodar os menos habituados às altas temperaturas do verão carioca. E sob a intensa emoção do encontro, a confusão e o alarido das vozes, Fernando indagara ao amigo:

– Que horas são?

– 10 e 32 – respondeu.

– Puxa vida! Temos de nos apressar. Ainda precisamos retirar as bagagens da Alfândega.

– Sim – concordou Germinal – vais ver a que horas sairemos daqui!

– Então vamos. E pegando o filho, ladeado pela mulher e pelo amigo, dirigiram-se ao setor alfandegário.

Nesta parte do porto reinava a maior confusão e anarquia. Carregadores com os seus carrinhos, conferentes portando enormes pastas cheias de papéis e manifestos debaixo do braço, despachantes, e uma quantidade enorme de pessoas, movimentavam as confusas vias dos labirínticos caminhos, no desvencilho das bagagens pertencentes aos passageiros.

Germinal pedira a Leonor os documentos dos seus pertences. Ele encarregar-se-ia de tirar as coisas da Alfândega. Dirigiu-se a um carregador ali postado e perguntou:

– Ó companheiro, será que me poderia indicar como encontrar estas bagagens? Ao mesmo tempo, exibia um papel com o timbre da Companhia Nacional de Navegação e o nome do navio escrito.

– Pois não – respondeu o carregador, após uma observação ligeira pelo papel – Olha, patrício, primeiro você fala com aquele cara lá e apontou para um sujeito mulato de bigodinho fino, sentado a uma escrivaninha, que assinava e conferia documentos diversos. – Depois você retira as malas com aquele outro, onde está aquele aglomerado de gente, lá ao fundo, e se quiser depois eu carrego as bagagens. Certo?

– Obrigado, eu depois o procuro. Imediatamente Germinal dirigiu-se ao sujeito de bigode e entregou-lhe os documentos.

– Espere a sua vez, lá perto daquele pessoal. Chamarei seu nome em seguida.

– Muito obrigado – respondeu Germinal, que se movimentava de um lado para o outro enquanto os Guedes o seguiam com o olhar.

Depois de duas horas de espera, finalmente o nome de Leonor foi chamado.

– Aqui estão os seus papéis. As suas malas devem ser retiradas com aquele senhor ali no fundo. E virando-se para um outro mulato que se encontrava perto, disse:

– Danilo, acompanha esta senhora até o Juarez, os documentos estão todos em ordem.

– Tudo bem, Dr. João, tudo bem.

Juarez era um homenzinho raquítico, com óculos de fundo de garrafa, muito ladino e lépido. Conversava macio e só por metáforas. Demonstrava uma vivacidade para a corrupção fora do comum. Mal os documentos lhe foram entregues, foi logo indagando:

– A senhora traz salpicão, alheiras, chouriço ou coisas parecidas nas malas?

– Não, senhor! – exclamou Leonor.

– Não traz nada de comida? – insistiu ainda.

– Trago um garrafão de vinho, um de azeite e outro de aguardente de medronho.

– Ah, admirava-me muito se não trouxesse alguma bugiganga de comer ou de beber! Vocês, portugueses, sempre carregam essas bobagens, como se aqui não houvesse comida!...

Leonor ia responder mas Germinal fez-lhe sinal para que se calasse.

Juarez chamou Danilo para o ajudar a revistar as malas. Acabado o serviço, Danilo chegou junto do ouvido de Germinal e confabulou-lhe alguma coisa. Este, surpreso, deu um passo para trás e exclamou:

– Mas tudo isso?!

– Bem, posso conversar com ele e ver se pode deixar por...

– Veja lá, homem. Eles são pobres, não podem pagar tudo isso. Olhe, só posso conseguir metade dessa importância...

– Vou ver o que posso fazer pelo senhor – respondeu Danilo.

Juarez e Danilo voltaram a conversar sobre a propina que deveriam cobrar para deixar livre as bagagens dos Guedes.

Novamente ao ouvido de Germinal, Danilo ratificou a quantia oferecida pelo primeiro.

– Tudo certo!

– Muito bem. Aqui tem o seu dinheiro – e entregou nas mãos do intermediário duas notas de cem cruzeiros.

Quando os pertences de Leonor passaram em frente do homem de bigodinho, este perguntou:

– Tudo em ordem, Danilo?

– Tudo certo, Dr. João, tudo certo!

Fora da administração alfandegária, Fernando, preocupado, perguntou a Germinal:

– Quanto tiveste de pagar àqueles pilantras?

– Isso por ora não interessa – respondeu o amigo. O que interessa são as bagagens aqui fora, o resto depois nós conversamos. E voltando-se para Leonor: – A senhora não acha?

– Certamente, mas precisamos saber, para lhe pagar.

– Ora, isso não tem importância.

– Claro que tem – retorquiu Fernando – precisamos saber para quando tivermos dinheiro...

– Não te preocupes – atalhou o amigo.

Os três ficaram calados por alguns segundos, quando Germinal, rompendo o silêncio, num desabafo, exclamou:

– São todos uns corruptos! Cambada de sem-vergonhas! Pilantras! Safados! E nada fazem contra essa patifaria...

– Mas quanto lhe deste? – insistiu Fernando.

– Duzentos paus.

– Duzentos?... Que gatunos...

– Não te incomodes com isso.

– Caramba! Já te devo tanto dinheiro e agora mais essa. É demais! Já estou abusando da tua generosidade, não está certo.

– Não te preocupes, Fernando. Depois acertaremos.

– Com certeza – exclamou Leonor.

Novamente em silêncio, cada um dos três pensava a seu modo como aqueles funcionários desonestos da Alfândega ganhavam dinheiro indignamente. O pior é que extorquiam-no de pessoas pobres. Imigrantes sem recursos e indefesos, com pouquíssimo dinheiro suado, gente simples cujo objetivo era trabalhar honradamente e tentar a sorte numa terra estranha.

Quantos teriam pedido a algum parente ou amigo o numerário para a passagem, para o pagar posteriormente com recursos de um provável trabalho árduo, incessante e fatigante, durante anos e anos, sem ao menos o descanso dos domingos e feriados. Ouantas lágrimas de sangue e saudade seriam vertidas por esses desditosos imigrantes que deixavam sua pátria na busca de algo melhor e se viam agora expoliados pelos corruptos funcionários da Alfândega... Cada um daqueles passageiros do Juan de Garay certamente passara pelo crivo da corrupção burocrática. Essa prática era conhecida do público em geral, todavia ninguém denunciava esses atos de maus funcionários porque os marotos não deixavam provas. Eles extorquiam o dinheiro dos passageiros através de uma terceira pessoa que não pertencia aos quadros da administração aduaneira. Era o caso de Danilo. Não sendo funcionário, ficava perto do Dr. João, levava os papéis ao Juarez, que fazia os preços dos desembarques das bagagens. Danilo servia de elo entre a vítima e os funcionários corruptos. No caso de serem pressionados por algum superior, havia sempre a válvula de escape, para desmentirem categoricamente que recebessem dinheiro. Era o Danilo quem recebia.

As vítimas, mesmo sabendo da exploração, não tinham como fugir das investidas indignas das quadrilhas organizadas. Apanhados de surpresa, invariavelmente eram pegos na Alfândega, pois incluíam geralmente em seus haveres produtos oriundos dos lugares de procedência, incentivados por conhecidos ou amigos a trazê-los, para se adaptarem melhor à terra de adoção.

Fernando tinha recomendado à esposa que trouxesse vinho, aguardente e azeite. Ser-lhe-ia mais fácil assim adaptar-se aos novos costumes, se em doses homeopáticas deixasse os velhos, a começar pela comida cujo hábito em Portugal era ser temperada com azeite, ao contrário do uso brasileiro.

Sob um calor intenso e o ar morno do Rio, os dois colocaram as bagagens de Leonor numa perua Chevrolet de Germinal e rumaram para Niterói. O trajeto começava na Praça Mauá, onde o trânsito era intenso, com muitos pedestres atravessando à frente dos veículos, nas avenidas que davam acesso às barcas.

Seriam aproximadamente quatro horas da tarde quando chegaram à vila, onde Fernando alugara aquela casita composta de dois cômodos. Uma saleta à entrada e um pequeno quarto ao fundo, comunicando-se por um umbral cerrado por uma cortina de chita que ele havia colocado. No máximo, os cômodos tinham espaço para abrigar os móveis indispensáveis às necessidades de uma família de hábitos humildes. Na saleta, Fernando improvisou uma pia e um fogão, transformando-a em cozinha e sala ao mesmo tempo. Quanto ao banheiro nada pudera fazer e teria que servir-se do coletivo, feito pelo proprietário da vila, o que era desagradável.

Ao portal da vila Capitão-Mór, vários moradores, tendo à frente D. Amália, uma senhora gorda, portuguesa, vieram saudar os novos vizinhos. Mulheres e crianças eram os recepcionadores, pois os homens ainda estavam nos seus serviços e, consequentemente, não se faziam presentes.

Muito jovial, Fernando foi apresentando a mulher e o filhinho a todas as pessoas, que lhes desejavam boas-vindas. Enquanto isso, o amigo carregava as malas e as caixas para a humilde moradia. O marido desculpava-se com Leonor pela simplicidade e singeleza dos móveis e da casa. Desculpava-se, mas, ao mesmo tempo, acrescentava ser o começo, visto pensar, num futuro bem próximo, ir morar num bairro melhor, numa casa com melhores cômodos e móveis mais elegantes.

Leonor observava o embaraço do marido perante o amigo e o temor de se sentir reprovado por ela. Porém, nada dissera e nada fizera para mostrar a sua insatisfação. Germinal ficou um pouco sem jeito ao ver o embaraço do amigo. Preparava-se já para sair quando Fernando exclamou:

– Nada disso! Vou comprar alguma coisa para comermos.

– Não te incomodes com isso, almoçarei em casa. Minha mãe deve estar me esperando.

– Não, senhor! Espera um pouquinho enquanto vou comprar alguma coisa e tomaremos uma cerveja juntos. Não faz sentido, depois de tanto trabalho, ires embora sem me dares a satisfação de um copo...

– Está bem, eu espero, vá lá...

Fernando saiu para comprar comes e bebes. Enquanto isso, Germinal e Leonor conversavam sobre a situação em Portugal.

– Aquilo não está nada bom – disse Leonor – o Governo não dá garantias de emprego a ninguém. A vida está cada vez mais difícil. Os movimentos de libertação da Índia e da África eclodiriam a qualquer momento. A nação inteira estava alarmada com a possível convocação dos homens válidos para combaterem naquelas províncias ultramarinas. Uma guerra de grandes proporções desencadear-se-ia muito em breve. Os homens de dezoito a trinta anos estavam todos indo para fora do país: uns emigrando para o estrangeiro, outros sendo convocados pelo governo. As vilas e aldeias começavam a ficar despovoadas.

A indústria e o comércio não experimentavam qualquer desenvolvimento. A agricultura e a pecuária, também em decadência, estavam corroendo a economia nacional. O caos econômico parecia aproximar-se. A falta de trabalho e a situação angustiosa em que se encontrava a nação portuguesa, prognosticava uma revolução social, mais tarde ou mais cedo.

Germinal ainda perguntara como estavam alguns conhecidos seus quando Fernando entrou com os comes e bebes comprados na venda do Sr. Manuel.

Depois de um dia inteiro sem comer, aqueles sanduíches e cervejas foram deglutidos com verdadeira sofreguidão. Apesar disso, Fernando desculpava-se por não lhe poder oferecer algo mais substancioso. Pelo contrário, Germinal, garantia, como se tivesse participado de um banquete:

– Ótimo! Estava ótimo! Estava tudo muito bom, mas precisava retirar-se porque a mãe já deveria estar preocupada por ele ter-se ausentado o dia inteiro sem lhe dar notícias.

Despediram-se. Fernando acompanhou-o até o portão numa última cortesia.

* * *

O casal ficara sozinho. Duarte dormira de tanto cansaço. Os dois entreolharam-se. Leonor ficara surpresa com a pobreza da casa. Não quisera iniciar conversa sobre o assunto. Foi o marido quem esboçou algumas explicações sobre toda aquela mediocridade. Um pouco sem jeito, começou por se referir à situação do Brasil, que estava atravessando grandes maus bocados, com os bons empregos de certa maneira ocupados, enfim, as coisas não estavam boas. Depois, dando mais ênfase à conversa, pedia à,mulher paciência e desculpas por não ter podido arrumar casa e um lugar mais confortável para recebê-la. Foi quando Leonor, numa exclamação um tanto invectiva e colérica, falou:

– O Fernando, desde que vieste para o Brasil, tens repetido que "este é o país do futuro, o país da esperança, o país rico!... ". Venho e encontro-te vivendo nesta miséria, estes móveis caindo aos pedaços, esta casa sem nenhum conforto. Tu, provavelmente, sem roupa para vestires. Afinal, que riqueza é esta?!

– Pois é – balbuciou Fernando – não tenho tido sorte. Empreguei-me lá naquela miserável fábrica de vidros e até hoje não consegui encontrar coisa melhor. Infelizmente, esta é a realidade dos fatos. Enquanto estiver neste emprego, irei ganhar apenas para comermos.

– Oh, homem, se isto está assim tão mau e não te satisfaz, por que me mandaste vir?!

– Leonor, eu avisei... sempre te falei das minhas dificuldades... – respondeu, contrariado.

– Bem, mas eu pensava que eram só desculpas para não me mandares vir!

– Tu pensavas?! Tu achas que eu não queria conhecer o meu filho e de não ter-te a meu lado?... Oh, como és tola, meu Deus! Só queria poupar-te esta situação miserável, vergonhosa para ti e para mim. Foi esse o único motivo de demorar em te mandar vir.

Leonor, vendo as feições trágicas do marido, caiu-lhe nos braços a soluçar. Fernando, com lágrimas nos olhos, afagou-lhe os cabelos num gesto de ternura e murmurou-lhe ao ouvido:

– Somos pobres mas somos felizes! E, quem sabe, um dia havemos de ser ricos ...

Enternecida e mais calma, conformada com a realidade, enlaçara-se ao marido. Acariciando-lhe as espáduas e as costas, exclamou:

– Amo-te muito, Fernando.

Ele com ela nos braços, ofegante, também lhe dizia, sussurrando:

– Eu te adoro! E os dois se beijaram com frenesi e volúpia.

– Vamos p'ra cama! – disse o marido, arrastando-a e erguendo-a pela cintura.

– Espera, deixa ao menos tirar a roupa!...

– Não, não aguento mais...

– Acalma-te um pouco.

Então, mais calmo e paciente, ele tirou-lhe a roupa, beijou lhe os bicos dos seios, mordendo-os devagarzinho, depois acariciando-a pelas partes mais sensíveis e, lentamente, foi-se deitando em cima dela até que os dois corpos se encaixaram um no outro. Numa penetração natural e em carícias estáticas, num vai e vem cadenciado dos dois corpos tremendo de emoção e tesão, o orgasmo sairia suado, prolongado e aflitivo, no êxtase entre o delírio e a loucura concupiscente de ambos, enquanto quase desvanecidos do ígneo ardor inicial se quedaram imóveis e inertes.

– Ouantas saudades tinha de ti – disse Fernando, finalmente.

– Eu também estava morrendo de saudades – confirmou Leonor.
– Foram quase três anos sem te sentir – exclamou com os olhos rasos d'água.

Fernando apanhou um cigarro que estava em cima de um pequeno criado-mudo e começou a fumar. Aquele delírio de gozo levara-o a uma reflexão. A vida tinha lampejos de alguns momentos felizes, porém, em comparação com os maus, eles eram raros. E a sua imaginação esvoaçava incessantemente na felicidade humana para esbarrar inexoravelmente com a infelicidade.

Exaustos e fatigados de um dia atribulado, tudo se lhes desvaneceu e, num sono profundo que só a noite absorve, dormiram finalmente.

Acordaram no dia seguinte e uma nova jornada de trabalho árduo e esfalfante os aguardava. A mulher fora fazer o café. Fernando mal o sorvera, despedira-se e saíra.

A fábrica era lá em Neves, bairro periférico e nauseabundo de Niterói. O serviço começava às sete horas, precisava tomar o bonde nas barcas e deslocar-se até a fábrica, o que era ainda um bom pedaço de chão. Muitas vezes já tinha pensado em arrumar outro emprego, todavia sentia medo de trocar o certo pelo duvidoso. Então deixara-se ficar ali, mofando e ganhando aquela mixaria.

No bonde, encontrara Lourival, um companheiro de trabalho. Era brasileiro e sentia muita simpatia pelos portugueses. Dizia que os admirava pela tenacidade e obstinação: "– Vocês constroem a sua vida, sua família honradamente, são trabalhadores, honestos, merecem o maior respeito dos brasileiros." Mas Lourival era uma exceção, como dizia Fernando, era um amigo sincero sem interesses outros que não fossem ter a retribuição da sua amizade. Conversaram animadamente até chegarem ao trabalho.

* * *

Duarte ainda não acordara. O cansaço da viagem e a fadiga do forte calor tinham-lhe causado uma moleza incomum. Dormia ainda a sono solto, enquanto a mãe, absorta em pensamentos inconformados e preocupantes, exclamava em voz alta: "– Sim, senhor, venho eu para o Brasil, um país tão rico e tão grande... morar nesta porcaria de casa!". Depois, num gesto mais ríspido, como se conversasse com alguém, acrescentava: "– Mas isto nem é casa! ... Acredito haver aqui casas, mas esta não é certamente digna de pessoas aqui morarem...".

Aqueles pensamentos ecoavam-lhe na cabeça como se fossem marteladas. Deu-lhe vontade de chorar. Chorar de saudades da família que lá ficara na terra. Chorar da situação de penúria do marido, um bom homem, certamente, mas que não tinha aquela picardia que deve caracterizar os imigrantes. Chorar, enfim, por se encontrar no meio de gente estranha e extravagante. Então, para amainar um pouco aquela tensão nervosa, começou a desfazer as malas.

De repente, o filho acordou assustado com o escuro do quarto e começou a choramingar. Leonor correu a acalmar a criança, que, aos afagos da mãe, logo se calou. Deu-lhe um pouco de leite, café, e pô-lo a brincar com um ursinho de pelúcia, presente dos padrinhos no primeiro aniversário. Ainda estava arrumando as roupas quando se lembrou que precisava fazer compras para o jantar.

Não conhecia ninguém nem os lugares onde deveria comprar os mantimentos, além de não ter percepção do valor do dinheiro. Foi quando se lembrou de D. Amália, a senhora portuguesa que lhe fora apresentada na véspera. Quem sabe pensava – ela pode me ensinar onde comprar as coisas.

Abriu a porta. Nenê, um negrinho, filho de D. Lourdes, senhora que lavava roupa para fora, estava brincando a um canto. Dirigiu-se a ele:

– Ó menino, qual é a casa de D. Amália?

– É aquela ali – respondeu, apontando a casa n.º 1.

– Obrigado – dirigiu-se ao local indicado e bateu à porta.

– Quem está aí? – perguntou D. Amália alegremente.

– Sou eu, D. Amália – respondeu Leonor.

– Ah, entre, por favor.

– Obrigadinha... Eu só vinha pedir-lhe orientação, pois preciso comprar umas coisas e não sei como fazer.

– Espere um pouquinho que vou trocar de roupa.

D. Amália era uma espécie de cicerone da vila. Casada com o Sr. Bento, dono da quitanda, morava ali havia uns quinze anos. Conhecia tudo e todos os moradores do bairro. Pessoa muito simpática, bonachona, tinha duas filhas solteiras, também ali criadas. Enquanto se vestia, ia conversando com a mais recente vizinha, que, de pé, encostada à ombreira da porta, esperava pacientemente.

Depois de alguns minutos, apareceu D. Amália já de farpela nova, porém de muito mau gosto, de peitos abundantes e sem cintura, todavia sorridente.

– Pronto, D. Leonor, em que posso servi-la?

– Oh! não precisava a senhora se incomodar, bastava dizer-me onde devo comprar os mantimentos.

– Não, senhora – disse, sorrindo, mostrando a boca sem os dentes da frente, enquanto elevava a mão direita para esconder os amarelos remanescentes. – Não, senhora – repetia – a minha obrigação é ajudá-la.

– Mal eu cheguei e já começo a dar-lhe trabalho – falou Leonor.

– Não pense nisso! É com muito gosto. E enfiando o braço no da vizinha, acrescentou: – Vamos lá, não fique com cerimônias.

Saíram as duas, Leonor com o filho ao colo, desculpando-se pelo aborrecimento causado à vizinha, enquanto Amália, categoricamente, dizia ser este o seu dever. Assim foram conversando, até chegarem ao armazém da rua Padre Anchieta, 188.

Espere um pouco, D. Leonor, quero apresentar o Sr. Manuel, dono do estabelecimento. Às vezes a senhora pode precisar comprar alguma coisa fiado e ele, a conhecendo, ficará muito mais fácil.

– Obrigado, D. Amália, mas eles aqui também vendem fiado? – indagou Leonor.

– Claro, mas precisa ser conhecida, se não...

– Ah, percebi.

– Ó Sr. Manuel, venha até aqui, faz favor – bradou Amália.

– Um momento, um momento, vou já – exclamou o dono da venda.

Enquanto o Sr. Manuel não vinha atendê-las, iam percorrendo com os olhos os preços das mercadorias.

– Pronto, D. Amália, em que posso servi-la?

– Olhe, Sr. Manuel, esta senhora é esposa do Sr. Fernando, aquele rapaz português que mudou para a vila há poucos dias. Ela chegou ontem de Portugal e ainda não sabe nada daqui do Brasil.

– Eu soube da sua chegada. Seu marido esteve ontem aqui comprando algumas coisas, por sinal muito contente com a sua vinda. Ainda brincou comigo: disse já não aguentar mais de saudades da senhora e do menino. E prosseguindo: – É este o menino, não é? Claro, a senhora só tem um, não é verdade?

– Sim, só tenho este. Assim mesmo, ainda não conhecia o pai.

– Ah, o seu marido também não conhecia o filho?

– Não, senhor – respondeu Leonor.

– Pensava que só eu teria feito essa aventura ...

– Como assim? – indagou D. Amália, que estava apenas a escutar o diálogo.

– Eu quando vim para o Brasil, também deixei a minha mulher grávida da minha filha mais velha!

– Então isso já se tornou um hábito entre os portugueses – acrescentou Leonor quase sorrindo.

– É uma verdade! A senhora acaba de confirmar as palavras de um meu amigo filósofo. Ele muitas vezes fala as coisas e eu não entendo bem o que diz. Ele mora ali para os lados do Colégio José Clemente. É professor e outro dia saiu-se com esta:

– "Português, casa, faz filhos, imigra, quando volta encontra a mulher pacientemente esperando. Outras vezes, imigra, deixa a mulher grávida, depois de uma vida cheia de sacrifícios e penúrias manda-a vir com o filho nos braços, e assim chega à cuspide dessa grande e homérica aventura consuetudinária."

– Mas que está o senhor dizendo p'ra aí que eu não entendi nada, Sr. Manuel? – perguntou Amália.

– Olhe, D. Amália, nem eu entendo. Apenas estava repetindo o que me diz o meu amigo professor. Entendeu? Mas vamos lá ao que interessa: as senhoras vão levar o quê?

– Eu não sei o que comprar, estou ainda sob o efeito da viagem e...

– Ah, mas a D. Amália conhece muito bem os nossos produtos melhores. E se não tiver dinheiro, pode comprar a crédito. Basta ser apresentada pela D. Amália que o crédito é automático – acrescentou Manuel galhofando.

– Muito obrigado, Sr. Manuel. Hoje ainda tenho um pouco de dinheiro. Mas de qualquer maneira, muito obrigadinho, sim?...

– Como queira, como queira – repetia o comerciante. – Se quiser, está às ordens... Aqui quem manda é o freguês...

Enquanto as duas mulheres escolhiam alguns mantimentos, D. Amália fazia uma síndrome dos caracteres do vendeiro:

– Coitado do Sr. Manuel, não sabe dizer "não" a ninguém. Desde a nossa mudança para a vila (ele já estava aqui), ao invés de aumentar o seu negócio, ao contrário, tem diminuído. Não sei como ele faz isso. Os outros aumentam, ele diminui. Também quase todos os moradores destas redondezas comem às custas dele! Só lá na vila uma porção de famílias compram fiado aqui, e volta e meia leva um calote daqueles que não têm mais tamanho!

– Mas ele vende fiado, assim sem mais nem menos? – interrogou Leonor, admirada.

– Que quer a senhora? Não pode ver ninguém com fome ...

– Eu acho certo ele fornecer a crédito a algumas pessoas, mas não a todas, indiscriminadamente.

– Pois é – exclamou Amália – ele tem muito bom coração.

– Ter bom coração é uma coisa; ser enganado é outra.

– Isso é verdade. Mas que quer? Eles primeiro comecam a comprar e pagam direitinho; depois, quando a conta fica muito alta, somem e nunca mais pagam ao homem.

– E ele não vai atrás desses caloteiros?

– Que adianta? Quem vai achar essa gente? Eles se escondem nesses morros onde ninguém pode penetrar!

– Ai, D. Amália, cada vez estou mais decepcionada com o Brasil...

– Ora, deixe lá, senhora! Aqui ganha-se pouco mas é divertido...

– Ah, é? Mas eu não vim aqui para me divertir. Vim para trabalhar e ganhar dinheiro – exclamou Leonor.

– Ora, pois sim... A senhora é igual aos outros. Todos quando aqui chegam vêm com aquela gana toda de ganhar dinheiro e depois voltar para a terra. Porém, aos poucos, vão perdendo aquele entusiasmo de voltar e acabam por se habituar e acomodar. Por fim, nem mais se lembram daquilo. Inclusive deixam até de se corresponder com os parentes e amigos que lá ficaram. A senhora mesmo pode notar isso a respeito do seu marido.

Realmente era verdade. Fernando quase esquecera por completo os amigos deixados na terra. Escrevia à mulher mais por obrigação. Acomodara-se, como dizia D. Amália. Havia qualquer mistério exercido sobre as pessoas que imigravam para o Brasil, diferente do que atuava sobre imigrantes que escolhiam outros países. Os "brasileiros", como eram chamados, para aqui vinham e acabavam por se esquecer até dos familiares. Nisso havia uma certa dissimilitude dos outros imigrantes. E porque seria? Qual a magia que esta terra exercia sobre os portugueses que imigravam para aqui e os levava a esquecer até a própria pátria? Que mistério haveria em tudo isso? Leonor permaneceu cismada e absorta nestes pensamentos durante alguns instantes, assim pasmada, sem contudo obter uma resposta coerente à tais indagações. E perplexa vira Fernando começando como encaixotador de vidros, depois passando a cortador, e ali se deixara deglutir pela inércia dos acomodados, sem uma explicação aceitável.

Nesta confusão de pensamentos revoltos, fora passando o tempo e as compras ainda não tinham sido feitas. De repente, como se tivesse acordado de um sono profundo, perguntou a D. Amália:

– Que horas são?

– Quase quatro – respondeu a vizinha.

– Credo, preciso apressar-me para fazer o jantar...

– Então, vamos, apresse-se, senhora!

II

A Vila Capitão-Mor ficava localizada na Rua Anchieta e era habitada por gente muito simples e pobre.

As casas edificadas em linha reta da frente até o fundo, onde tinham construído o banheiro e a cozinha comunitária, destacavam-se acima do nível do chão uns trinta centímetros, com um poial feito de cimento, como a protegê-las das grandes enxurradas originárias das tempestades do clima tropical.

Três enormes mangueiras, também dispostas em fila, eram as únicas árvores plantadas defronte às rústicas e rasteiras habitações. O restante da vegetação do comprido quintal, eram plantas e ervas nascidas ao acaso, onde alguns salpicos de grama propiciavam aos moradores um pouco de fresquidão nos dias de sol quente e calor abafado da capital fluminense.

Varais de estender roupas, cruzando uns com outros, um tanque enorme com uma pequena torneira amarelada cheia de zinabre, algumas folhas de zinco e vários objetos jogados a esmo no quintal, davam um ar desolador ao ambiente.

Na parte fronteiriça da Vila, encontrava-se instalada a quitanda do Sr. Bento. Ali, segundo testemunhas, seu Joaquim de Sousa teria começado a sua vida. Ufanava-se disto, e sempre que alguém lhe perguntava como tinha conseguido tamanha fortuna, respondia galhardamente:

– Com trabalho, meu filho! Com muito trabalho... Realmente fora com muito trabalho que Joaquim M. de Sousa conseguira aquela imensa fortuna.

Tinha vindo para o Brasil com cerca de quinze anos de idade. Logo no início, quando chegara, trabalhara com seu tio num armazém de secos e molhados, que nem um condenado; depois, não se dando com o tio, resolveu estabelecer-se com aquela quitanda. Prosperou muito, construiu aquela vila, outras propriedades na rua Marechal Deodoro, depois em Icaraí, em Santa Rosa, enfim tinha conseguido uma fortuna.

Um portão terminando em arco, ao lado da quitanda, era a entrada para os moradores. Construído de madeira e chapeado em folha de Flandres, servia muitas vezes de tambor aos moleques, nos treinos de batucada, para os festejos de Morro. Raro era o dia em que algum morador mais exaltado não brigasse com a molecada lá do Morro, que de passagem aproveitavam para fazer seus exercícios acústicos, imitando o rufar dos tambores. Volta e meia esta prática terminava numa carreira e alguns sopapos entre os moradores e os moleques que vinham ali fazer banzé.

O melhor deste lugar sujo, sórdido, torpe e nefasto, era a sombra das mangueiras, frente-a-frente com as habitações, como a desafiá-las, sobre quem proporcionaria maior conforto aos moradores. Nesta época do ano, quando o calor era mais forte e o sol faiscava nas pedras do quintal, era ali, nas sombras das mangueiras, salpicadas de pequeninos laivos de raios solares, equilibrando a temperatura agreste, que os moradores vinham descansar.

Invariavelmente, após um dia de esfalfante trabalho, reuniam-se alguns vizinhos para cavaquear um pouco, até altas horas da noite, quando a brisa da madrugada vinha amainar o intenso e insuportável calor, que, implacável e rigoroso, ainda pairava no interior dos pequenos cubículos.

Era dali também que saíam os diz-que-diz dos folclóricos inquilinos de J. de Sousa. Muitas vezes até extrapolando os muros da vila, projetavam-se aos moradores das redondezas, atingindo parentes, inimigos e até amigos, passando em revista todos os fatos e acontecimentos das últimas horas. Não se escolhia de quem se falava, bastava alguém dar uma mancada e, seguramente, logo o seu nome estava na berlinda. Um peido escapolido por alguém, era motivo de galhofa. As pessoas tinham de andar muito direitinhas, muito certinhas, manter sempre certa aparência visual, e não saírem fora da linha, para não caírem no ridículo.

Os inquilinos, além dos inúmeros problemas, tinham de enfrentar aquele que consideravam o mais grave de todos. Era o banheiro! Sim, de fato os moradores enfrentavam filas enormes para conseguir tomar banho, hábito tão necessário nos dias quentes de Niterói. Às vezes, alguém demorava um pouco mais, e logo vinham as chacotas e zombarias do lado de fora:

– Como é que é?... Vai demorar muito?... – dizia um.

– Está tirando o cascão?... – chasqueava outro.

A sujeira está por dentro!... Não adianta lavar zombava alguém. Insuportável era assim a vida na vila.

* * *

Leonor, ainda não conhecia todos os vizinhos. Tinha conversado com duas ou três pessoas, mesmo porque o marido lhe havia recomendado para não dar trela a quem não conhecesse. Entretanto, alguns moradores já a tinham visto no quintal, quando lavava as roupas ou quando saía às compras. Num daqueles cubículos moravam dois rapazes; um era barbeiro, trabalhava em Icaraí e chamava-se Walter. O outro, meio afeminado, chamava-se Valdir e trabalhava numa casa de modas. Um dia, quando Leonor estava lavando roupa, logo de manhã, Walter ao passar por ela, deitou-lhe um olhar lânguido de desejo. Leonor fez que não viu, mas ficou-lhe, no entanto, aquela impressão de consentimento. Uma cólera interna provocou lhe um calor importunante, ao mesmo tempo que o rosto se tornara rubro, como uma maçã.

De fato, nos primeiros dias da sua chegada, ninguém tinha reparado na beleza de Leonor, a não ser Walter, que tinha ficado muito impressionado com a silhueta da recém-chegada. A pele levemente clara, não chegava a ser branca, mas sim um tom de âmbar, aveludada e macia, provia ao rosto ovalado, um emoldurado composto de delicadas feições. Olhos amendoados dum verde claro, penetrantes e meigos ao mesmo tempo, arrematados por longos cílios e bem delineadas sobrancelhas. Cabelos levemente acastanhados e ondulados acabavam compondo um conjunto harmonioso e jovial. Estatura média e peso proporcional, seios e cintura bem definidos, formando simultaneamente com os quadris e pernas bem torneadas, graciosa combinação.

Fernando achava a mulher, agora, mais bela que em solteira. No trabalho árduo e duro, maquinalmente pensava na família; o dia parecera-lhe infinitamente maior que os outros, as horas intermináveis não fluiam. Arrastava-se numa moleza enfadonha, sob um calor morno onde a atmosfera viciada, de poeira e fumaça de cigarro, se abatia num ambiente poluído. Tudo fizera para se distrair, sem pensar no lugar em que havia colocado a família.

Pululavam em seus pensamentos as imagens de várias situacões embaracosas para Leonor: as filas do banheiro, os arrufos de uma ou outra vizinha com o marido, os bate-bocas e mexericos das mulheres, os escândalos de D. Lourdes quando chegasse bêbeda. Pensava como iria dizer tudo isso à mulher. Remoía-se por dentro e não encontrava palavras adequadas para transmitir-lhe o porquê de a ter trazido para este nefasto lugar.

A pequena vianda, levada para o trabalho, ficou intacta; não lhe apetecia comer. Teria sido certo mandar vir a família? Teria valido a pena?... Não teria sido mais inteligente ele ter voltado? Estas indagações, esta incerteza e insegurança, mormente depois de ter trocado algumas impressões com a esposa, no dia em que ela chegou, deixavam-no abatido e cabisbaixo, e nesta barafunda e confusa tristeza, vira que o trabalho quase nada rendera naquele dia.

Felizmente a sirene da fábrica anunciou as cinco horas. Desde que se empregara na Covibra, sempre fizera hora extra, hoje, porém, tinha vontade de sair logo daquela confusão, tinha pressa de chegar em casa. Mas, por outro lado, vinha-lhe à mente toda aquela sordidez e devassidão da vila, e ímpetos de se demorar o assaltavam. Tomara o bonde que o levaria até as barcas. Na viagem pensara em comprar um pequeno presente para agradar a esposa e assim consertar a sua imagem um tanto agastada. Perambulou alguns minutos pelas lojas do centro, e enquanto via as vitrines, pensava qual seria uma novidade útil para oferecer à mulher. Então, numa loja da rua da Conceição, viu um ventilador; numa breve reflexão, concluiu ser um presente muito útil e de bom gosto, para a época.

Era isso mesmo, pensava, útil para os fortes calores de Niterói.

Entrou na loja e perguntou a um rapaz que estava logo ali postado à frente:

– Quanto custa aquele ventilador exposto lá na vitrina?

– Duzentos cruzeiros, respondeu o empregado.

– A vista? – indagou o operário.

– Posso fazer em três prestações!

– E como posso pagar em prestações, se não tenho ficha aqui?

– O senhor está empregado?

– Sim.

E enquanto o vendedor se encaminhava para o interior da loja, ia perguntando:

– Onde e quanto ganha?

– Bem, eu trabalho na Covibra lá em Neves, e ganho em média 1.300,00 por mês.

– O senhor é casado?

– Sou, e isto é para oferecer à minha mulher recém-chegada de Portugal.

– O senhor é português? Há quantos anos mora no Brasil?

– Há três anos, mais ou menos.

– Sempre trabalhou no mesmo emprego?

– Sim, sempre trabalhei na Covibra desde que cheguei ao Brasil.

– Ótimo! – Se o senhor quiser levar o aparelho, pode dar uma entrada e o saldo nós lhe financiamos. Tá bom assim?

– Claro! Mas como pode o senhor me confiar essa quantia, se não me conhece?

– Como se chama? – Perguntou o vendedor.

– Fernando Guedes.

– Então, Sr. Fernando, se quiser pode comprar. Eu também sou filho de portugueses, e nós sabemos que quando estes assumem um compromisso, cumprem rigorosamente. Logo, a nosso ver, o senhor pode comprar o que quiser. Aliás, isso é ordem da diretoria, é até norma, de não fazer ficha para pessoas de sua nacionalidade.

Fernando um pouco encabulado e espantado com estas facilidades, disse:

– Não sei como lhe agradecer, mas se é assim, veja quanto tenho de pagar e pode preparar a papelada, que eu vou levar o aparelho.

Saíra da loja com o pacote na mão, um pouco menos tenso. Afinal, nem tudo estava perdido. Jamais havia sentido uma sensação de bem-estar tão emocionante como esta que estava experimentando. Muitos dissabores e aborrecimentos já tinha tido por causa da nacionalidade. Uns por causa das anedotas jocosas, outros por discussões com companheiros de serviço, que classificavam os portugueses como sinônimo de burros. Entretanto, aquele rapaz o tinha sensibilizado profundamente com aquela conversa sobre a reputação da sua raça junto ao comércio. Era conhecedor dos patrícios gozarem de bom conceito, porém nunca pensou que este fosse tão ilibado.

Absorto nestes pensamentos fora caminhando até chegar em casa.

E alegre, pensava na surpresa que reservara à esposa. Leonor decerto ficaria muito satisfeita com o presente. Reconhecia não ser grande coisa, mas afinal serviria para amainar um pouco as altas temperaturas fluminenses. Depois lembrou-se do filhinho! Deveria ter vindo logo para casa. Uma pontinha de remorsos começava a inquietá-lo. Se tivesse vindo direto, talvez fosse mais inteligente, mais sábio, enfim mais carinhoso.

Apressadamente, jogou o pacote em cima da mesa, beijou levemente a mulher e entrou no quarto onde o filho estava brincando, dentro de um berço de madeira, com o cachorrinho de pelúcia trazido da velha Pátria.

Espantada, Leonor ao ver o embrulho, perguntou:

– Que é isto?

– É um ventilador – disse, pigarreando.

– Ah! É para amainar o...

– O calor, concluiu o marido. É isso mesmo. Estamos num país muito quente, precisamos nos proteger.

– Deve ter custado um dinheirão!...

– Tudo quanto eu gastar contigo e com o nosso filho nunca será demais.

– Realmente, hoje por volta do meio-dia, estava um calor insuportável – concluiu Leonor.

– Agora mesmo, está muito quente. Poderias ligá-lo enquanto jantamos.

– Com certeza... – respondeu a mulher. Mas estou preocupada com a despesa que tiveste. Deverias pensar em economizar algum dinheiro para o futuro.

– Ora! Deixa lá, mulher, havemos de conseguir economizar. Tudo virá em tempo oportuno. E enquanto ia conversando, botou o ventilador a funcionar com grande satisfação interior.

– Sabes, comprei isto a prazo!

– A prazo?... Como, a prazo? ...

– Sim, a prazo; dei um pouco de entrada e o saldo vou pagando um tanto por mês.

Depois, explicou à mulher como tudo acontecera. Como combinara com o vendedor e as vantagens que lhe concedera por ser português etc.

Leonor, embevecida, escutava o marido e concluia, calada, que nem tudo estava perdido. Esquecera momentaneamente os gastos supérfluos de Fernando, e, nestes devaneios e divagações, vieram-lhe à mente os vizinhos que ficara conhecendo, com quem daqui pra frente deveria dividir as agruras e desconfortos da fétida Vila Capitão-Mor.

Voltando-se para o marido, enquanto jantava, disse:

– Sabes, fiquei conhecendo quase todas as pessoas aqui deste sitio.[3]

– Ah é!.. Quem conheceste?

– Além de D. Amália e D. Lourdes, que já conhecia, fiquei conhecendo o Sr. Bento, D. Zulmira, a Cleide, irmã dela; o Sr. Antônio, D. Dora, e um sujeito que parece maricas, chamado Valdir, a Elisa e a Ivone, filhas de D. Amália.

– Nossa! Então ficaste conhecendo quase todo o mundo aqui do pedaço! – resumiu Fernando.

– Ah! Já me ia esquecendo! Conheci também o senhor Manuel do armazém.

– Ouer dizer que, para conheceres todos os vizinhos, só falta o Sr. João Neves, o jornalista e o Walter?

– Bem, a D. Amália fez questão de me apresentar toda essa gente, eu acho que não há mal nenhum nisso!...

– Não, perfeitamente! – Só não deves envolver-te muito com algumas pessoas, pois estás sujeita a te enrolarem em mexericos e enredos que certamente nos vão trazer dor de cabeça.

3. Sítio. Significa em Portugal: lugar, local.

– Não te incomodes com isso! Eu sei como sair dessas situações!

Terminara o jantar. Fernando foi até a porta, tirou um cigarro, levou-o lentamente à boca, acendeu-o, enquanto meditava como seria o dia seguinte. Assaltava-o uma preocupante insegurança quanto ao futuro, principalmente com a educação do filho. Quedou-se calado e abstrato numa cadeira, enquanto a mulher arrumava a cozinha. Divagando sempre em frustrações, cogitava qual a melhor forma de sair daquela posição incômoda toldada de incertezas. Então, ponderava numa série de fatores presumíveis e aleatórios, que talvez viessem a minimizar a situação dos menos favorecidos. A ditadura de Getúlio Vargas acabava de ser derrubada. Governava agora o Marechal Dutra, prometendo ao povo: liberdade; melhores salários; e apoio à livre iniciativa. Mas os tempos corriam e os salários dos trabalhadores nem ao menos tinham acompanhado as altas dos preços dos gêneros de primeira necessidade. O governo do Marechal Dutra penalizara os trabalhadores apenas. A austeridade, imposta à sociedade como um todo, congelara tão somente os salários. Isto é, o assalariado foi quem pagou o pato. Porém Getúlio tinha-se eleito Senador, e, da tribuna do Senado, conclamava os operários a uma vigilância constante e permanente, para as manobras do governo de Dutra, a bandeira que Getúlio levantava em favor dos operários não passava de demagogia barata, pois, muito pouco tempo atrás, o homem dos Pampas havia mandado surrar milhares de operários e trabalhadores que se declaravam frontalmente contra a sua ditadura. Mas o povo esqueceu logo os espancamentos de que fora vítima ao tempo do seu governo. Então, era só os jornais ou o rádio anunciarem que o Senador iria pronunciar um discurso da tribuna do Senado, e todo mundo ficava ao pé do rádio, escutando o Velho, como era chamado o grande líder das massas.

Fernando embasbacava-se de ouvir os governantes falarem mal uns dos outros. Em Portugal, jamais ouvira alguém falar mal do ditador

Salazar; então ficava confuso e apalermado em ouvir falar mal e criticar mordazmente o chefe de Estado, Marechal Dutra. Mas a democracia, tolerante, indulgente e permissiva, ensejava aos inimigos políticos do marechal fazerem-lhe todos os tipos de crítica, inclusive as críticas pessoais.

Vários seus companheiros eram adeptos fanáticos do Senador. Getúlio era o único político brasileiro que carregava consigo o sentimento do povo, do operário, da gente humilde, diziam. Então ele pensava: – Esta gente não tem memória! Esquecem-se depressa as coisas! Ainda poucos anos atrás, operários, trabalhadores, políticos, intelectuais, enfim, uma porção de gente havia sido espancada pela polícia de Getúlio, e agora era o único amigo dos oprimidos! Estas indagações confundiam-no, mas depois, acabava por achar absurdas as suas ilações, uma vez que o velho Senador era dos políticos o que melhor se identificava com eles. E até achava justo quando os colegas lhe falavam que precisavam de organizar-se, unir-se, formarem sindicatos poderosos e fortes, com condições reivindicatórias, junto ao governo e às entidades patronais, dos seus legítimos direitos, uma participação mais ativa na vida social, melhores condições econômicas, e maior participação nas riquezas nacionais. E a estas considerações, onde o sonho do particular era transferido para o universal, acrescentava-se um sentimento de culpabilidade, de não poder dar à família, um lugar mais decente, mais adequado e confortável, que aquele mísero barraco para onde os levara.

A fuga da realidade pessoal transmutara-se para uma hipotética realidade nacional, na medida em que sempre ouvira dos políticos promessas de melhoria de vida às classes operárias. Quedara-se pensativo. E nesse instante apoderava-se dele uma sensação infinita e oca de pequenes, e uma depressão incontrolável, sentia-se realmente incompetente, medíocre e incapaz. Vieram-lhe à memória várias e inabaláveis conjecturas e a mesma idéia fixa de sempre o assaltava: – teria valido a pena vir para o Brasil?... Depois, comparando os políticos das duas nações concluía: "– São todos iguais. Aqui e lá é tudo *la même chose*, são todos uma cambada: ninguém vale nada; é tudo a mesma merda." E de repente lembrou-se da sua terra natal: – Messines! São Bartolomeu de Messines! Terra de João de Deus,[4] o grande poeta do amor. Orgulho dos messinenses! Também tinha sido político. Mas envergonhara-se com a política, fora apenas a duas sessões da Assembléia, abandonando o mandato pela sordidez e desilusão da vida pública. Dedicara depois toda a sua vida à elaboração da "Cartilha Maternal" e ao seu "Campo de Flores". Recordou-se então de, quando rapazote, formara com alguns contemporâneos um grupo cênico, onde declamara alguns poemas do vate conterrâneo. Entre as estrofes que recitara estava uma que jamais esquecera, a mais emocionante do poema "A VIDA". Trazia-lhe muitas lembranças, pois foi na época da iniciação do seu namoro com Leonor. O poema por ser muito extenso lhe dera bastante trabalho para decorar. Porém aquela parte jamais a esquecera, e mentalmente iniciou a dizê-la:

E Deus, Tu és piedoso.
Senhor! És Deus! e Pai!
E ao filho desditoso
Não ouves pois um ai!
Estrelas, deste aos ares,
Dás pérolas aos mares,
Ao campo dás a flor,
Frescura dás às fontes,
O lírio dás aos montes,
E roubas-ma, Senhor!

---

4. João de Deus: – poeta lírico e pedagogo, nasceu em São Bartolomeu de Messines em 8-3-1830 e morreu em Lisboa em 11-1-1896.

Então vieram-lhe à memória, naquelas frações de segundos que transcorriam pela fantasia da sua mente, as personagens folclóricas e burlescas da terra. E para si mesmo indagava: – como estará o tio Zé Luiz, que juntamente com o Carvalho, o engraxate, depois de bêbados, davam um espetáculo no largo da matriz, digno de ser visto por muita gente. O Sainhas, que também era um artista, com seus bonecos da "cachamorrada" como ele falava. O Jaime sacristão, com a sua obesidade, ancas maiores que os ombros, como se fosse corpo de mulher, sem barba, sem dentes, enfim "um desses enredos da natureza que prá ali andava" como dizia o João Santinho. O Manuel Cunha, com sua corcunda, era outra figura exponencial do lugar; tinha acompanhado várias gerações sempre com ar jovial, muito ladino e lépido, a pregar peças nos outros. O tio Zé Lopes, o mais engraçado, folclórico e controvertido de todos; na maior parte das vezes, invertia as situações, causando confusões e situações engraçadíssimas, geralmente era motivo de anedotas e deboche dos conterrâneos. Enfim, como estariam essas pessoas? Estas imagens corriam nitidamente à sua frente como se estivesse assistindo a um filme.

Aí lembrou-se de uma das muitas brincadeiras que fizera, juntamente com alguns amigos e que consistia no seguinte: havia na terra algumas raparigas[5] solteironas. Lembraram-se de lhes colocar anexins. Veio à luz uma lista de nomes dessas moças com seus apelidos, que foi afixada à porta da Sociedade de Instrução e Recreio Messinense. Fernando recordava-se dos mais engraçados e sugestivos; por exemplo: uma rapariga muito alta que apelidaram de *Vasculho sem palmas*; outra, muito desajeitada, que andava como homem, de *Camioneta sem travões*; uma outra, muito mirrada, de *Múmia ambulante; outra,* que fazia caridades a homens casados, de *Retrete de Messínes*; e mais uma infinidade delas.

5. Rapariga: em Portugal, é moça de boa família.

A brincadeira causara revolta não só aos familiares das moças como também às pessoas amigas. Todas as famílias se uniram e foram à Esquadra[6] da polícia, em Silves, apresentar queixa crime pela difamação. As autoridades abriram inquérito policial para apurar responsabilidades. Entretanto, a coisa fora tão bem feita que nenhum dos autores da brincadeira confessou. Todos negaram. Fernando também foi chamado a depor. A exemplo dos seus conluiados, negara que tivesse participado da confecção da lista. Para felicidade dos autores da brincadeira, a polícia não deu muita importância ao caso. Ele receara ser descoberto, não só por ser muito estimado até por algumas das famílias atingidas, mas também por ser considerado pessoa idônea e decente no meio social.

Recordando estes fatos, depois de ter perguntado à mulher como estava este e aquele... desatou a rir numa gargalhada estridente.

Lernor espantada, perguntou:

– Qual é a graça, por que ris desse jeito?

– Nada! Não é nada.

– Como... Desatas a rir, sem mais nem menos, e dizes que não é nada?

– Bem, tudo tem explicação. É que veio-me agora à idéia a brincadeira que fizeram lá em Messines, com aquelas raparigas. Lembras-te, aquelas que lhes puseram anexins e fixaram na porta da sociedade?

– Claro que me lembro! E tu estavas no meio, certamente?

– Não, eu não seria capaz de fazer uma coisa dessas disse, rindo gostosamente.

– Só pelo teu jeito de falar, seria capaz de jurar que foste um dos autores daquela malvadeza.

– Oh! Leonor, não prejulgues assim, tão afoitamente!

– Eu conheço-te... – concluiu ela rindo.

6. Esquadra: o mesmo que Delegacia, no Brasil.

Duarte já estava dormindo e o casal se preparava para deitar, quando, de repente, escutaram vozes de crianças misturadas com as de adultos, num alarido atroz, chamando, gritando insistentemente:

– D. Lourdes, D. Lourdes!... O seu filho foi atropelado. E uma voz de criança insistia: – D. Lourdes, seu filho foi atropelado... Porém, ela não aparecia, tinha ido entregar uma trouxa de roupa a urna freguеza, lá no largo Santa Rosa.

Fernando saiu à porta, adiantou-se em direção às pessoas e indagou:

– Quem foi atropelado?

Um meninote moreno, de olhos muito acesos, quase esbugalhados, vestindo uma camiseta branca e calção escarlate, disse atrevidamente:

– Foi o Nenê, o filho da D. Lourdes.

– E onde está ele?

– Deitado na calçada, lá na rua Andrade Neves.

– E ninguém o levou ao Hospital?

– Não – disse um outro rapazola, que estava junto.

– Então vamos levá-lo, imediatamente.

– Ah! Mas ninguém quer levá-lo. Os taxistas têm receio das complicações com a polícia – disse alguém.

– Como? As pessoas têm medo das complicações?

– Sim, a polícia geralmente complica a vida das pessoas que socorrem as vítimas.

– Então, vamos lá. Vamos ver o que acontece.

Chegaram perto de Nenê, que estava deitado na calçada, gemendo sem poder se levantar, e todo ensanguentado.

Fernando perguntou-lhe onde doía mais. O moleque fez sinal que era a perna esquerda.

Pararam um táxi que ia passando naquela altura. O motorista, quando viu que se tratava de uma criança atropelada, não queria levar. Alegava que a polícia iria fazer uma porção de perguntas sobre o assunto, se ele tinha visto o atropelamento, enfim, era melhor chamar outro que quisesse fazer a corrida.

– Oh! Meu amigo! O Senhor está vendo a criança toda quebrada, a sangrar, e fica alegando que tem medo da polícia – disse, Fernando. – Olha aqui, ou o senhor leva a criança para o Hospital, ou nós vamos para a Delegacia!... O senhor escolhe, entendeu?

Depois de trocarem algumas palavras ásperas, o motorista anuiu em levar o moleque para o Hospital Antonio Pedro.

Deveriam ser vinte e uma horas quando chegaram ao hospital. O movimento de doentes era pequeno. Fernando pegara Nenê ao colo e o levara para o local, onde deveria receber os primeiros socorros.

Dois policiais que se encontravam de plantão, quiseram saber a causa do acidente. Como nada tinha a esconder, foi logo dizendo tratar-se de um atropelamento, mas que nada poderia adiantar, uma vez que não vira, e nem sabia como acontecera. Estava ali apenas prestando um favor a seu vizinho, pois moravam (como se diz vulgarmente) porta com porta, e vendo a criança assim gemendo de dores, pegou um táxi e estava ali, como estavam todos vendo. O molecote da camisa branca, que viera junto no táxi, e dizendo estar brincando com a vítima na altura do atropelamento, confirmou tim-tim por tim-tim o que Fernando havia dito.

O policial mais graduado não se conformou com o relato do operário, e insistiu com ele, perguntando:

– Mas o senhor não soube por terceiros, qual o tipo de veículo, cor, marca, etc. ?

– Não, senhor.

– Então, ninguém viu nada? – exclamou a autoridade, um tanto encolerizada.

– Meu amigo, se eu tivesse visto, dir-lhe-ia tudo. E continuando: quando foram chamar a mãe do garoto, que é minha vizinha, eu já estava me deitando. Como posso saber qual o tipo de carro, a cor e mais o resto que o senhor quer saber? Afinal, eu estou prestando um serviço à infeliz criança, apenas por solidariedade humana. Não sei, nada vi. Talvez quem possa dizer algo a respeito, seja o menino que estava brincando com a vítima.

– Mas o depoimento do moleque não tem valor, ele é de menor – respondeu o policial.

– Então não sei como posso ajudá-lo.

– Bem, vamos pôr aqui no boletim de ocorrência, que o senhor é responsável pelo atropelamento.

– O quê?... – reagiu Fernando, indignado. – Eu, responsável pelo atropelamento? Eu já disse que nada vi, nada sei. Estou aqui como amigo da vítima, apenas prestando um favor, e nada mais, tá certo?

– Mas o senhor não sabe o nome do autor do acidente, trouxe a vítima para o hospital, como é que fica?

– Como fica? O senhor é quem sabe.

Neste momento, o outro soldado que parecia mais equilibrado, indagou de Fernando:

– Veja, senhor... Nós temos de fazer o B.O. Temos de colocar alguém como responsável pela vítima.

– Bem, o senhor pode fazer o seu boletim, como quiser, incluir o meu nome, dizer toda a história, contar os fatos como eu estou narrando, mas nunca colocar aí que eu sou o responsável pelo acidente. Eu nem ao,menos tenho carro! – concluiu Fernando.

– Mas o senhor vai ficar responsável pelo garoto, não vai?

– Claro, conheço o menino! São meus vizinhos, não vejo mal nenhum nisso. Esse tipo de responsabilidade, jamais posso deixar de assumir. Entretanto, veja como o senhor vai redigir isso! – Não me comprometa. Certo?

O boletim foi feito, ficando o operário como responsável pela vítima, apenas no que dizia respeito à entrada no hospital.

Enquanto isso, Nenê estava sendo observado pelo médico de plantão. Um balanço feito quanto aos ferimentos constatavam: uma perna quebrada, uma luxação muito forte no ombro direito, algumas escoriações generalizadas pelo corpo e um forte hematoma no crânio. Ficara em observação justamente pelo hematoma, enquanto as outras partes ofendidas foram devidamente medicadas.

Fernando chegara em casa a altas horas da noite. A mulher já estava dormindo. Exausto e fatigado, deitou-se sutilmente para não acordar a esposa.

De manhã, muito cedo, escutara soluços e gemidos abafados à porta. Levantou-se. Era D. Lourdes. Ela soluçava, ao mesmo tempo que perguntava se Fernando lhe poderia dizer como estava o filho.

O operário colocou a mãe a par da situação em que se encontrava o menino. Esclareceu-a sobre os ferimentos; segundo os médicos a situação não era tão má como pensaram a princípio. Por fim, ela perguntou se Fernando sabia em que parte do hospital se encontrava o filho. Ele não sabia ao certo, mas a julgar pelo caso, talvez estivesse no centro de observações.

D. Lourdes ainda se encontrava sob o efeito da alta dosagem de álcool, ingerido precisamente na hora em que o filho fora atropelado. Um pouco tonta e cambaleante, mal vestida, mirrada e de canelas chupadas, causa e efeito do excesso de pinga, lá abalara a caminho do hospital, levando na mão uma pequena sacola com algumas roupas, para o filho trocar. Despediu-se do operário, muito agradecida:

– Obrigado, senhor Fernando, Deus lhe pague.

E, com lágrimas nos olhos foi ao hospital.

As pessoas da vila tinham vindo prestar a sua solidariedade à pobre mãe e ao mesmo tempo perguntavam ao operário sobre o estado da criança.

Quando D. Lourdes chegou ao hospital, Nenê já havia sido transferido para a enfermaria, e consequentemente estava fora de perigo. Seria preciso algum tempo para se refazer dos ferimentos da perna engessada, mas o pior já havia passado, como lhe disseram as enfermeiras.

D. Zulmira era funcionária daquele hospital e deu grande apoio a D. Lourdes. Dissera-lhe que não se preocupasse, pois o garoto estava em boas mãos, muito bem assistido e nada portanto deveria temer.

D. Lourdes só apareceu na vila dois dias depois do acidente. Não se cansava de agradecer a Fernando por haver-lhe salvo o filho. Comprou um brinquedo para Duarte e ofereceu uma garrafa de pinga ao pai.

Dias depois, o moleque recebera alta e viera para casa com o gesso na perna; ajudava-o a locomover-se uma velha muleta, doada por uma freguesa da mãe.

Todos na vila confraternizaram-se com Nenê, e cada um deu a sua contribuição, roupas, alimentos, dinheiro e carinho. As melhoras vieram rapidamente. Podia andar sem a ajuda da muleta. Ainda arrastava o trambolho do gesso pela vila, mas assim mesmo dava para fazer as suas molecagens.

Fernando saía para o trabalho muito cedo, só chegando em casa altas horas da noite. Trabalhava doze horas por dia. Às vezes, aos domingos, ia a pé à praia da Boa Viagem, que ficava a uns dois quilômetros de distância. Geralmente levava Nenê (a quem dispensava um carinho especial depois do acidente) para que ele fizesse companhia a Duarte. Costumavam levar alguma coisa para comer e beber, e assim passavam o dia todo perto do mar. O verão tinha-se prolongado e as águas mantinham-se quase mornas. Estavam uma delícia. Enquanto não vinha o tempo frio, era bom aproveitar. Muitas vezes, a filha de D. Amália, a Elisa, também ia com o casal e as crianças. Eram os melhores dias da vida dos Guedes.

O garoto já tirara o gesso da perna. Os banhos de mar haviam-lhe feito bem. Naquele domingo, o tempo não estava bom, o sol encoberto por nuvens escuras prenunciava chuvas fortes. Durante a noite, algumas rajadas de vento e aguaceiros tinham borrifado as mangueiras e as ervas do quintal da vila. Uma voz no rádio de D. Dora, sintonizado na Rádio Nacional, falava de política. Era o ex-Presidente da República, Getúlio Vargas, proferindo um discurso. O velho líder acenava aos trabalhadores com melhores dias, quando novamente fosse governo. Enquanto o rádio falava solto, as pessoas da vila iam tratando dos seus afazeres.

Elisa ganhara uma gatinha branca, com pequenos laivos pretos em volta do pescoço. Lustrosa e muito bem tratada pela dona, poder-se-ia dizer de muita estimação: o animal encarnava a mansidão em si própria.

A vila estava tranquila. De repente ouviu-se os aflitos miados da gatinha. Toda encrespada, com os pelos arrepiados, soltava um " rinhau, rinhau " e bufava ao mesmo tempo, volteando em redor das mangueiras como se estivesse louca. Nenê aprontara mais uma de suas pilhérias. Como o animal era muito manso, amarrara-lhe uma lata de sardinha vazia à cauda, e ainda besuntara o cú da gata com água-raz. O animal, com o ardor da água-raz e mais a lata de sardinha a bater-lhe no traseiro, causou um pandemônio naquele quintal. As pessoas que estavam todas entretidas nos seus afazeres, não deram pela traquinagem, mas, depois do pobre animal começar às voltas com a lata e aos miados, todos saíram para ver o espetáculo. O moleque ria de gozo pela idéia macabra e o sofrimento do infeliz animal.

Elisa saiu em socorro do animal, entretanto não conseguiu agarrá-lo. Irritada, indagou aos espectadores:

– Quem foi o autor da brincadeira?

– Foi esse cafajeste do Nenê – disse D. Dora.

– A senhora viu? – perguntou a moça, encolerizada.

– Vi, vi quando ele estava amarrando a lata na cauda do animal.

Elisa saiu numa carreira atrás do moleque, mas este muito lépido, correu a esconder-se nas saias da mãe.

– Que foi? – perguntou D. Lourdes, vendo Elisa já à porta, toda irritada.

– Não foi nada – disse Nenê.

– Não foi nada? Seu canalha! Você fica judiando do animalzinho e acha que não foi nada, seu vagabundo, sujo, imundo!– E já dando as costas aos dois continuava xingando. – Não perdes por esperar! – exclamava.

Acuado ao abrigo da mãe, o moleque sentia o perigo iminente desabar sobre seu frágil corpo. Mas era abusado e covarde, ao mesmo tempo. Covarde quando sentia o perigo, abusado, quando sabia que alguém o protegia.

A moça ia-se retirando, resmungando palavrões, quando o peralta, numa desenfreada carreira, passou por ela e lhe puxou a saia com violência e desaforamento, pelos insultos de que tinha sido alvo.

Elisa saiu correndo atrás dele, que nem louca. O menino, sempre em círculos e em volta das árvores, ia escapando à fúria da moça. Esta, sem se dar por vencida, corria e aos berros vociferava: "Cachorro! Cafajeste! Filho da puta! Se te pego, vais ver o que te faço. Mando-te outra vez para o hospital". Eis que, de repente, ela consegue pegá-lo.

A vizinhança estava toda do lado de fora, apreciando o agarra-agarra dos dois.

Preparava-se já Elisa para lhe aplicar uma boa sova, quando Fernando se meteu no meio. A pancada fora forte e surda, de punho fechado, a moça bateu com tanta força e vontade, mas eis que atingiu as costas de Fernando. Ele soltou um gemido, e voltando-se para ela, que ficara estupefata e aturdida, disse:

– Oh! Elisa, não faça isso! Este moleque não vale nada, não merece que eu interceda por ele, mas que quer que eu faça...

– Oh! desculpe, seu Fernando... – Não acabou de concluir o que ia dizer.

– Tudo bem, tudo bem, deixe-o comigo.

A moça ao se virar encostara os seios no peito do rapaz e uma sensação estranha fê-la estremecer. As faces escarlates e os lábios rubros tremeram de emoção. Baixara os olhos, envergonhada e confusa saiu correndo para casa. Pela primeira vez, Elisa sentira aquele arrepio, aquela lassidão e comoção dilacerante pelo corpo inteiro. Sentira uma sensação estranha naqueles curtos momentos em que ficara junto ao corpo de Fernando; parecera-lhe uma eternidade, onde o ódio foi sendo substituído por uma imensa felicidade. Depois, num impulso estóico, fechou os olhos e chorou de alegria.

III

Invariavelmente, Fernando levantava-se às 5:30 horas, para poder chegar ao trabalho às 7 horas. A fábrica funcionava ininterruptamente, durante 24 horas, em turnos de 8 horas, portanto, eram três turmas de operários. Ora, isto requeria uma pontualidade e continuidade constantes. A produção não poderia parar, em virtude da automaticidade industrial das máquinas.

Dois grandes grupos econômicos disputavam, cada um a seu modo, a vanguarda da indústria vidreira. A Covibra, capitaneada pelo inteligente e sagaz industrial, pioneiro do vidro no Brasil, Tomé Feteira, surgia como grande favorita para vencer esta homérica e pujante batalha. De fato, o grande conglomerado industrial de Neves, distanciara-se muito dos seus mais próximos concorrentes. Não só na qualidade como também na quantidade fabricada. Destarte, a luta pela vanguarda era encarniçada.

O outro grupo capitaneado pelo então talentoso homem público, Sebastião Paes de Almeida, sediado em São Paulo, tentava obstruir o avanço do grupo fluminense. Entretanto houve um conciliábulo entre as duas forças que vieram depois a fundir-se, ficando a Covibra a comandar as outras fábricas. São Vicente, Mauá e São Paulo ficaram sob a batuta de Feteira. Os escritórios centrais do Rio de Janeiro, na Esplanada do Castelo, manejavam toda a produção nacional em forma de "Truste".

O governo brasileiro tinha ciência de que o "Truste" não era o melhor caminho para o desenvolvimento nacional. Porém, dentro deste caso, concretamente nada podia fazer para evitá-lo. Precisava incentivar a indústria nacional, a fim de que o país atingisse a cúspide do desenvolvimento industrial, tão preconizado pelas classes políticas e financeiras, que nas praças públicas o haviam prometido a seus eleitores. Assim ficava de mãos amarradas, sem poder interferir nos bastidores da disputa pelo monopólio da fabricação do vidro. Era assaz melhor ter alguém que produzisse alguma coisa, dentro do território nacional (embora em forma de monopólio), que importar esse mesmo produto, dispendendo divisas, ainda que esse, processo de produção estivesse nas mãos de um só senhor. Estes eram os argumentos, as explicações dadas pelas autoridades administrativas e financeiras da época. Com efeito, poder-se-ia muito facilmente chegar a este raciocínio, tendo em vista a meta prioritária do governo, o desenvolvimento industrial, visando desta forma tornar-se uma potência mundial.

Os governos anteriores administraram a grande nação brasileira, preparando-a para ser uma potência essencialmente agrícola. Este, contudo, não era o caminho pretendido pelos políticos da época. Estes tinham vindo às praças públicas, para declarar ao povo que o atraso do Brasil estava diretamente ligado à forma arcaica como fora até ali dirigida a política interna e externa da grande nação. Era, pois, hora de mudar, de trabalhar no sentido da industrialização; só desta forma poder-se-ia chegar ao desenvolvimento pleno. Só se o país enveredasse por esse caminho conseguiria livrar-se das peias impostas pelas grandes potências internacionais. Esta era a pregação dos líderes políticos.

Mas o país precisava de capital, tecnologia industrial e de mão de obra especializada, para atingir a grande meta da industrialização. Esta preocupação cumulava-se a uma outra, qual seja, a de dar trabalho aos cinquenta milhões de brasileiros. Dentro desta panorâmica valia toda sorte de esforços. Só desta forma seria possível atingir metas tão audaciosas. Logo, o governo não olhava meios para atingir fins. Sabia e participava da política suja do "Truste".

Os políticos vinham às praças denunciar as negociatas e os monopólios. Condenavam este procedimento, combatiam esta fraude, mas, na maioria das vezes, era apenas para extorquir dinheiro destes grandes complexos industriais, e nunca para coibir a exploração do povo.

Getúlio Vargas, à frente do P.T.B.,[7] ganhara as eleições para Presidente da República. O partido dos trabalhadores havia conseguido impor uma grande derrota aos conservadores de direita. Carlos Lacerda, líder da U.D.N.,[8] declarara certa feita o seguinte: "– O Sr. Getúlio Vargas, senador, não deve ser eleito. Eleito, não deve tomar posse. Empossado, devemos recorrer à revolução para impedi-lo de governar!". Este era o quadro político do governo progressista que o presidente eleito pretendia chefiar.

Em outubro de 1953, o Congresso Nacional aprovou uma lei que criava a Petrobrás. Simultaneamente desencadeara-se uma greve geral dos trabalhadores do eixo Rio-São Paulo. Mais de 300 mil operários participaram desse grandioso movimento reivindicatório. Duramente reprimidos pelas polícias estaduais, conseguiram no entanto o que mais desejavam: aumento salarial e a substituição do Ministro do Trabalho, Sagadas Viana pelo líder petebista João Goulart.

A greve atingira outrossim a Covibra, onde Fernando Guedes trabalhava. A C.G.T.,[9] criada recentemente, ordenara às classes trabalhadoras paralisação geral. Carros com alto-falantes anunciavam desde as primeiras horas da manhã deflagração de uma greve geral.

Como fazia todos os dias à mesma hora, Fernando dirigiu-se para o local de trabalho. Sabia da existência do movimento. Queria entretanto certificar-se se seus companheiros haviam aderido ou se tudo não passava

7. PTB – Partido Trabalhista Brasileiro.

8. UDN – União Democrática Nacional.

9. CGT – Central Geral dos Trabalhadores

de boato. Na rua, as luzes ainda estavam acesas, observou os bondes a trafegarem normalmente e pensou com seus botões: "Acho que não há greve nenhuma, o negócio é ir até à fábrica e ver de perto o movimento paredista".

Esperou uns cinco minutos pela chegada do seu camarão (era o nome dado àquele bonde aberto que fazia o trajeto das Barcas a São Gonçalo) e notou logo que algo de anormal estava acontecendo. Era costume o bonde vir apinhado de gente àquela hora, e no entanto estava praticamente vazio naquela manhã. Aventurou-se a ir até a fábrica ver como estavam as novidades por lá.

Um piquete mantinha-se junto ao portão principal da indústria. Os operários perambulavam em frente à fábrica. Formavam-se rodinhas. Uns discutiam a greve mas outros falavam de trabalho, não constituindo propriamente um piquete visando impedir alguém de trabalhar, como seria natural.

Eram no máximo oito horas quando começou a chegar a imprensa munida de máquinas fotográficas, câmeras de televisão, microfones, e os repórteres dos maiores jornais do Rio espalhafatosamente iniciaram as entrevistas com os operários mais excitados. Os principais organizadores de movimento improvisaram uma espécie de palanque, com algumas madeiras velhas arrancadas dum andaime de uma obra ali perto e começaram seus discursos. Discursos que exortavam os companheiros a lutarem por maiores salários, pela diminuição e melhores condições da jornada de trabalho, pela união das classes operárias. Depois, falavam da precária situação em que se encontrava a classe trabalhadora, da exasperação das famílias de baixa renda, da inexpressão e fraqueza dos sindicatos nacionais; do que o povo poderia conseguir se houvesse união dos milhões de trabalhadores, com sindicatos poderosos.

Por fim, subira ao palanque um indivíduo estranho ao operariado da fábrica, com grandes dotes oratórios, e de improviso conclamava:

– Camaradas! Aqui estamos reunidos na qualidade de defensores da nobre causa do trabalhismo deste país. Aqui estamos, na defesa das classes trabalhadoras da Nação brasileira. Aqui estamos reunidos, com o mesmo grito comum e numa só voz, contra os exploradores do suor do nosso trabalho. E durante quase uma hora, foi instigando e concitando os operários a irem até as últimas consequências, se fosse preciso. Depois, com grande verbosidade, arrematara o seu discurso com estas últimas palavras: – Precisamos de união, precisamos nos manter unidos; unir nossas forças; só assim conseguiremos a vitória final contra a máfia organizada das entidades patronais.

Fernando, a exemplo de seus colegas, assistira aos discursos, aos aplausos e às vaias dos operários quando os oradores se referiam às classes patronais. Realmente, a remuneração pelo trabalho do operário era irrisória. As classes trabalhadoras viviam com muitas dificuldades. A assistência social era nula, a previdência social inexistia, enfim, era de penúria o estado do operário brasileiro. O homem do palanque tinha razão em chamar as classes operárias à união por salários melhores, para fundarem sindicatos poderosos iguais ou superiores em poder às entidades patronais; mas nunca deveria incitar os trabalhadores à revolução armada, como ele insinuara em seu discurso.

Estas ponderações eram debatidas entre alguns companheiros de trabalho, enquanto acirradas discussões tumultuavam o recinto, defronte ao portão da fábrica.

Tudo corria normalmente e alguns operários já se dispunham a retirar-se quando, de repente, dois carros de polícia, transportando tropas de choque, chegaram ao local das manifestações e estas, de maneira indiscriminada, iniciaram ferozes agressões aos trabalhadores.

O corre-corre entre os operários generalizara-se. Policiais empunhando numa das mãos o cassetete e na outra o revólver, agrediam as pessoas que ali estavam ou passavam naquele momento. Apanhados de surpresa, alguns corriam apavorados em todas as direções, escapando à sanha inescrupulosa da Polícia. Aos que fugiam amedrontados, contentara-se a soldadesca em vê-los correr, sem lhes dispensar maiores atenções. Entretanto, outros revidaram às agressões, como acontecera com Lourival Ferreira, homem que não levava desaforos para casa – como ele mesmo dizia – e que, ao ser agredido por um policial sem motivos, tirou o cassetete das mãos do outro e, com o mesmo, começou a agredir o homem da lei.

Imediatamente, Lourival foi cercado por vários policiais que o dominaram e espancaram sem dó nem piedade. Fernando, vendo o amigo sendo agredido daquele modo, correu para o socorrer, apenas com a intenção de explicar e interceder pelo colega, não lhe passando pela cabeça agredir alguém. Ao se aproximar, um outro grupo logo o interceptou e, com a mesma volúpia e sanha de sangue, igualmente o agrediu e espancou, ao mesmo tempo que arrastava outros colegas para os camburões da força policial.

Lourival ainda tentou avisar Fernando para que não se envolvesse naquilo, mas já era tarde. Cercado pelos policiais, esboçou uma reação, apenas perguntando:

– Por quê? Por que os senhores estão me prendendo? Eu nem participei deste movimento! – exclamou num tom quase humilhante de súplica.

Um dos soldados, que estava todo encrespado, empurrou-o com violência para o interior da viatura:

– Vamos, vamos! Vocês são todos uma cambada de agitadores profissionais. Entra, entra! Fica quieto, senão o pau come, tá?! – vociferava outro.

Foram parar na delegacia de polícia. O Dr. Delegado, um homem de meia idade, de calva brilhante e óculos grossos, dava a impressão de ser severo. De terno de linho cinza, gravata vermelha e camisa branca, ordenara o trancafiamento de todos, presumíveis grevistas.

Depois, um a um, devidamente qualificados e fichados, começaram a depor sobre suas atividades. Na grande maioria, os detentos foram liberados, conforme o entender do delegado. Chegou a vez de Fernando, finalmente.

– Como se chama?

– Fernando Guedes.

– O senhor é português?

– Sim senhor, Dr. Delegado.

– Então por que o detiveram?

– Não sei, eu só quis ajudar um colega que fora detido.

– Como o senhor queria ajudar o seu colega? O sr. é um mentiroso! Eu estou bem informado sobre o que queria fazer. O senhor é um agitador profissional e internacional.

– Eu?!. – retrucou Fernando, muito admirado das acusações.

– O Senhor, sim! O senhor é agitador!

– O Senhor deve estar confundido. Eu sou operário da Covibra. Aqui estão os meus documentos que comprovam isto.

– Ora os documentos!... – exclamou o delegado.

– Quer dizer que os documentos não valem nada?

– Não, não valem. Temos informações sobre existirem naqueles piquetes agitadores internacionais. O senhor contesta isso?

– Eu não contesto nada. Nada sei a esse respeito, nada tenho a ver com esses movimentos.

– Muito bem! – disse o delegado. – Há quantos anos o senhor trabalha na Covibra?

– Desde que cheguei ao Brasil.

– Nós temos informações de que o senhor é ativista internacional.

– Oh!... Deve haver algum engano – respondeu o operário.

– Não há engano coisa nenhuma. Vocês, portugueses, vêm p'ra aqui bagunçar nossas instituições!... Por que não fazem isso lá em Portugal com o Salazar, hein?... Guarda, ponha este homem na cadeia para averiguações posteriores. Ordenou o Delegado.

Preso junto com marginais da pior espécie, sem saber do que era acusado, Fernando mergulhara numa grande solidão. Alguém o teria denunciado por algum crime que ele não cometera. Uma enorme tristeza se apoderara do seu ser. Preso sem saber porquê, sem nunca ter ofendido ninguém, sem nunca ter feito mal a quem quer que seja, via-se assim num estado desesperador e confuso.

Felizmente o colega que agredira o policial havia sido liberado e lembrara-se de lhe pedir o endereço para qualquer eventualidade. Ainda no departamento da Organização de Polícia Política e Social, soubera que Fernando ficara detido.

Encaminhou-se para a residência do amigo, com a intenção de comunicar à esposa que o marido havia sido detido para averiguações posteriores.

Lourival chegara à Vila Capitão-Mór pelas cinco da tarde. Perguntou à primeira pessoa que encontrou (que, por ironia do destino, era Valdir), onde morava Leonor Guedes.

– Casa cinco.

– Muito obrigado.

– De nada.

Encaminhou-se para a casa cinco. Lá estava a esposa do operário passando roupa sobre uma mesa improvisada de caixotes velhos.

– Boa tarde! É D. Leonor?

– Sim, senhor!

– Olhe, não sei como começar esta conversa. Mas parece-me melhor ir direto ao assunto, para não perdermos tempo – exclamou com a voz um pouco trêmula. – Eu, seu marido e mais alguns companheiros lá da fábrica fomos detidos durante um piquete para impedir alguns operários de entrarem para trabalhar. Posso garantir que nem eu nem seu marido tivemos interferência no piquete. Aconteceu que a polícia chegou e começou a distribuir pancadaria por todos os lados e justamente veio em cima de nós. Eu revidei aos policiais e fui detido. Seu marido veio em meu socorro, nada fez para ser preso, mas também foi detido. Agora parece que ficou preso para uma nova averiguação. Ouvi dizer que estava sendo acusado de agitador profissional.

– Ai, meu Deus! Como foi ele se meter nisso? E agora?...

– Agora, a senhora deve arranjar um advogado para tirá-lo de lá.

– Eu não conheço nenhum advogado! – respondeu Leonor chorando. Enquanto Duarte, que chegava por ali, se agarrava à saia da mãe e também iniciara a choramingar.

– Olhe, D. Leonor! Assim a senhora não tira de lá o seu marido. O melhor é aprontar-se e ir até a Delegacia convencer o delegado a soltar Fernando.

– O senhor acha que ele o solta se eu for pedir?

– Não sei, precisa tentar.

– Então o senhor dá licença, enquanto eu troco de roupa.

Lourival esperou no quintal até Leonor mudar de vestido. Depois ela perguntou se achava melhor levar Duarte juntamente consigo.

– Leve, leve, assim a senhora pode impressionar melhor o delegado.

– Tem razão. Devo levar o nosso filho, para aqueles patifes verem que estão prendendo um homem injustamente.

E com o filho pela mão, ao lado de Lourival, Leonor apresentou-se ao delegado de plantão, a esta altura já outra pessoa, diferente daquela que detivera Fernando Guedes.

Ajudada pelo companheiro do marido, relatou à autoridade os acontecimentos daquela manhã.

O delegado ouviu tudo com atenção e em seguida pediu que trouxessem as fichas dos encarcerados daquela manhã. Depois de revirá-las quase todas, encontrou a de Fernando. Observou-a cautelosamente, com o cigarro entre os dedos amarelados do fumo; levando-o inconscientemente à boca, num ritual cadenciado e metódico, soltava baforadas de fumaça, ora de um lado, ora para outro. Aparentemente calmo, um pouco obeso, tinha uma voz possante e preguiçosa. Chamava-se Oliveira. Dr. Eduardo Oliveira.

Como se tivesse acordado de uma sonolência profunda, indagou:

– Afinal, por que o seu marido está detido?

– Não sei, sr. Doutor. Os senhores é que sabem porque o prenderam.

– A acusação que consta contra ele, é que é estrangeiro, e como tal, não deveria fazer parte de movimentos grevistas. É só isto que pesa sobre a sua detenção. Todavia era para já estar solto.

– Mas não está. Não é doutor? – disse Lourival.

– Vou mandá-lo chamar! – E virando-se para um guarda que estava sentado no corredor da delegacia, disse: – Ó guarda, traga o detento Fernando Guedes à minha presença.

Mal o operário chegara à sala do delegado, Duarte correra a abraçar o pai. Leonor, também com lágrimas nos olhos, ficara abraçada ao marido por alguns segundos. Depois, refeitos das ansiedades que os atormentavam, mantiveram-se serenos, até que o delegado, o inquiriu:

– O seu nome é Fernando Guedes?

– Sim, senhor.

– É de nacionalidade portuguesa?

– Certo.

– Trabalha na Covibra?

– Trabalho.

– Por que o detiveram?

– Não sei.

– O senhor já se envolveu com algum problema político?

– Não, senhor.

– Nunca se envolveu com problemas políticos em Portugal? Mas consta que o senhor é um ativista profissional!...

– Onde foram colher esses elementos? – Indagou o rapaz.

– Não sei. Só sei que consta aqui.

– Deve ser um tremendo engano. E acrescentando, disse: – Eu nunca fiz parte de nenhum movimento, nunca tinha estado numa delegacia, nunca me meti em política, como podem me acusar de ser um ativista? Ora, senhor delegado, tenho mulher e filho para cuidar, não é para andar metido nessas coisas. Pergunte ao meu colega, se eu fiz alguma coisa de mais, para me prenderem.

– Tá bom, tá bom! Não se exaspere. Vamos ver o que se pode fazer.

– Ó Barbosa, venha cá. – Era o escrivão de polícia. Um homenzinho magro, de bigodinho e pera esbranquiçados, dentes amarelos e estragados, sempre com o cigarro no canto da boca, logo acudiu ao chamado do Dr. Oliveira.

– Escreva – ordenou o delegado. – Escreva primeiro a qualificação do indiciado. E que conforme o depoimento do detido, jamais participou de qualquer movimento grevista e muito menos de movimentos que atentassem contra a ordem pública. E que tendo sido devidamente fichado nesta delegacia, depois de prestar as declarações de praxe, saira livre.

Na vila espalhara-se que Fernando fora preso por ter furtado certa importância de um colega de trabalho.

A greve tivera a duração de três dias. Durante o tempo em que os operários ficaram parados, o boato ficou camuflado. Só depois de alguns dias do retorno ao trabalho é que D. Lourdes num descaramento imbecil, viera perguntar a Leonor o porquê da prisão do marido. A mulher, ingenuamente, disse a verdade:

Foi por causa da greve dos operários lá da fábrica.

– Só por causa disso prenderam seu marido?

– Sim, só por isso.

– Ah! Mas aqui na vila corre outra versão...

– Que outra versão, D. Lourdes?

– Ah! Deixa prá lá, D. Leonor.

– Não, deixa prá lá, nada... Diga o que estão falando aqui na vila. O que inventaram sobre o meu marido. Diga lá o que lhe contaram!

– Sabe, D. Leonor, disseram que seu marido havia furtado dinheiro de um colega do serviço.

– Mas quem foi o inventor dessa infâmia? Quem lhe contou essa mentira, essa calúnia! Quem foi?

– Bem, quem saiu com isso aí foi o Valdir.

– O Valdir, aquele que parece maricas?

– Sim, sim, foi aquele veadão, irmão do Walter.

– A senhora sabe se ele está em casa? – indagou Leonor encolerizada.

– Então, vou esperar esse maricas chegar para lhe perguntar quem lhe forneceu essas informações maquiavélicas, essas mentiras, essas calúnias,

Indignada, pegou uma cadeira e foi sentar-se à porta da vila, na esperança de interceptar Valdir assim que ele chegasse.

Valdir, além de pederasta, era uma dessas figuras pusilânimes, traiçoeiras e imundas da sociedade. Morava com o irmão numa das medíocres casas da vila, e trabalhava em Icaraí, numa loja de modas para senhoras. Então sobrava-lhe tempo para arquitetar mexericos dos vizinhos. Naquele dia, escutara quando Lourival disse a Leonor que o marido tinha sido detido. Sem saber o motivo real da prisão, ele inventou aquela história que logo se espalhou pela vila.

Leonor, postada à porta da vila, esperava ansiosamente a vinda de Valdir para o ajuste de contas. Tinham chegado quase todos os moradores, só o cafajeste não aparecia.

Até o marido de Leonor já chegara e encontrara a mulher sentada à porta, com se estivesse esperando alguém. Vendo que ela não arredava pé, perguntou:

– Já cheguei. O que é que ainda estás esperando?

Leonor, para não denunciar o motivo pelo qual estava ali prostrada, encaminhou-se para o interior da pequena casa sem nada dizer.

– Que bicho te picou? – indagou Fernando, depois de entrar e observar que a mulher ficara imóvel, como se não o visse chegar.

– Estou esperando o Valdir para esclarecer um assunto.

– Mas é assim tão importante, que nem ao menos me vens dar o jantar? – indagou, um pouco exaltado.

Rabicunda de raiva e mal humorada, Leonor resolveu contar tudo ao marido. Disse que o maricas espalhara pela vila o boato que a sua prisão teria sido por ele ter furtado certa importância de um colega de trabalho.

Perplexo e aturdido com o que acabava de escutar, pasmado e de boca aberta, o operário ficou por alguns momentos estático. De repente, levantou-se e numa atitude brusca e agitada, perguntou à mulher:

– Esse filho da puta ainda não chegou?

A mulher acalmou-o, dizendo ser esta a razão de estar no portão esperando a chegada do cafajeste, para ela mesma lhe quebrar os focinhos.

Acalmaram-se um pouco mais, e, numa insurreição de pensamentos, Fernando questionava consigo mesmo, porque teria aquele monstrengo infame e covarde inventado tal mentira? Por quê, meu Deus? Por quê... Que mal lhe haviam feito, ele e a mulher, para inventar uma calúnia dessas?!... E por alguns segundos com os olhos esgazeados, sem nada perceber, sem nada entender, sem encontrar uma explicação plausível para este enigma da maldade, da injúria, enfim da maledicência e humilhação em que o tentavam jogar, ficou apalermado, enquanto Leonor, numa azáfama, punha o jantar na mesa, no mais profundo silêncio, escutando-se apenas o zumbido das moscas que esvoaçavam em redor da lâmpada pendente dum fio elétrico que descia duma vigota de sustentação do telhado negro e envelhecido da pequena sala.

A entrada de repelão do filho, veio acordá-lo desta pasmaceira. Vinha de brincar com uns moleques lá da rua José Clemente. E Fernando, como se tivesse acordado dum sonho, coçando o queixo lentamente levantou-se da cadeira do melancólico repouso, a remoer uma necessidade que se sobrepunha ao seu sossego, imaginando: – Era preciso dar uma lição nesse filho da puta! Cumpria que o seu orgulho de homem honrado, honesto e direito, não ficasse manchado, ante a infâmia que circulava entre os vizinhos.

O jantar estava servido, mas entojado de tanta malvadez e perversidade, fora-se o apetite.

* * *

Era uma manhã de domingo, e o tempo, sob densa nebulosidade, prenunciando chuva e fortes rajadas de vento, fustigava as árvores do quintal, silvando nas parcas antenas de televisão das ruas em redor.

Poucas pessoas se atreviam a sair de casa, não só porque o tempo não estava convidativo, mas pela prudência que este recomendava. Assim mesmo, alguns moradores da vila circulavam por ali. Uns em seus afazeres diários, outros na indolente e beatitude de seu lazer, vinham fumar o seu cigarrinho ao ar livre, ao invés de ficarem curtindo o cheiro de mofo dos infestados cubículos.

Fernando levantara-se um pouco mais tarde que o costume. O seu entretenimento aos domingos ou feriados, quando não ia à praia, era bater um papo com os vizinhos. Naquela manhã, porém, não estava num desses dias de disposição para conversar, mas eis que, saindo à porta, deu de cara com o sr. Antonio, que, fazendo seu cigarrinho de palha, lhe deu de vaia a perguntar sobre o assunto da greve como tinha ficado. Com o filho pela mão, vagarosamente foi chegando onde estava o amigo e, depois de explicar o desfecho do movimento e o fato de ter ido parar na cadeia inocentemente, a conversa estendeu-se para outros assuntos, e outras pessoas foram chegando e participando do bate-papo. Eis que de repente, aparece Valdir e vem sentar-se junto ao grupo.

Fernando era um homem de trinta anos, forte um metro e oitenta, sadio, com oitenta quilos de músculos, poder-se-ia dizer, bem proporcionado, com muito vigor e agilidade, decidido e voluntarioso. Agora tinha sido alvejado na sua honra pelo pilantra e covarde que se atrevera a vir à sua frente, quase como um desafio. O sangue subiu-lhe às faces, entretanto esperou que o pederasta entrasse primeiramente na conversa, para depois perguntar-lhe onde fora ele buscar a infamante e ultrajante mentira do furto.

Os irmãos Galbiatti já se encontravam os dois na roda dos vizinhos, onde o papo contava com uma participação quase maciça de todos da vila, quando Fernando, num tom agressivo, voltou-se para Valdir e o inquiriu:

– É verdade, Valdir? Você andou espalhando aqui à vizinhança, que eu fora preso por ter furtado dinheiro de um colega meu, lá na fábrica? Você confirma isso?

– Não... imagina! Eu falar isso do senhor! – acrescentou com aquela voz de veado.

– Você é um filho da puta, sabe disso? Você é um grande cachorro, seu veado. Cara a cara, não tem coragem de dizer o que diz por trás.

Nesta altura, Walter que estava apenas ouvindo a discussão, quis interferir e disse:

Escute, Sr. Fernando! Pode chamar os nomes que quiser ao meu irmão. Tudo bem! Mas filho da puta!... Isso não. A minha mãe não é isso.

– Chamei-lhe filho da puta e chamo também a você! Ouviu?... Vocês são iguais. Vocês são uns filhos da puta.

Valdir, observando o jeito ameaçador de Fernando correu a pegar um pedaço de pau que estava ali por perto, a fim de agredir o operário. Este, vendo a iminência de ser agredido, voou em cima dele para lhe arrancar o pau das mãos. Walter, sorrateiramente, veio por trás, como só os covardes fazem, e desferiu um grande soco em Fernando. Este, num tumulto confuso de ódio e de raiva, virou-se e aplicou tamanho golpe em Walter que ele caiu estirado no chão.

Então numa rapidez exuberante foi distribuindo socos e pontapés aos dois irmãos, sob os olhares incrédulos dos vizinhos, que mal tiveram tempo de assistir à cena de pugilato desenrolada em poucos segundos. Aí veio a turma do deixa disso e as coisas se acalmaram quando Fernando foi agarrado pelas pessoas que lhe pediam com sofreguidão:

– Deixa isso prá lá! Não faça caso, não machuque mais esses desgraçados! Agora eles já apanharam uma lição! Deixe isso.

Ainda cheio de nervos e com os olhos chamejantes de cólera, ele vociferava:

– Ah! cães... Ah! Cães, eu mato os dois!

Enquanto isso, os irmãos se levantavam e se encaminhavam para o interior de sua casa, encolhidos e cabisbaixos, ameaçando levar Fernando às grades da cadeia.

Aos gritos, com voz histérica, Valdir grunhia lá de dentro que muito em breve acertaria contas com Fernando. Walter limitara-se a limpar os ferimentos em seu rosto dos vários socos que levara pelas trombas, sem nada protestar.

Todos os vizinhos eram unânimes em defender o operário das difamações infundadas de que fora vítima.

D. Dora dizia:

– Foram poucas, ele deveria ter dado uma surra tão grande, mas tão grande que os deixasse de cama por uma semana... Um é conquistador barato que fica só sacando as filhas e mulheres dos outros; o outro é isso que se vê, nem é homem, nem mulher! Anda vestido de homem, mas procede como se fosse mulher, e nós temos de aguentar esta pouca vergonha aqui nas nossas barbas...

Os comentários eram diversos. D. Zulmira também compartilhava da opinião de D. Dora. O Sr. João Neves, redator do jornal *O Fluminense*, também ficara do lado de Fernando. Enfim, os vizinhos eram quase na sua totalidade a favor do operário. Apenas Cleide estava do lado dos Galbiatti. Não porque não gostasse de Fernando (muito pelo contrário), mas por ciúmes de Leonor. Este era realmente o motivo porque ficara contra ele, segundo declarações dela própria. Não só ficara contra, como também ajudara a espalhar o boato da prisão do operário.

Decididamente, Cleide não suportava os Guedes, então tudo que viesse em seu prejuízo era considerado lucro para ela. De sentimentos baixos, dada a sua humilde origem e o meio esquálido em que fora criada, sentia-se confortada ao ver as famílias de bem serem prejudicadas ou sofrerem certos revezes. Muito diferente da irmã, Cleide era uma mulher bonita e sensual. Corpo delgado, muito bem feito, seios e quadris bem jeitosos, tinha um rosto ovalado, belos olhos negros, tez morena, nariz pequeno, lábios não muito carnudos mas sensuais, cabelos negros levemente ondulados. Mineira de Varginha, houvera sido seduzida por rico e abastado fazendeiro da região. Para não cair na prostituição, na própria cidade de nascimento, a irmã mais velha, atendendo a um apelo da família, trouxera-a para Niterói, onde viera para fazer um curso de enfermagem e acabara fixando residência.

Zulmira conseguiu colocação para Cleide no Hospital Antonio Pedro, onde já galgara certa influência pelo seu trabalho e dedicação. Contudo, a irmã não se adaptou ao serviço; não gostava de lidar com enfermos, estes lhe repugnavam. Não gostava e pronto... – dizia à irmã. – Você não vai obrigar-me a fazer o que eu não gosto, né?...

– É respondia Zulmira, muito vexada... – Deveria ter deixado você lá em Varginha! Mas agora é tarde...

Cleide não tinha jeito para limpar sujeira de doentes. O desejo dela era ser manequim, cantora de rádio, artista de televisão ou teatro, enfim, coisas deste tipo. Todavia não tinha dotes artísticos nem cultura suficientes para o exercício de tais profissões. Então foi ser dançarina numa dessas casas onde os homens pagam para ter uma parceira. Era o Avenida Danças, na Av. Visconde do Uruguai, no Rio.

A irmã, a princípio, ficou furiosa com o seu tipo de trabalho, principalmente com sua chegada em casa, sempre de madrugada, mas aos poucos foi se habituando, e agora já encarava quase com naturalidade a vida da mana.

Ora o tipo de serviço de Cleide tinha certa similitude com a vida de Valdir, eis pois a razão de estar ao lado dos Galbiatti.

* * *

Apesar do apoio inconteste da quase totalidade dos moradores, Leonor não se sentia reconciliada com a imundicie dos difamadores. Era ela que ficava ali o dia inteiro, naquela cloaca e masmorrenta vila. Insistentemente, pedia ao marido para mudar para um outro sítio, bem longe dali. Não suportava também o jeito de Cleide a olhar para o seu homem, como querendo agarrá-lo com aqueles olhares fortuitos e expressões dengosas.

Era bem verdade que Fernando fingia não perceber aquelas maneiras eróticas da vizinha, mas Leonor, atenta, compreendeu com nitidez os macabros pensamentos de Cleide e onde pretendiam atingir. Tudo isso a deixava bastante contrariada e aborrecida, e, sempre que se proporcionava, pedia ao marido para deixar este lugar abjeto.

De fato, o filho crescera e a casa tornara-se pequena demais para os Guedes, mas, de outro lado, os salários não tinham acompanhado a inflação, ficando defasados e aumentando o desnível social da classe operariada, deixando as famílias de menor renda numa situação de penúria e aperto. Vontade de mudar não faltava ao operário da Covibra, mas que fazer, se os aluguéis subiam tanto que era quase impossível mudar sem correr o risco de ficar inadimplente? Não se desesperava, e, como se vislumbrasse uma remota possibilidade de encontrar algum outro lugar para morar, consolava a mulher dizendo que estava procurando casa.

O tempo corria. Ia ano, entrava ano e as famílias da vila, alheias ao mundo externo, cuidavam de seu afazeres cercadas pelos muros da lateral esquerda. Como quem olha da frente para os fundos, via-se na parte traseira, no sopé do morro, uma barreira divisória, onde uma sebe se plantas tropicais nascidas ao acaso formavam uma espessa cerca, servindo múltiplas vezes para dependurar roupas dos fregueses de D. Lourdes ou de outros moradores negligentes, que não se davam ao trabalho de fazer um varal.

Era dezembro, mês do Natal. Os ruidosos anúncios dos alto-falantes prenunciavam a aproximação da data máxima da cristandade, cujo barulho se fazia ouvir na Vila Capitão-Mór.

Natal é sempre Natal. O dinheiro para comprar os presentes tão sonhados durante o ano inteiro tem que aparecer de qualquer maneira.

Os Guedes faziam o balanço das suas economias e viam que pouco ou nada lhes sobrara, para a festa de natal. Também os outros moradores até quase à última hora ainda não tinham comprado os seus presentes. Um ou outro, como Valdir, Walter o João Neves, já haviam sido presenteados por colegas de serviço ou pelas empresas onde trabalhavam. Para Cleide, bonita e insinuante, não faltavam presentes. Uns cinco dias antes das festas, eis que para um táxi no portão da vila, carregadinho de pacotes de todas as formas e feitios. Ela vinha radiante, ganhara muitos presentes. Deveriam ser umas onze horas da manhã e as mulheres quase todas estavam em casa. Então puderam ver aquele vai-e-vem do carregamento dos pacotes a roçarem pelo seu vestido de seda, num fru-fru lânguido e macio, ante os olhos incrédulos e espantados das vizinhas. Depois de ter carregado todos os embrulhos para dentro de casa, chamou D. Lourdes para ajudá-la a desembrulhar tudo, só para ela ser porta-voz às outras mulheres dos presentes que ganhara. Pretendia com isso agredir, de uma só vez, todas as mulheres ali residentes, naquela pequena e pobre comunidade. Já recomendada, D. Lourdes se prestou ao papel que Cleide premeditara, ou seja: alardear os finos e ricos presentes que a prostituta granjeara. A mulher entrava numa e noutra casa, sempre a falar isto e aquilo da dançarina, as coisas finas, os lindos e valiosos presentes, só com o intuito de desestabilizar e meter inveja àqueles casais que viviam harmoniosamente. Leonor, o maior alvo da agressão foi a primeira a ser visitada pela fofoqueira.

As mulheres não resistiram à provocação, e, quase naturalmente, se juntaram em casa de D. Amália, para comentar como teria a dançarina conseguido tantos e tão valiosos mimos. D. Lourdes sabia, que alguns eram obséquios de um Dr. Delegado de Polícia, outros de homens da casa de danças.

D. Dora, com sua pele lustrosa e obesidade ingrata, foi quem primeiro desencadeou uma série de coléricos protestos à maneira como aquela magana havia conseguido todas aquelas prendas, exclamando:

– Essas vacas, sem vergonhas! Ficam aí tirando o dinheiro dos homens e da família deles, e depois vêm aqui exibir as coisas que ganham na frente dos nossos maridos, só para nos meter inveja!

Então, D. Amália com seu bom humor de sempre, rindo, comentou:

– Ora, deixe lá!... Se os homens lhe dão presentes, é porque ela faz para isso...

Leonor nada disse. Limitou-se apenas a concordar com as palavras ásperas e críticas de D. Dora. Os seus pensamentos esvoaçavam entre a tentação dos finos presentes e a devassidão daquele corpo delgado de Cleide, sempre pronto a ser trocado por alguns míseros cruzeiros ou então por algum favor... Depois, acrescentou:

– É uma coitada! Basta a humilhação a que ela se expõe para conseguir essas coisas, para nós sentirmos dó dela. Eu, no meu entender, sinto muita pena e não invejo nada esses presentes!... – disse com voz muito triste.

– Que nada, D. Leonor – respondeu D. Dora – Ter dó duma vaca daquelas, que ainda por cima se vem exibir...

– Pense bem, D. Dora! Imagine a senhora ter uma filha com a vida dela! Pense nisso! Não é de ter dó?

D. Amália concordava. Afinal era mesmo uma coitada.

E olhe, D. Dora, ninguém sabe para o que está no mundo...

– Sim, pensando bem, era uma vida cheia de vícios, misérias e mazelas, e prá quê? Para ganhar alguns presentes no Natal? Era uma grande tolice.

IV

Nenê crescera. Já completara 17 anos. Considerava-se homem feito. Os primeiros fios de barba despontavam raros e fracos, dando nítida impressão de ter menos dois anos do que realmente tinha. Franzino e raquítico, supria estas devantagens com a lepidez de sua magreza.

Muitas vezes pedira proteção a Fernando quando, estouvado, praticava suas molecagens. Outras tantas servira-se da mesa do operário para matar a fome, enquanto pequeno e impossibilitado de ganhar para o seu sustento. D. Lourdes, sua mãe, tudo quanto ganhava consumia em cachaça. Em decorrência disso, crescera magro e desnutrido. Deixara há muito tempo de brincar com Duarte, mesmo porque Leonor não consentia que o filho ficasse junto dele. Era mais um a descambar para as vielas tortuosas da vida criminosa. Raras vezes era visto de dia, levantava-se de noite e deitava de madrugada, quase não sendo notada a sua presença no lugar onde morava.

Agora frequentava muito o Morro do Estado. Os botecos e tascas todas lhe eram familiares. Passava a maior parte de suas horas nestes covis infestados de marginais da maior periculosidade.

O Morro do Estado era um enorme chapadão, muito arborizado, com vielas dispostas em linhas horizontais. A subida do Morro tinha de ser feita através de pequenas azinhagas, escavadas pelas águas das chuvas, ladeadas por sebes de plantas tropicais nascidas a esmo e mal davam para passar duas pessoas emparelhadas. Barracos construídos de madeira, geralmente com a frente voltada para a cidade, dispostos desordenadamente, uns em cima dos outros pela encosta do enorme cerro, pintados ou caiados das mais diversas cores, e outros até sem pintura, davam um colorido incomum à paisagem íngreme, onde enormes coqueiros se destacavam esparsamente distribuídos em vários lugares, como para impedir ainda mais a erosão da terra, quando as tempestades de verão assolavam o labiríntico e populoso outeiro.

A encosta iniciava-se rente à rua Anchieta, elevando-se perpendicularmente, atingindo até 300 metros de altitude, depois descia suavemente lá para os lados da rua Miguel de Frias, perto do clube dos Ingleses. Lateralmente, estendia-se até a rua São Sebastião para o lado Leste, e do lado Oeste morria para as bandas da José Clemente.

Ali se homiziavam os maiores bandidos da capital fluminense.

Além destes, prostitutas, gigolôs, ladrões, passadores de entorpecentes, falsários de todas as espécies lá se vinham acoitar das autoridades.

Era temerário alguém que não fosse daquele antro lá penetrar, pois corria o risco, no mínimo, de ser assaltado, quando não fosse sumariamente assassinado.

As autoridades policiais tinham conhecimento do grande exército dos foras-da-lei ali existentes, mas, por interesses próprios, faziam vistas grossas, e, raramente havia batidas ao lugar.

Vez por outra era feita uma ronda, com o cunho apenas de atemorizar um pouco esta população marginal, e um ou outro, de menor periculosidade, era levado preso. Porém, os marginais mais perigosos jamais eram detidos. Sempre havia alguém avisando com antecedência que a polícia iria a tal hora subir lá no Morro.

No outro dia, as manchetes dos jornais, em letras garrafais, enfatizavam a façanha audaciosa da nobre corporação policial do Estado do Rio, que houvera desbaratado uma quadrilha e prendido seus destemidos chefes.

Nenê começara a frequentar as galerias imundas da criminalidade.

De início, furtava objetos de pouco valor, os quais eram revertidos em dinheiro, depois gastos em jogatinas, mulheres e noitadas com bebidas. Paulatinamente, entrara em delitos maiores, engajara-se numa quadrilha comandada por um bandido de uns 25 anos, chamado Mario Moreno conhecido por Mão-Preta.

Assaltos à mão armada, roubos violentos (estupros e outros crimes praticados pela quadrilha), alarmavam quase toda a cidade.

Várias queixas-crimes haviam sido encaminhadas à Delegacia Geral de Niterói contra a suposta quadrilha do Mão-Preta. Foram infrutíferas as diligências no sentido de prender os perigosos bandidos da famosa "alcatéia."

Certa noite, um grande aparato policial cercou o Morro. Um pelotão de soldados armados com revólveres e carabinas, fizera uma blitz na esperança de prender os marginais que tanto incomodavam os trabalhadores e comerciantes da baixada fluminense.

Apanhados de surpresa, os bandidos imediatamente se organizaram na defesa da sua fortaleza. Uma fuzilaria infernal se desencadeou nas vielas e becos do Morro. Escudados atrás dos barracos e dos coqueiros, os marginais ofereciam resistência à polícia como podiam. As forças do Estado, muito superiores, levaram de roldão os bandidos, com várias baixas para estes últimos. Na verdade, o clamor da população trabalhadora tinha sensibilizado o Governo, e este, na preservação da ordem pública, destacara um pelotão de choque, para desarticular, de uma vez por todas, as *gangs* organizadas da cidade e os bandidos que agiam sós e se homiziavam no forte da criminalidade e da corrupção.

Nenê lá estava com seus companheiros de crime, e, apesar da sua covardia, teve de enfrentar os homens da lei; alguns dos seus colegas tombaram, outros escaparam, e ele, foi atingido por uma bala na coxa esquerda. Assim mesmo, como era magro e lépido, conseguiu escapar ao cerco da polícia. Veio em busca de socorro na casa da mãe. Atrás de si deixara um rastro de sangue, causa e efeito do ferimento recebido.

Era de madrugada. Os vizinhos haviam acordado com os estampidos dos tiros lá no morro. Não esperavam, porém, que Nenê estivesse metido naquela encrenca. Os que residiam mais próximos, puderam escutar os sons plangentes do crioulinho, quando se aproximara e entrara na casa da mãe. D. Lourdes ficara espavorida e sem saber o que fazer. Primeiro, pela zonzeira da mistura do sono com a semi-embriaguês, segundo, porque não esperava o filho ali e assim naquele estado, todo ensanguentado, com os olhos esgazeados, implorando à mãe para lhe chamar um médico!

A aflição da pobre mãe era constrangedora. Não sabia a quem recorrer e nem tinha médico nenhum que lhe acudisse naquela azáfama de tanta aflição, quando ali jazia seu filho esvaindo-se em sangue. Lembrou-se do Sr. Fernando. Sim, ele sempre fora tão bom para com Nenê, só ele poderia ajudá-lo nesta hora de tanta angústia. Encaminhou-se para a porta do operário, bateu levemente com as falanges dos dedos e esperou.

Com a voz um pouco rouca, Fernando perguntou quem era. D. Lourdes disse que precisava conversar com ele. O homem levantou-se, vestiu as calças, calçou os chinelos e abriu a porta. Em breves e quase imperceptíveis palavras, a mulher descreveu o estado do filho e pediu-lhe ajuda. Ele vestiu rapidamente uma camisa e foi ver o negrinho.

Num breve relato, Nenê contou como tudo tinha acontecido. Lembrou que não poderia ir para o hospital, pois talvez a polícia fizesse lá alguma investigação e ele não queria ser preso.

Alguns moradores levantaram-se para ver a causa daquele alvoroço. Leonor, Duarte, D. Amália, Sr. Bento, Sr. Antonio, D. Dora, enfim, quase todos impelidos pela curiosidade de que é possuída a espécie humana, puseram as faculdades intuitivas a funcionar e antes mesmo de tomarem conhecimento dos fatos, já tinham imaginado a causa da aflição de D. Lourdes. O rapaz estava perdendo muito sangue, não porque o ferimento fosse grave, mas atingira uma veia e esta não queria estancar. Fernando pediu que chamassem D. Zulmira, na esperança de que a enfermeira pudesse ajudar no curativo, mas ela não estava, era seu dia de plantão no hospital. É sempre assim! Quando nós precisamos das pessoas, nunca as encontramos. Urgia tomar providências, o rapaz não queria ir para o hospital. Então que fazer? O jeito era tratar dele, ali mesmo, e arrumar um médico particular, para assistir o rapazola.

Ninguém tinha qualquer tipo de medicamento, ali na vila, para os primeiros socorros. Nem gaze, nem algodão, nem mercúrio-cromo, enfim, nada de que se pudessem valer para uma emergência.

Fernando pediu à mulher que estava ali com o filho, que fosse buscar uns pedaços de pano, qualquer pano, desde que estivesse limpo. Era preciso estancar aquele sangue. Leonor correu em casa, rasgou um lençol, já um pouco puído pelo uso, mas muito alvo e limpo. Fê-lo em tiras, enquanto o marido, com água morna, lavava o ferimento. Depois volteando as tiras de pano ao redor da coxa do rapaz, foi apertando e pressionando até conseguir que o sangue parasse de verter. Vencido este primeiro obstáculo, urgia agora encontrar um clínico, para melhor tratar do ferimento e extrair a bala que estava alojada no músculo.

Ninguém na vila tinha médico particular. A única pessoa que poderia salvar a situação era D. Zulmira, mas esta não se encontrava em casa, e seria temerário ir chamá-la ao hospital, àquela hora, pois talvez despertasse suspeitas.

Leonor lembrou ao marido, o Dr. Coelho. Dr. Waldir Coelho, um médico que sempre frequentava a casa de D. Júlia pelas festas natalinas ou Páscoa, ele, a mulher e uma porção de filhos. Os parentes do doutor eram de São Paulo, por isso costumava passar estes dias de confraternização na casa de Germinal. Assim ficou conhecendo os Guedes e com eles mantendo também uma cordial amizade.

Certa vez, o Dr. Coelho havia dado um cartão de visita a Fernando, e pondo os seus préstimos à disposição. Felizmente, nunca foi preciso usar os serviços profissionais do bom facultativo. Neste momento, porém, era preciso cacetear o doutor.

O operário confabulou com a mulher; depois, chamando D. Lourdes de lado, disse que ia ver se encontrava o Dr. Coelho. Pegou o cartão e dirigiu-se ao ponto de táxis das barcas, único a funcionar durante a noite no centro da cidade. Tomou um Chevrolet 1946, preto. Pediu ao motorista que o levasse a Icaraí, rua Praia de Icaraí, esquina com Alvares de Azevedo.

As ruas estavam desertas àquela hora da madrugada, não se via viva alma, escutava-se apenas o sussurrar das ondas da baía da Guanabara, quando estas em cadenciados movimentos, regulares e calmos, se espargiam pela areia branca e solta da praia, cobrindo-a de alvíssima e cremosa espuma a fervilhar, para depois esvairem-se e sucumbirem no imenso negrume noturno.

Fernando pediu ao motorista para esperar, enquanto ele subiria ao 3º andar para chamar um médico e levá-lo a tratar de um paciente. O Dr. Coelho morava no apartamento 302 do Edifício Álvares de Azevedo.

Deveriam ser umas três horas, quando ele pressionou o botão da campainha do apartamento. Uma voz feminina, meia rouca (era a esposa do doutor) indagou lá de dentro:

– Quem é?

– É Fernando Guedes. Um amigo do Dr. Coelho.

– Um momento, ele já o atende.

Alguns momentos depois, o médico veio abrir a porta. Cumprimentou-o e perguntou:

– O que o traz aqui a esta hora, sr. Fernando?

O operário se desculpando pelo incômodo, narrou rapidamente o que estava acontecendo.

O médicou pediu alguns minutos para vestir-se e pegar a maleta.

Voltaram no mesmo táxi, que ficara esperando. Em poucos minutos, o clínico estava observando o ferimento na coxa de Nenê. Felizmente, não tinha consequências muito graves. A bala perfurara o músculo, dilacerando alguns vasos sanguíneos, mas era coisa de pouca importância. Foi feito um curativo e recomendado repouso absoluto, pelo menos por uns três dias; ainda que o ferimento não fosse de natureza muito delicada, consequências posteriores poderiam surgir se não fossem tomadas as devidas precauções. Era, pois, imprescindível cuidados vigilantes contra alguma gangrena ou infecção que se alastrasse pelo resto da perna, com resultados funestos para o paciente.

Alguns vizinhos ainda não tinham ido dormir e se reuniram na intenção de dividir as despesas com Fernando. Entretanto, Dr. Coelho não quisera cobrar pelo trabalho.

O operário insistiu:

– Oh! Doutor, diga lá quanto é o seu serviço?

– Já lhe disse que não é nada. Afinal qual é o seu parentesco com esse rapaz?

– Não temos nenhum parentesco.

– Então porque quer o senhor pagar?

– Mas afinal, fui eu que o chamei, nada mais justo que ...

– Ora, ora, meu amigo!... estamos na mesma canoa ...

O senhor está prestando auxílio a um desgraçado, por solidariedade humana, e eu estou no exercício da minha profissão, socorrendo alguém que necessita de cuidados médicos! Isto posto, nada me deve, certo? – concluiu o médico.

– Então, muito obrigado, doutor.

– Não seja por isso.

– Vou levá-lo até ao ponto de táxi.

– Não se incomode.

– Isso eu faço questão.

O médico suspirou e disse:

– Então vamos.

Despediram-se dos presentes e saíram.

Assim era o Dr. Waldir Coelho. Fazia da medicina um verdadeiro sacerdócio, não tinha como objetivo principal o lucro ou a ganância a qualquer custo, sentia prazer em poder ajudar aquelas pessoas carentes e necessitadas.

* * *

Naquele dia chegara atrasado ao serviço. O seu chefe, um homenzarrão com um corpo enorme e obeso, sempre vestido com roupas de ganga azul, não admitia faltas. Se lhe pedissem, muito bem, era capaz de abonar a falta, mas não sendo consultado, era inflexível e intolerante. Chamava-se Raimundo. Raimundão, como era conhecido na fábrica. Cabisbaixo e um pouco humilhado, Fernando pediu ao chefe se o deixava trabalhar, porque perdera a hora numa confusão na vila onde morava por causa de um acidente lá ocorrido. Raimundão disse não lhe interessarem as explicações; deveria ir ao departamento pessoal e tentar justificar o ocorrido, e se eles lhe abonassem as horas que faltara, muito bem, do contrário estava perdendo tempo com explicações.

Não conseguiu demover o departamento de pessoal a abonar aquelas duas horas de atraso. Ficou desapontado. Nunca faltava ao serviço, jamais dera motivo para ser chamado à atenção, hoje, por causa de um pequeno atraso, alheio à sua vontade, não lhe tinham dispensado a mínima consideração. Revoltou-se com esta indiferença de seus chefes e prometeu a si mesmo procurar um outro emprego, onde as pessoas fossem mais humanas e amigas dos seus semelhantes.

Passou um dia deveras enfadonho e indisposto. As horas tornavam-se intermináveis com os guindastes carregando os caixotes de vidros embalados para serem remetidos aos clientes da Covibra. O diamante deslizando nas chapas de vidro, cortava-o como se fosse manteiga, e estas previamente medidas eram lançadas em caixas de madeira com papelões intercalados, a protegê-las dos perigos dos embates e da fragmentação. Fernando maquinalmente desenvolvia a sua tarefa, com enfastiada solidão, como se estivesse no mais profundo oceano. Os companheiros de serviço diziam gracejos a esmo, sem retorno da voz do colega. Finalmente, a sirene mais uma vez veio quebrar aquele tédio e interminável mal-estar.

A poeira da rua misturada ao ar poluído da cidade, pela fumaça dos caminhões e ônibus, contribuía, juntamente com a soalheira da tarde, para tornar aquele um dos piores dias fedorentos, com o mau cheiro dos detritos apodrecidos na Baía da Guanabara e das fábricas de conservas de Neves.

Depois de um dia de trabalho, os operários não tinham direito sequer ao ar puro dos eucaliptos plantados ao redor da fábrica, única dádiva das novas gerações, que por interesses de consumo ali foram semeados. Era mais uma agressão às populações carentes, quando os mais afortunados poderiam viver em bairros isolados sem estes odores fabricados pelo próprio homem.

Logo depois de chegar em casa, Fernando foi bater à porta de D. Lourdes.

– Boa noite, D. Lourdes, como vai o Nenê?

– Está um pouco melhor sr. Fernando, obrigado – respondeu.

– Posso entrar para vê-lo?

– Pode, sim, senhor. Entre, entre, faz favor.

E em três passos atravessou a diminuta salinha, chegando ao umbral da porta do quarto, onde Nenê estava deitado, numa cama muito velha e miseravelmente coberta com uma colcha toda esburacada e suja, com a carapinha de fora, arrepiada em completo desalinho.

– Entre, senhor Fernando – gemeu Nenê.

– Então, como vai isso?...

– Um pouco melhor. Mas ainda estou muito fraco, perdi muito sangue. Agora o pior é que a polícia pode vir aqui fazer uma batida e me levar. O senhor não acha? – indagou.

– Realmente, espero que eles não tenham o seu endereço. Se tiverem, com certeza virão.

– O pior são os meus colegas que foram presos e logo vão me alcaguetar.

– Olha, a esta hora eles já sabem onde você mora, com quem mora, enfim tudo a seu respeito.

– Se é assim, o melhor é eu ir me esconder noutro lugar. O que é que o senhor acha?

– Certamente! Mas onde vai você se esconder?... Não sei se isso daria certo. Eles depois podem querer saber, aqui dos vizinhos, se viram ou não viram você nestes dias, e o que nós vamos dizer?. Calou-se pensativo.

– Ó senhor Fernando, eu tenho uma tia que mora na Engenhoca. Se eu conseguisse ir até lá, talvez não me localizem.

– É uma ideia. Não sei se dará certo, mas podemos tentar.

– Vou pedir à minha mãe, que vá falar com a minha tia, para ver se ela me dá abrigo em sua casa. – Chamou a mãe que estava fazendo café e pediu-lhe que fosse falar com tia Laura.

Nessa mesma noite, D. Lourdes foi à casa da irmã, à procura de esconderijo para o filho.

D. Laura aquiesceu em dar pousada por alguns dias ao sobrinho. Teimava, contudo, em saber qual a doença de que tinha sido acometido o rapaz, sem no entanto lograr êxito, pois, Lourdes dissera-lhe apenas de um mal súbito sem entrar em mais delongas.

* * *

A mesa estava posta. Uma panela de sopa fumegante ao centro, três pratos com os respectivos talheres, um filão de pão cortado em pedaços, dentro de uma pequena cesta, enfeitavam a sala de jantar e cozinha dos Guedes, naquele fim de tarde e começo de noite.

Leonor demonstrava certa preocupação e nervosismo pelo modo como falava com o filho. Ameaças e acenos com torturas aplicadas pelo pai, eram as únicas alternativas pelos acontecimentos sediciosos que ele provocara na escola. Cabisbaixo e muito vermelho, Duarte nada contestava. Esperava também que o pai chegasse para lhe narrar todos os acontecimentos de que teria sido vítima, cuja reação redundou nos funestos e lamentáveis fatos que tanto repugnavam a mãe.

Finalmente o pai chegou. Duarte enternecido e com lágrimas nos mansos e belos olhos, escorrendo pelas faces róseas, soluçando exclamava:

– Papai, papai! ... eu tive razão para fazer aquilo.

Atônito, Fernando, sem saber o que estava acontecendo e vendo o filho naquele vale de lágrimas, perguntou:

– Mas afinal o que aconteceu?

Leonor simplesmente mostrou-lhe um ofício da Diretora do colégio onde o menino estudava, com a sua convocação para ao outro dia, pelas 14 horas, com vistas a resolver uma briga provocada pelo filho.

Porém, Duarte, contestara: quem tinha provocado a briga fora um seu colega de classe. Ele apenas se defendera dos palavrões ultrajantes e malcriados, com um revide. Mas a professora, que era muito inclinada a provocar o filho de Leonor, tomou o partido do provocador, em detrimento de Duarte e este, perante a Diretora, ficara como sendo o vilão, enquanto o provocador saíra ileso da celeuma que causara.

Fernando afagou o filho com ternura. Depois recomendou à esposa, enquanto jantavam, que fosse no outro dia saber as razões do incidente. Afinal, a Sra. Diretora havia apenas escutado uma das partes envolvidas. Era preciso escutar a outra parte, para saber de que lado estava o direito, a razão, e aquele ofício nada mais era que uma convocação para uma exposição dos motivos, porque se envolveram os miúdos em contenda corporal.

Duarte estava mais confiante, o pai não se deixara convencer pela simples leitura de uma carta, da culpabilidade do filho. A mãe pensara logo no pior, mas o pai, mais vivido, mais acostumado às perseguições internas dos grupos de trabalho, fora mais ponderado, mais razoável.

Acabaram de jantar. Enquanto a mulher lavava a louça, o marido veio até ao quintal espairecer um pouco. Lá já se encontravam seu Antônio, Sr. João, Sr. Bento e D. Amália, sentados em escabêlos, em conversa animada e galhofada. As pilhérias contadas, terminavam com gostosas gargalhadas que rimbombavam pelas frondosas mangueiras do quintal e se perdiam na largueza dos altos coqueiros, logo ali erguidos, com o seu porte esplêndido, no sopé do morro.

Ainda com o semblante um pouco abatido pelos problemas do filho, o operário cumprimentou os vizinhos e ali ficou participando das conversas.

O cavaco decorria animado, picante e mordaz, quando os vizinhos viram entrar pelo portão da vila, D. Lourdes, esbaforida e apressada. Da porta deu boa noite a todos, e entrou em casa. Nenê estirado na nauseabunda cama, em que durante anos se deitara, desde criança, sem a maldade e a pungência de que hoje era possesso, virou a cabeça para o lado da porta para ver quem entrava. Vendo chegar a mãe, num lamento disse:

– Ah! É você?... Demorou tanto!...

– A sua tia quis saber qual a doença que você tem, então tive de inventar uma mentira para não dizer porque você queria ir para lá! Ela, se soubesse a verdade, era bem capaz de não consentir na sua ida.

– Ora, deixa disso, mãe!... Ela sempre gostou de mim.

– Gosta de você, mas não gosta do que você vem fazendo ultimamente.

– Bem e agora, como vou fazer para subir aquele morro! Se nem posso andar...

– Só se eu pedir ao sr. Fernando para te ajudar! ...

– Mas tem que ser hoje!

– Hoje?... Não pode deixar para amanhã?

– Não, mãe, tem que ser agora.

– Mas já são quase 11 horas da noite, e você quer ir agora pra lá?

– Amanhã, podem vir os policiais e me levarem preso.

– Então vou falar com o sr. Fernando.

Chegou-se perto do grupo que conversava alegremente e perguntou a Fernando se poderia atendê-la.

– Decerto, decerto! respondeu o operário.

– Sabe, o Nenê está pedindo se o senhor pode levá-lo até a casa da minha irmã lá na Engenhoca.

– Na Engenhoca, a estas horas? exclamou desacorçoado.

– É, ele está com medo que o venham prender.

– Se é assim, vamos lá... Eu vou buscar um táxi, diga pra ele se aprontar.

Foi até a rua Andrade Neves e ali mesmo conseguiu o táxi que trafegava naquela altura. Pediu se o motorista poderia fazer uma corrida até a Engenhoca,

– As ordens, disse o homem.

Encaminharam-se para a vila, onde D. Lourdes já estava esperando com o filho equilibrado apenas numa das pernas. Fernando ajudara-o a entrar no táxi, no banco de trás junto à mãe. Ele sentara-se a frente e pediu ao motorista que seguisse rumo à Engenhoca, bairro periférico de Niterói.

A irmã de D. Lourdes morava no morro da Engenhoca, o qual pouco ou nada ficava devendo ao morro do Estado. O táxi somente chegava onde havia asfalto, isto é, nas fraldas do morro. A subida até à casa de D. Laura teria de ser feita a pé, mas Nenê não podia firmar aquela perna no chão, era preciso ajudá-lo. Ainda faltava um bom pedaço de chão, e o pior era que o morro contava com uma elevação abrupta, cuja subida tornar-se-ia muito dificultosa e ainda mais porque aquela hora não havia luz. Fernando segurava-o pela cintura e tentava carregá-lo quase como se o estivesse arrastando. Contudo estava muito morosa a subida, ele não teve outra alternativa, senão pegá-lo ao colo. Pediu a D. Lourdes que fosse na frente para lhe ensinar o caminho, pois seria a única maneira de terminarem esta fatigante e massadora ladeira. De língua de fora, trôpego e esfalfado pelo cansaço da subida íngreme, ao chegar a casa de D. Laura ele estava morrendo de sede, mesmo assim, tomou a água que lhe foi oferecida, porque não aguentava mais a secura que o devorava. A higiene não recomendava nem ingerir água naquele nefasto e miserável barraco.

Se a subida foi dolorosa e fatigante, a descida fê-la que nem rojão. Pulo aqui, salto ali, pelas barrocas escavadas na terra mole, cuja erosão as chuvas tropicais se haviam encarregado de remover até à baixada, assim, numa carreira furiosa de lebre, num abrir e fechar de olhos, galgou todo aquele penhasco em menos de um farelo.

Com os cabelos arrepiados, arquejante e os sapatos enlameados, finalmente, encontrou-se no asfalto. A uns quinhentos metros dali, ainda a padaria da esquina estava aberta. Entrou e perguntou onde ficava o ponto de ônibus mais próximo.

– Logo ali na frente, disse-lhe o dono do estabelecimento.

Pediu então uma cerveja "faixa azul" gelada. Ofereceu a alguns presentes, se estavam servidos a tomar um copo (é costume oferecer às pessoas que estão bebericando, o contrário é considerado ofensa) Fernando não queria incorrer neste risco, ali no meio de estranhos. Todos agradeceram e desejaram bom proveito. Trocou algumas impressões com o dono da padaria, depois desejou boa noite a todos e encaminhou-se ao ponto do ônibus.

Chegou em casa já de madrugada. Leonor ainda estava acordada, mas o filho dormia a sono solto, deu-lhe um beijo e deitou-se ao lado da mulher. Olhando fixo as secas e velhas telhas engatadas umas às outras, onde pequenas frestas deixavam transparecer minúsculos raios de luz das lâmpadas da rua, contou à mulher do lugar onde tinha ido. Aquilo, sim, mais parecia o inferno que local onde gente possa morar. Coisa horrível, gente mal encarada, perigos a cada passo, mas felizmente ali se encontrava bem e sem problemas. Começou acariciando a mulher, que correspondeu às carícias, entregou-se ao marido, amaram-se com excitação e depois dormiram.

* * *

Era o dia em que Leonor tinha que falar com a Diretora da escola. O marido havia-lhe recomendado que argumentasse as razões invocadas pelo filho. É que, geralmente, as pessoas tomam partido em relação a um fato, ouvindo somente uma das partes, ou então em relação àqueles cujo ego é influenciar e induzir a parte julgadora e fazer-se passar como vítima inconteste. Duarte não era dessa índole, mas o seu antagonista usara tal artimanha junto à professora; e com isso levou vantagem, pelo menos no início da polêmica.

Duarte, ao contrário, com a altivez que o caracterizava, narrara à Sra. Diretora, sem rodeios nem preâmbulos, todos os acontecimentos. Entretanto, os argumentos apresentados pela professora foram mais convincentes e a favor de Rubens Gonzales, seu adversário; mesmo porque Duarte também houvera xingado a mestra, quando esta, usando o seu direito de intervir na contenda, chamou-o de "português burro", recebendo do aluno o revide à altura que "burro é a puta que te pariu"...

Durante a caminhada para o estabelecimento de ensino, a mãe, mais conformada, em conversa com o filho, indagara:

– Mas, como aconteceu tudo isso, filho?

– Olha aqui, mãe. Lá na escola eu não tenho nome! É português pra cá, português pra lá, todos sem exceção me chamam de português, isto quando não me chamam "de burro", que foi o caso de Rubens e da professora naquele dia. E ele ainda me chamou de filho da puta, foi por causa disso que eu lhe bati. Sabe de uma coisa? Se você me tirasse daquela escola, seria muito bom...

Leonor ficou pensativa, não sabia qual decisão tomar. De um lado via o filho humilhado e desdenhado pelos colegas e até pela professora, do outro, não poderia tirar o menino da escola, agora no meio do ano. Só restava uma esperança: a conversa que deveria ter com a Diretora. Talvez, quem sabe, esta fosse mais imparcial, olhasse melhor o caso à luz da razão e do direito.

Deveriam comparecer à secretaria do Grupo Escolar Feliciano Sodré, a chamado da Diretora, uma senhora gorda, de óculos de fundo de garrafa, solteirona, rosto um pouco comprido, cabelos castanhos repuxados para o alto da nunca em coque, muito simpática. Chamava-se Ruth Figueira, descendente de pais portugueses, inteligente e organizada; já ocupara cargo significativo na Secretaria da Educação do Governo do Estado do Rio de Janeiro.

Timidamente, Leonor perguntou a uma servente que estava limpando as vidraças da parte fronteiriça da escola, onde ficava a sala da Diretora.

– É lá ao fundo às direitas, disse a mulher.

Encaminhou-se para o lugar indicado, bateu à porta e uma voz feminina de timbre cristalino mandou que entrasse.

– Com licença – disse Leonor.

– Entre, entre – respondeu a Diretora. Um segundinho só, enquanto termino este trabalho. Sente-se eu já atendo, sim?...

E num relance de olhos, Leonor ia reparando nos móveis e adornos que enfeitavam a bela e fresca sala. Chamavam-lhe mais a atenção as bonitas cortinas de cambraia, muito alvas, forradas com um tecido azul que, lhe davam uma tonalidade celestial, repartidas ao centro por franjas e com duas grandes borlas, penduradas em cordões dourados. Um pouco à frente, e bem no centro da sala, quase encostado aos cortinados, elevava-se um plinto onde, num plano superior, estava a escrivaninha com a cadeira no estilo colonial brasileiro, na qual sentava-se a Diretora. Ao lado, mais ao canto, uma panóplia suportava as bandeiras representativas da União ao centro, do Estado do Rio de Janeiro à direita, e do colégio à esquerda. Na parte lateral direita, aparecia um quadro emoldurado com a figura do então Presidente da República, Getúlio Vargas, e, embaixo, uma estante envernizada, com alguns livros. Por fim, as cadeiras onde Leonor e o filho, sentados, aguardavam pacientemente, a Diretora os atender.

* * *

D. Ruth, levantando o cenho dos papéis que cuidadosamente consultava, perguntou:

– Então, o que os trás aqui?

Leonor respondeu que não sabia. Fora convocada para comparecer, através dum ofício, e como tal ali estava.

– Ah! Sim, desculpe, tinha esquecido. Mas, então, a senhora sabe o porquê do procedimento do seu filho?

– Bem, pelo que o meu filho diz, ele teve razão de fazer o que fez.

Então, como foi que tudo começou? – indagou a Diretora, enquanto determinava que lhe trouxessem o prontuário de Duarte Guedes.

O menino deixando pender os braços desoladamente, começou a narrativa dos fatos acontecidos dois dias antes, na sala de aula.

– A senhora professora, D. Solange, passara uma série de problemas no quadro-negro. Eu já tinha chegado aos resultados, quando fui abordado pelo Rubens Gonzales, para lhe mostrar como tinha feito os problemas. Eu não concordei em mostrar, então, ele me chamou de "português burro" e filho da puta. Aí o sangue me ferveu, eu não aguentei e parti com tudo pra cima dele, arrancando-lhe sangue do nariz. Foi então que D. Solange nos apartou, mas tomando partido pelo Rubens me chamou também de "português burro", eu revidei de novo, dizendo-lhe que "burro é a puta que a pariu". Foi quando ela veio fazer queixa de mim e não me deixou falar.

D. Ruth, pálida e de boca aberta, escutava Duarte defender-se das agressões morais de que fora vítima, mas, que por estar em condições de inferioridade, não tivera o direito de defesa e nem ao menos fora levado à presença da Diretora.

O prontuário, já em cima da escrivaninha, demonstrava o contraditório entre o nome pelo qual o aluno era conhecido na escola e a realidade da sua grande capacidade de raciocínio. De fato, Duarte Guedes, pelas notas de seus boletins e pelo que constava nos documentos escolares, era um dos melhores alunos da classe. Estes méritos não eram só seus, deveriam em grande parte ser creditados também à sua mãe, pois desde tenra idade, Leonor já trabalhava no sentido de fazer do seu filho um grande homem de letras. Afinal ela não era nenhuma analfabeta, tinha cursado até o 5º ano dos liceus em Portugal, e isso a credenciava para ministrar boas e profícuas lições ao filho.

D. Ruth, depois de ouvir o aluno e examinar seu prontuário, com os olhos esgazeados de cólera, mandou chamar à sua presença D. Solange e Rubens.

Sob os olhares reprovadores da Diretora, os dois implicados no caso entraram na sala um tanto sem jeito e com ar de quem estavam comprometidos. D. Ruth, em tom de superioridade, daquelas pessoas habituadas a mandar com firmeza ordenou a Duarte que repetisse a sua história ali na frente da professora. Quando o garoto terminou, ela indagou:

– É verdade tudo isto que o aluno acaba de dizer, D. Solange?... Diga! É verdade?...

– Eu, eu, eu não escutei o Rubens chamar esses nomes ao Duarte...

– Bem, é verdade que a senhora chamou o aluno Duarte Guedes de "português burro" e consente que toda a classe o chame assim também? É verdade ou não é? ...

– Eu só o chamei de...

– Muito bem! atalhou a Diretora. A senhora que deveria dar o exemplo, ainda ajuda a escarnecer o aluno. Muito bonito, não acha?

– E você aí, disse, voltando-se para Rubens, que estava cabisbaixo. – É verdade que chamou nomes feios ao seu colega? É verdade ou mentira? Afinal, quem é burro? É ele, que resolveu os problemas ou você que não os sabia resolver? Quem é?... E depois não satisfeito em ofendê-lo, ainda chamou-o daqueles nomes feios. Acha isso bonito, decente para um menino da sua idade? Acha?... Vou mandar chamar os seus pais, e ensinar-lhes como devem educar os filhos, ouviu?... Agora, podem retirar-se os dois, ordenou a Diretora.

Na sala ficaram D. Ruth, Leonor e o filho. D. Ruth, depois do aborrecimento que tivera com aqueles imbecis, conservava-se ainda um pouco irada e com a voz rouca causada pela gravidade do problema. Aos poucos, no entanto, foi se refazendo, e em alguns minutos, já os seus olhos denotavam certa amenidade e simpatia. Tomou um copo de água fresca que pedira à servente, e com delicadeza ofereceu aos Guedes. Leonor recusou por cerimônia, o mesmo acontecendo ao filho.

Rompendo o silêncio em que se encontravam os três, foi a Diretora que, numa atitude benevolente, pediu desculpas pelos incidentes, prometendo que dali em diante nunca mais se repetiriam coisas semelhantes àquelas que tinham acontecido.

Da sua parte, Leonor também agradeceu à Diretora por se empenhar em apurar com profundidade a veracidade dos fatos, e ter agido com rigor e justiça em relação aos causadores dos problemas. Contudo, ainda haviam algumas questões, que gostaria de levar ao seu conhecimento, pois pelo que observara ali, achava que D. Ruth não sabia de incidentes graves, com referência ao ensino, que aconteciam naquele estabelecimento.

– Mas quais são essas questões, assim tão graves? perguntou a Diretora.

– Olhe, D. Ruth! Só para a senhora ter uma idéia, o meu filho outro dia chegou em casa muito triste e aborrecido, dizendo que tinha vergonha de ser português, que odiava os portugueses, enfim, que todos os portugueses eram ladrões, etc.

– Mas porque teria ele procedido assim, e a implicação que a escola tem com isso?

– Bem, segundo ele me falou, a professora dissera em classe, e por várias vezes, que os portugueses tinham roubado o ouro todo do Brasil, saquearam todas as riquezas, mataram e espoliaram os índios, enforcaram o mártir da independência, Tiradentes, desterraram nacionalistas brasileiros para a África, enfim, cometeram as maiores atrocidades que um povo já cometeu contra outro. D. Solange esquece-se que, naquele tempo, o Brasil era Portugal, logo não há que falar em nacionalismo brasileiro, pois a nacionalidade era portuguesa; e o mártir não era mártir, era um agitador das massas contra as instituições daquela época, portanto um fora-da-lei, e os fora-da-lei, na maior parte das vezes, pagam por isso. Foi o caso de Tiradentes. Quanto ao ouro que os portugueses daqui levaram, há também uma atenuante: a senhora, como Diretora deste Grupo Escolar, sabe muito bem quais são os produtos de exportação do Brasil! Sabe que o Brasil tem no café, açúcar e cacau os produtos que dão as divisas para esta nação. Pois bem! Quem trouxe para cá esses produtos? Quem foi que, à custa das vidas de milhares dos seus filhos, deixou um país das dimensões deste grande Brasil? Quem foi?... E não é só isso!

O Brasil que os portugueses deixaram para os brasileiros era um país de dimensões maiores que as de hoje. Quando os portugueses daqui saíram, deixaram um Brasil com 8.698.105 km^2 ao invés dos 8.511.198 km^2 que hoje possui. Isto porque o Uruguai de hoje, era a província Cisplatina, dos portugueses do Brasil daquela época. E a senhora sabe muito bem, como foi anexada esta província ao Brasil! Mas para quem não sabe, é de bom alvitre dizer que Portugal despojou-se do Concelho de Olivença, no norte, trocando aquele Concelho pela então província Cisplatina. Hoje, a cidade de Olivença pertence à Espanha. Isto quer dizer que, Portugal diminuiu seu território continental da Europa, para engrandecer o Brasil; e agora os portugueses recebem como gratidão de todos estes feitos, os epítetos de ladrões, usurpadores, assassinos e outros adjetivos mais violentos. Isto é o que estão ensinando às nossas crianças nas escolas, isto é o que estão ensinando os nossos professores. Afinal, ao invés de ensinarem a respeitarem as nossas tradições, a nossa cultura, os feitos heróicos dos bandeirantes, os feitos de um punhado de homens que desbravaram e empurraram as fronteiras deste grande país até aos contrafortes dos Andes, não! Ensinam essas mentiras, essas hipocrisias. Mas o pior não é isso. Investindo-se num falso patriotismo, um patriotismo espúrio e ilegítimo, batem no peito que são brasileiros e como tal, sentem-se no dever de defender o Brasil. Como se a defesa do Brasil, estivesse em maldizer a obra de colonização, pacificação, evangelização dos colonizadores portugueses. Nós, lá em Portugal, aprendemos a respeitar o Brasil e os brasileiros, como povo irmão, talvez, com os mesmos erros e pecados administrativos dos nossos governantes, mas no que concerne à nação, à sua gente, às suas tradições, às suas origens, temos o maior respeito e o maior carinho. Por mim, reconheço não ter grande capacidade, contudo, seria capaz de por à prova os meus conhecimentos intelectuais, contra os de D. Solange, que aí fica insultando uma raça inteira, talvez por alguma frustração sua. E quanto ao meu filho, gostaria muito que a senhora averiguasse quais são as reais aptidões dele para o estudo, pois eu todos os dias lhe tomo as lições, e acho que ele é um menino inteligente. Por isso, gostaria que a senhora observasse isso melhor, é o único favor que lhe peço.

Pasmada, depois desta arenga toda, a Diretora disse não saber deste novos fatos. Realmente não sabia que Solange ensinava muitos fatos históricos distorcidos, e isso seria motivo para uma nova reprimenda. Não a mandaria chamar naquele instante, mas numa próxima reunião, seria assunto para ser enfocado, e, se constatasse que os professores estavam usando o ensino ou a escola para extravasar seus sentimentos pessoais, ou suas querelas contra esta ou aquela etnia, ela, Ruth, poderia até exonerá-los das suas funções.

Leonor disse que o seu protesto não era para que a professora perdesse o seu lugar no colégio, mas, sim, que protestava quanto à forma de ensinar, e também pela discriminação que o filho dela era alvo, e como tantos outros alunos de nacionalidade portuguesa também o seriam.

Ainda com o prontuário de Duarte em cima da escrivaninha, observando com mais rigor as notas ali contidas, as referências manuscritas pelos professores que lhe haviam ministrado aulas, nos outros anos que ali estudara, concluíra a Diretora que estava diante de um estudante inteligente, esforçado e que acima de tudo gostava de estudar, que afinal era o essencial. Seria, portanto, necessário rever as potencialidades do aluno e talvez conseguir muito mais dele, desde que fosse tratado com mais respeito e carinho. Pediria, porém, à D. Leonor para acompanhar mais de perto o seu filho nos bancos escolares e que viesse mais vezes conversar com ela sobre o futuro de Duarte.

Leonor pediu desculpas, pois havia de sua parte certo temor em ter contato com pessoas de nível cultural superior: sendo o lugar onde morava promíscuo e repugnante, isso afastava-a desse convívio.

– Ah! mas a senhora deveria conviver com pessoas mais inteligentes, mais cultas, o que também seria benéfico para seu filho, disse D. Ruth, entusiasmada.

– É, é uma pena, eu estudei uma porção de anos, sei falar razoavelmente inglês, francês e arranho um pouco o latim, não posso aproveitar nada daquilo que com tanto sacrifício aprendi.

– Ah! A senhora fala todos esses idiomas?

– Sim, sim, falo sim, senhora. Também as outras matérias como história universal, geografia, conheço todas as figuras da renascença universal, todos os grandes vultos da literatura inglesa, francesa, espanhola, alemã, portuguesa e brasileira.

– Puxa vida, D. Leonor. Sabe, eu gostaria de convidá-la a ir passar uma tarde lá em minha casa, os meus pais também são portugueses e têm grande admiração pela cultura. O meu pai foi professor de matemática na Universidade do Rio de Janeiro, por isso faço questão que a senhora, seu marido e o Duarte vão lá passar um domingo em casa – convidou D. Ruth.

– Será que não vamos incomodar? – perguntou Leonor.

– Não, senhora, de jeito nenhum, é um prazer muito grande que vocês nos darão! – respondeu.

– Então, qualquer dia lá iremos, pode ficar tranquila que terei muito gosto, e ainda mais sendo seus pais portugueses, muito me conforta.

– Estamos combinadas. Mande avisar pelo Duarte o dia que vocês vão, que nós também teremos muito prazer em recebê-los.

– Bem, vou-me embora que já estou tomando o seu tempo.

– Não se trata disso, é que na hora do expediente sempre deve ter alguém mais para atender, aí fora, a senhora compreende? ...

– Então adeuzinho... Até outro dia e muito obrigada.

– Boa tarde, D. Leonor. Felicidades...

V

Os dias fluíam normalmente. Os moradores da Vila Capitão-Mór, com os problemas peculiares a cada um e dentro das suas possibilidades, iam vivendo uma tranquilidade aparente. Cada família no seu mundo, em busca da felicidade ou, no mínimo, na perseguição de uma vida material mais confortável. Esta busca tanto acontecia com os Guedes, como com as irmãs Zulmira e Cleide Xavier, com João Neves, e até com Bento Gonçalves e as filhas casadoiras, enfim, com todos aqueles que habitavam aquele repugnante pedaço de chão. Mundos bem distantes separavam, uns dos outros, ainda que vivessem quase debaixo do mesmo telhado. As duas filhas de D. Amália, ainda solteiras, a mais nova namorava, e em breve sairia o casório, porém Elisa curtia uma paixão oculta por Fernando, sem deixar transparecê-la. Os Guedes, nas suas lutas diuturnas, almejavam para o filho um curso superior e, consequentemente, expressiva clarividência de homem de letras. Já os irmãos Gaibiatti, um sonhava em pôr um salão de barbearia em Icaraí, enquanto o outro nada ambicionava a não ser tornar-se mulher, através de uma operação, agora muito em voga nos países mais adiantados, e para isso estava juntando dinheiro para ir à Inglaterra, onde vários casos tinham tido resultados magníficos.

D. Zulmira se aperfeiçoava na sua profissão de enfermeira, sendo seu objetivo tornar-se "enfermeira-chefe" do Hospital Antonio Pedro. Cleide, com sonhos mil, tentava tudo para ser manequim ou *crooner* na boite onde trabalhava como dançarina. D. Dora e seu marido já não tinham ambições: trabalhavam um para o outro e iam vivendo como se o mundo ali terminasse. E D. Lourdes? E Nenê? Quais seriam suas ambições? Será que as tinham? A princípio, dir-se-la que nesta família não havia ambição. Parece que os dois não tinham passado nem futuro, viviam o presente, como milhares ou milhões deles, que realmente não têm passado nem futuro. O João Neves, no seu "Fluminense", também não tinha ambições maiores. Desquitado, com uma filha maior de idade, solteira, esperava esta casar-se para se aposentar, e ir morar com ela. Assim, aquela vida rasteira dos medíocres moradores da Vila ia se arrastando, em compassos de espera monótona e mórbida.

* * *

Policiais vestidos à paisana, várias vezes já tinham vindo bater à porta de D. Lourdes, na esperança de encontrarem Nenê. Entretanto, não lograram êxito, uma vez que este, escondido na casa da tia, deixara passar os dias, até que as autoridades esquecessem do assunto e não mais o viessem procurar. O ferimento sarou e o reencontro com o mundo do crime estava entranhado no seu íntimo, não podendo mais se desvincular de praticá-lo.

Certa noite, a altas horas, os dois apareceram na Vila. Tinham vindo de bonde, não havia dinheiro para táxi e o seu amigo Fernando não estava lá para pagar-lhe o transporte. Uma trouxa de roupa, uma mala velha, eram os bens da família. Já no outro dia, disseram-lhe que os policiais tinham estado ali, à procura do rapaz. Urgia, portanto, que tomasse providências no sentido de se esconder, pois a qualquer momento eles poderiam vir vasculhar o lugar, no seu habitat natural e muito próximo ao covil onde seus amigos se escondiam. Ainda arrastando um pouco a perna, despediu-se da mãe, embrenhou-se nas matas verdejantes do morro e sumiu. D. Lourdes, como todas as mães, chorou copiosamente a saída do filho. Chorou, porque a incerteza rondava seu sexto sentido, se chegaria a ver mais alguma vez o filho vivo. O pressentimento de D.

Lourdes era certo. Seu filho não mais lhe pertencia, entrara para o submundo do crime, da vadiagem e da marginalidade. Seria, desde logo, muito difícil corrigí-lo, pois seus hábitos se haviam voltado para uma vida podre e devassa. Porém, Nenê não perdera totalmente a afeição que nutria pela genitora. De tempos em tempos, aparecia na Vila, gingando, de chapéu com aba da frente dobrada para baixo, revólver na cintura, cigarro no canto da boca pendente para baixo, enfim, imitando os *gansters* dos últimos filmes. Geralmente vinha com um embrulho de roupas sujas para a mãe lavar. Aproveitando este lapso de tempo, enquanto ela lavava e passava, ele ia no armazém do seu Manuel, comprava bebida e comida. Então, como se fosse dia de aniversário, natal ou algum domingo muito especial, faziam a comida e os dois num festim espetacular se entregavam às delícias do vinho ou da pinga como em homenagem a "Baco".[10] Depois de bêbados, dormiam a sono solto. Era comum a altas horas da noite, Nenê acordar, lavar o rosto e sumir sem nada dizer à mãe, que ainda ficava dormindo.

Os vizinhos sabiam da má fama do filho de D. Lourdes. Especialmente as mulheres e quando o viam entrar pelo portão da vila, logo se apavoravam. Corria até um boato dele já ter matado; isto deixava os moradores em pânico. Alguém já alvitrara de o denunciar à polícia, todavia, faltava coragem, por temerem represálias da sua parte ou de seus cúmplices. Viviam, entretanto, pedindo a Deus para a polícia o prender, pois era cada vez pior a frequência daquele demônio em contato com as famílias.

* * *

Numa dessas noites de inverno, um vento forte soprava na Baía da Guanabara, com o céu toldado por nuvens escuras e fúnebres e uma chuva miudinha e intermitente caía sem cessar. Fernando descera do seu

10. Baco – o Deus do vinho citado por Dionisio.

bonde na Praça Martim Afonso de Souza (Araribóia), e em passos largos caminhava em direção à sua residência. Ao atingir a Rua Andrade Neves, esquina com a Travessa Penha Brasil, deparou-se com uma enorme multidão e alguns carros de polícia, ainda com os pisca-pisca em funcionamento. Era seu caminho, tinha forçosamente de passar pelo lugar, ou então teria que fazer uma grande volta para conseguir chegar em casa. Mas, ao aproximar-se, já reconhecera algumas pessoas que estavam no ajuntamento. Deveriam ser umas 20:30 hs no máximo. Ao chegar ao ponto onde a multidão mais se comprimia, viu o Sr. Bento. O pobre homem estava com os olhos rasos d'água. Em voz baixa perguntou:

– Que aconteceu?

O homem não se conteve e, soluçando, disse:

– Mataram o Sr. Manuel da venda.

– Mataram o Sr. Manuel? Por quê?

– Não se sabe. Parece que para roubar!

– Para roubar! Mas que poderia ele ter para lhe roubarem?

– Estes bandidos matam as pessoas por dez tostões exclamou alguém que estava ali.

– Mas como o mataram?

– Com um tiro no coração. É o que dizem. A polícia não deixa ninguém chegar perto do corpo.

– Já avisaram a família? – indagou Fernando.

– Parece que mandaram avisar a mulher.

– E quem foi avisar?

– Uma viatura policial foi com um seu conhecido, que sabia onde ele morava, avisar a família, que reside lá para os fados do Fonseca.

A muito custo, furou o bloqueio de pessoas que, entristecidas, espiavam o dono do armazém, estendido no chão, com o corpo cheio de sangue, jazendo inerte na terra solta da viela. No outro lado estava quase a totalidade dos seus vizinhos e mais alguns seus conhecidos da rua Padre Anchieta, onde o Sr. Manuel tinha o estabelecimento. Todos, sem exceção, tinham os olhos vermelhos de lágrimas. Os mais exaltados soltavam suspiros de ódio misturados com soluços, pela barbaridade que ali estavam observando, ao verem o pobre homem, que nunca fizera mal a ninguém, estendido sem vida, cercado de forte aparato policial.

Fernando ainda indagou outra vez como acontecera aquele bárbaro assassinato. Então, um senhor que se dizia aposentado da Marinha esclareceu-o sobre o que provavelmente teria acontecido. Começou por dizer ser muito amigo do falecido, que passava os dias quase que junto dele, e que muitas vezes já o advertira do seu comportamento. Sempre o avisava:

– Olhe, Manuel. Você não deve andar com esse cofrinho por aí mostrando a todo mundo. Os tempos hoje são outros, dizia eu. Os tempos mudaram muito...

Ele me respondia:

– Que nada, Danilo! Eu não carrego dinheiro aqui dentro, só papéis.

– Mas os bandidos podem pensar que é dinheiro, e, numa dessas, são capazes de lhe tirar a vida por nada! Seja mais cauteloso, não carregue esse cofre assim, isso é um chamariz!

Ele brincava e dizia:

– Os bandidos todos me conhecem, não vão fazer nada comigo, são todos amigos ... 1

O operário estava estupefato com o que acabara de escutar. Então, o Sr. Manuel fora assassinado por causa de um cofre que, provavelmente, nem dinheiro tinha?! Isso era demais, era horrível perder um amigo assim nestas condições. E depois, não era uma pessoa qualquer o amigo que todos ali nas redondezas acabavam de perder. Era um homem querido, que muitas vezes tinha matado a fome àqueles menos favorecidos, vendendo fiado, perdoando dívidas, ajudando de diversas maneiras as pessoas de menos posses, sempre com uma palavra de esperança e um sorriso nos lábios. Ele não merecia uma morte tão violenta, era um homem tão bom, todos se referiam a ele com muito respeito e quase veneração. Fernando ficara pensativo, abatido e melancólico. Enquanto a família não chegava para fazer a identificação do corpo e levá-lo para o Instituto Médico Legal, para apurar a "Causa Mortis", ele ainda indagou se, alguém vira o assassinato e quantos eram os bandidos que atacaram o "Decujos". Ninguém vira, ninguém soube dizer nada a respeito da morte do Sr. Manuel. Seu pensamento, estava em Nenê. Teria o rapaz alguma coisa a ver com este crime? Depois vieram a polícia técnica, os legistas, jornalistas e fotógrafos, repórteres dos jornais do Rio e de Niterói, e, finalmente, após a identificação do corpo, este foi levado para o I.M.L.

Depois de ser autopsiado e apurada a "causa mortis", o corpo fora liberado para a família e transladado para a residência desta, onde os amigos deveriam prestar-lhe as últimas homenagens, e dali seguir o destino da sua última morada. O funeral sairia às cinco horas para o cemitério do Marui Grande.

O pessoal da Vila foi direto para a necrópole, pois não dispunham de posses para alugar táxi e acompanhar o corpo desde a Alameda São Boaventura, no Fonseca, até o Barreto, onde ficava o cemitério. Quando o corpo desceu ao sepulcro, um lamento coletivo ouviu-se, entre as muitas pessoas presentes. D. Hortência, a viúva, e as filhas choravam copiosamente o ente querido que as deixava para sempre. A consternação era geral. O homem era muito novo, estava apenas com 52 anos, muito cedo para deixar este mundo. Em alguns havia resignação, outros, contudo, mais inconformados, exclamavam:

– Só morrem os bons; os pilantras, safados e maus ficam aí para enfernizar a vida das pessoas. Esses não morrem, eles que deveriam ser levados o mais depressa possível, para prestar contas ao Criador, ficam aí só para nos dar trabalho. Estes eram os comentários mais ouvidos entre os acompanhantes do enterro.

O armazém ficou fechado vários dias. Finalmente, depois de uma semana, aproximadamente, a viúva veio abrir o estabelecimento. D. Hortência e os dois empregadinhos menores de idade, tocariam o negócio para a frente. Ainda que não tivesse queda para o comércio, a viúva ia levando o negócio com alguma dificuldade, mas caminhava, como dizia.

Alguém lhe perguntou porque não trazia uma das filhas para ajudar? Então, num lamento de resignação e tristeza, respondeu: As minhas filhas?! Pois sim... Elas querem é a comidinha à hora, bons vestidos, bons sapatos, e nada mais. Não sabem o sacrifício que eu faço para conseguir dar-lhes tudo isso. Dizem que estudaram para professoras e agora não iam deixar o magistério para ficar atrás de um balcão de boteco. E ademais, isso de ficar atrás de balcão de armazém, é para português, não para elas.

D. Hortênca ficava danada da vida, quando ouvia as filhas se expressarem daquela maneira. Mas que havia de fazer! O tal modernismo invadira a sociedade. Os filhos não respeitavam mais os pais, falavam com estes, como quem fala a qualquer moleque da rua, era uma calamidade, estávamos no fim do mundo. Mas a culpada de tudo isso é a televisão, que ensina os fatos deturpados aos jovens. É uma pouca vergonha! exclamava.

Leonor agora conversava muito com D. Hortência. Umas vezes para a confortar, outras para animar a si mesma; afinal a viúva sempre era uma mulher mais inteligente e mais capaz de se conversar que aquelas suas vizinhas. Então, quando vinha comprar alguma coisa, trocavam idéias, discutiam, aconselhavam-se, enfim, sempre é um privilégio ter com quem conversar. A clientela continuava a prestigiar a viúva do Sr. Manuel. Felizmente ele deixara uma casinha onde a família morava, lá no Fonseca; nao era grande coisa, mas ajudava muito não ter de pagar aluguel. Assim, D. Hortência ia vivendo, com as duas filhas, dos parcos recursos oriundos da vida modesta e simples que o marido tinha levado durante a sua existência.

* * *

Leonor achava gratificante ter com quem trocar idéias. Algumas vezes tinha ido à residência de D. Ruth, a Diretora do Grupo Escolar onde Duarte estudara. Ela era muito amável e cortês, demonstrava gostar muito de Leonor. Mesmo depois que o filho deixou o Grupo, era com ela que Leonor se aconselhava a respeito dos estudos do garoto. Também o bom relacionamento com D. Júlia, cujos momentos de confraternização ela fazia questão de passarem juntas, lhe proporcionava momentos de rara felicidade e alegria. Geralmente, dia de Natal ou Ano Novo, lá estavam aquelas famílias amigas de Germinal. O casarão da rua Otávio Carneiro enchia-se de gente. Germinal, sempre com um sorriso nos lábios, um gesto de carinho para com as crianças e uma condescendência com os mais idosos, a todos dirigia uma palavra de estímulo e conforto. Da Júlia, então, não cabia em si de contente, quando via a casa cheia. Como diziam alguns mais afoitos, "o Consulado de Portugal, hoje está em festa." Mas não eram só portugueses que acorriam a cumprimentar os Silveiras naqueles dias festivos. Brasileiros, como o Dr. Coelho e D. Telma com seus sete filhos, o Célio, a esposa D. Vanda e um filho, também faziam parte do "staff" e lá estavam na roda dos amigos. Não obstante, o número de portugueses era bem maior, pois, além dos Guedes, os Monteiros, sr. João, D.a Julieta e Carlinhos; os Farrajotas, D. Maria e Sr. José; uma dúzia de amigos se juntavam nesses dias para comemorar as festas de fim de ano.

À despedida, Leonor sempre confidenciava com D. Júlia:

– Os melhores momentos da minha vida são estes, que passo aqui com vocês.

Então D. Júlia, quase como a implorar, dizia:

– Por que não vem mais vezes? Venham sempre que quiserem, eu gosto tanto de os ver aqui em casa! Olhe, a casa, está às ordens e sempre de portas abertas para recebê-los.

Mas Leonor mostrava-se constrangida e sem jeito de incomodar os amigos e respondia ruborizada:

– Chega, D. Júlia! Chega de aborrecê-los e de incomodar. Basta o que a senhora e seu filho têm feito por nós. Despediam-se, num até breve, e saíam.

Duarte frequentava agora o curso ginasial. Perto donde moravam, ali bem pertinho, ficava o Colégio José Clemente, um dos bons estabelecimentos de ensino da capital fluminense. Um pouco caro para as posses do pai do estudante, é verdade, mas valia a pena fazerem o sacrifício e saber que o filho frequentava um bom colégio. Depois, o rapazinho merecia, era inteligente, trabalhador e muito esforçado, alcançando sempre excelentes notas. Valia a pena investir nos seus estudos. Além do mais, o ambiente era dos melhores e coadunava-se tanto com as pretensões dos pais como do próprio estudante. Era perto de casa, não perderia tempo em caminhadas pela cidade. Já no primeiro ano, ganhara uma bolsa de estudos, por ser o melhor aluno da escola. O pai transbordava de júbilo pelo talento do filho e perorava, sempre que as ocasiões propiciavam, que Duarte seria um dia o maior advogado de Niterói.

Preparava-se para as provas mensais quando, de repente, escutou vozes de homens, entrando pelo portão da Vila. Estava tudo muito calmo e achou um tanto esquisito aquela vozearia. Levantou-se, veio até a porta de casa, para ver quem estaria falando tão confusamente. Deu de cara com Nenê e um outro seu companheiro, o Mão-Preta.

Mão-Preta, além de afamado marginal era um branco metido a conquistador (D. Juan lá do Morro), e o apelido fora adquirido num tiroteio entre a gangue de que ele fazia parte e a polícia. Foi o seguinte: Mário Moreno e sua quadrilha, tinham sob controle uma fortaleza de jogo de bicho que funcionava na Praça do Rink. Um dia, a polícia deu uma batida, chegando de sopetão, para pegar todos os elementos que estavam fazendo apostas. Foi dada voz de prisão a todos que se encontravam dentro da loja.

Mario Moreno e seus comparsas estavam fora, alguém inadvertidamente disparou a sua arma (deve ter sido a polícia), presumivelmente para cima a fim de intimidar. Contudo, os bandidos também estavam armados, e aí começou a fuzilaria. Ouem estava dentro da loja, jogou-se ao chão para não ser atingido. Moreno tinha fama de bom atirador e por isso era muito respeitado pelos seus colegas do Morro. O tiroteio foi espetacular (parecia filme de faroeste) e enquanto eram apenas aqueles primeiros policiais, os bandidos aguentaram o rojão. Mas logo chegaram viaturas com mais homens, aí os bandidos, em menor número, tiveram que bater em retirada. No final da escaramuça, três bandidos mortos e um muito ferido fora levado às pressas para o hospital. Da parte da polícia, dois feridos sem gravidade. Duas pessoas, que nada tinham a ver com o caso, foram atingidas, alguns bandidos foram presos. Moreno, todavia, conseguiu escapar e fugiu para o Morro. Estava com as mãos queimadas e pretas dos disparos que fizera. Por isso ganhara o cognome de Mão-Preta.

Andava sempre armado até os dentes. Usava um revólver numa espécie de coldre que escondia por baixo do casaco, o outro trazia-o pendurado na cintura, por baixo da calça e por cima da cueca, bem perto da virilha direita, e como o bolso da calça era falso, isto é, não tinha forro, então fingindo ter a mão no bolso, ele a tinha era na coronha do revólver, que estava sempre engatilhado. Muito ágil e inteligente, atuava como uma espécie de chefão e todos vinham pedir-lhe conselhos quando se tratava de fazer o mal.

Nenê não tinha muito cartaz com o poderoso Chefão. Porém, depois que conseguiu furar o cerco, lá no Morro, e sair livre das garras das autoridades, Mão-Preta começou a escutar mais o que este dizia. Bajulador, para se fazer enfatuado aos olhos do chefão, contara que, onde a mãe morava, tinha uma morena muito boa, que dançava num cabaré do Rio. Segundo a descrição de Nenê, a mulher era coisa do outro mundo... Era mulheraço e tanto. Mão-Preta mostrou-se interessado em conhecer a tal morena. Combinaram ir um dia visitar D. Lourdes, como sendo uma visita de rotina, mas tinha que ser na parte da tarde, pois como afirmava Nenê, ele sabia bem os costumes da Cleide. Deveriam ir lá pelas cinco e meia, era a hora que ela se levantava para tomar banho e ir para o Rio.

Leonor estava no tanque lavando o uniforme de Duarte. E ao penetrarem no recinto privativo da Vila, Mão-Preta virou-se para Nenê, exclamando:

– Mas tu não tinha dito que a mulher era morena... moleque.

– Oh! rapaz esta aí é a mulher do português! Não mexe com ela, não, é perigoso. É mulher direita.

– Perigoso porquê?... – vociferou Mão-Preta.

– Porque o marido é valente e bravo.

– Valente, o quê, rapaz! Valente, comigo, não tem vez!

– Ó, Mão-Preta, não vamos agora fazer baderna. Eu me criei aqui, essa gente me ajudou muito e ainda ajuda a minha mãe! Não vamos fazer sujeira, não vamos fazer mal a eles.

– Tá bom ... tá bom! Mas a morena de que tu me falou! Será que ela está em casa? ...

– Deve estar. Espera um pouco, eu vou perguntar à minha mãe.

Em seguida entrou em casa de D. Lourdes, que estava passando roupa.

– Oi, mãe!... Como vai?... E apresentando o colega, disse: – Este aqui é o Mário, um amigo meu.

– Como vai? – disse D. Lourdes.

– Bem! E a senhora?

– Mãe, aquela morena da casa 6, ainda mora aí?

– Mora, porquê? – indagou D. Lourdes um tanto espantada.

– Ah! É que eu trouxe o meu amigo para conhecê-la!

– Mas, hoje, parece que ela saiu mais cedo.

– Então, vamos embora, disse Mão-Preta, desapontado.

– Vamos comer qualquer coisa, depois nós vamos.

– Tá bom, respondeu o outro mais resignado. Mas tem de ser rápido. Eu tenho de levar um papo com um careta lá do Morro.

Duarte ouvira toda a celeuma dos dois comparsas, cujo intuito era de satisfazer um desejo macabro de Mão-Preta e Nenê demonstrar seu servilismo pelo temível bandido. Depois, foi até onde a mãe estava lavando roupa, dizer-lhe para que entrasse, porque aquele homem que viera com o filho de D. Lourdes não tinha boas intenções com os moradores da vila.

Assim que Nenê o viu, perguntou:

– Como vai o teu pai, hein?

– Está bem. Está trabalhando.

O vagabundo voltou-se para o chefão e disse entre dentes:

– Esse moleque aí, é filho daquela dona, que estava lavando roupa, quando nós chegamos.

– Ah!... é? Mas ela parece tão nova, e já tem um filho desse tamanho?

– É, rapaz! Precisava conhecer essa mulher quando chegou de Portugal. Era um mulherão e tanto...

Nesse interim, D. Lourdes tinha ido buscar no armazém da viúva, linguiça, ovos, pão e algumas cervejas. O filho era grande apreciador de ovos com linguiça. Estava preparando a comida para os marginais, quando o portão da Vila se abriu. Um carro estacionado do lado de fora deixava ver, entre os vidros, uma porção de pacotes. Um homem de meia idade ainda se mantinha ao volante do carro. Cleide descera na frente para abrir o portão e facilitar o carregamento dos pacotes. Depois, o motorista parara o motor do carro, e começou a retirar de dentro do veículo os embrulhos, e os dois, com os braços cheios, dirigiram-se para o interior da Vila. Avançaram lado a lado, e ao passarem pelos que estavam, cumprimentava-os.

Cleide abriu a porta da casa e entraram. Antes, o homem olhara com o rabo do olho, para os dois marginais. Estes, também com o olhar camuflado, seguiram os passos do acompanhante de Cleide.

– Mas tu não tinhas falado que a moça era solteira! Oh! Merda!

– Mas ela é solteira, não é, mãe?

– É sim. É solteira. Ela trabalha numa boate lá no Rio.

– Porra! – vociferou Mão-Preta – logo hoje que eu venho aqui, atrás dessa mulher ela vem com esse careta... E ainda por cima, parece que ele é tira, pra cúmulo do azar!

E mudando de voz como só os pusilânimes fazem, Nenê indagou com o semblante cheio de medo e angústia:

– Que é que tu acha, Mão-Preta? Ele é mesmo tira?

– Não tenho certeza, não! Mas pelo jeito de andar, o modo como olhou a gente, eu acho que é, sim...

– Então é melhor nós picar a mula! Tu não acha?

– Tá com medo, seu merda? – disse com escárnio o outro.

– Não, não tô com medo, não! É que minha mãe mora aqui. Tu sabe, não quero trazer desgostos pra velha. Tu manja disso, né?

– Quê porra nenhuma ... Tu lá tem mãe, sacana? Mas vamos embora, que essa merda cheira mal.

– Então vamos! – arrematou Nenê, esfregando as mãos, como se estivesse jogando fora um carvão em brasa.

Despediram-se de D. Lourdes e saíram apressados.

Cleide e o delegado tinham entrado no cubículo, ainda sob os olhares dos marginais cheios de dúvidas e incertezas. Simultaneamente à conversa de Mão-Preta, Nenê e D. Lourdes, o Delegado indagou da moça quem eram aqueles homens que estavam ali conversando.

Ela respondera que apenas conhecia o filho da vizinha, quanto ao outro, nunca o vira por ali.

– Mas você nunca o viu, nem através dos jornais?

– Não, nunca vi esse cara! – respondeu já um pouco encolerizada pela maneira como o policial a interrogou.

– Mas aquele sujeito é o famoso bandido Mãe-Preta.

– Ah! é? Então porque não o prendeu? Teve medo?

– Não, não tive medo. Porém, é bom que você saiba: primeiro, não vim aqui em serviço, segundo, estou desarmado e sozinho, enquanto esses bandidos andam armados até os dentes. Além do mais, não estou na minha jurisdição e é meu dia de folga. Então, minha cara, não estou para arriscar a minha pele por coisa nenhuma. E bandidos eu costumo tratar lá na Delegacia.

– Puxa, que sermão! Não precisa isso tudo para me dizer que não quer prender um bandido...

– Ah! Desculpe, fiquei irritado com a maneira como você falou comigo, como se eu estivesse com medo. Essas suas insinuações desconcertaram-me.

– Tudo bem! Tudo bem...

– Você não vai levar esta conversa a mal! Não é? indagou o delegado.

– Não, imagina... Pode ficar tranquilo.

– Ah! Pensei... Pensei que você se tivesse ofendido.

– Não tenho motivo para isso ...

– É que eu gosto tanto de você!...

– Ah,é? Parece ser verdade!... afirmou a moça, com ar de chalaça.

– Pode crer que é verdade, eu gosto muito de você... acrescentou, após um profundo suspiro.

Esta conversa passava-se enquanto Cleide ia desmanchando os pacotes e guardando as coisas nos lugares. Depois de tudo arrumado, virou-se para o policial e exclamou:

– Tudo pronto!... E agora que vamos fazer?...

– Não sei, você é quem sabe! Quer ir a algum lugar mais tranquilo e romântico, onde possamos nos amar?

– Oh! Você é quem manda – respondeu a moça.

– É que aqui não deve ser um lugar muito conveniente para você, isto é, não sei se vou te expor a uma situação aviltante e que te pode causar dissabores, quando me introduzes em tua alcova, aos olhares de todos os vizinhos e amigos, para praticar atos libidinosos.

– Olha aqui, Douglas!... Você falou, falou, e eu confesso que pouco entendi. Mas percebi que você quer me poupar da vergonha dos meus atos, na frente dos vizinhos. Pois eu te confesso... Aqui todos me conhecem. Sabem da minha vida melhor do que eu. Não é você o primeiro que trago aqui, mais um ou menos um, não vai mudar em nada o meu currículo. Portanto, se você quiser fazer amor aqui, tudo bem. Se quiser outro lugar, é a mesma coisa. Tanto faz, como fez... Entendeu?... A minha vida é essa, por isso não vejo como você possa mo prejudicar disse a moça com ceticismo.

– Ora aí está, é uma questão de consciência!... Era meu dever perguntar-lhe se ficaria mal nós nos amarmos aqui. Ciente que não é prejudicial a você, como a mim ninguém conhece, então nada temos a temer.

Cleide foi buscar água à torneira e tomaram banho de bacia. Uniram as duas camas de solteiro, a dela e a da irmã, e em afagos mútuos pelas partes pudendas, foram ajeitando os corpos nus, entre carícias e ais. Cleide, como profissional, tentava de todas as formas conseguir a ereção do parceiro, a esta altura um pouco difícil, pelo nervosismo que passara: primeiro, pelo encontro inesperado de Mão-Preta, segundo, pelo ambiente emporcalhado e sórdido da vila, que não condizia com a sua posição social e muito menos com os ambientes que costumava frequentar. Todavia, Cleide com o seu belo corpo e os carinhos extravagantes, conseguiu do policial total erguimento, e depois, num êxtase exponencial de gozo, a ejaculação espermática que se juntava ao orgasmo, num delírio excelso. Estava consumada a vingança de Cleide.

A agressão à sociedade, caracterizada pelos dogmáticos puritanos costumes seculares, que foram ali ultrajados: os ouvidos pudicos escutaram pela primeira vez a fúria dos desejos de dois seres unidos pela copulação.

Grande parte dos vizinhos viram quando a moça, saiu de casa de braço dado com o delegado. E se não viram o que se passou dentro do cubículo, pelo menos deduziram, escutando aquele banzé tão grande. As mulheres ficaram vexadas com aquela insolência, de estranhos virem ali, no âmago da família, prevaricar e insultar o lar, e dar maus exemplos aos menores, num recinto fechado como era a Vila. Isto era demais, era uma provocação e um atentado ao pudor. Tinham forçosamente que tomar alguma providência. A corrupção, a prostituição e a marginalidade, campeavam na Vila.

A noite, quando o marido chegou, Leonor narrou-lhe tim-tim por tim-tim, os acontecimentos do dia. Com os olhos cheios de lágrimas e o rosto escarlate de tanto nervoso, implorou, mais uma vez, para mudarem dali o mais depressa possível. Não aguentava mais morar naquele lugar indecoroso, desonesto, sórdido e emporcalhado. Ele tinha que dar um jeito, nem que fossem para o fim do mundo, mas ali não podiam ficar mais.

Fernando também não gostou nada do que acabara de escutar, mas era tão difícil alugar casa, estavam tão caras, que o aluguei desencorajava a quem quer que fosse. A inflação galopante, absorvia todo o salário dos trabalhadores e o momento não era indicado para aventuras. Doía-lhe ter de deixar a família exposta àqueles vexames, mas que fazer?. Agora o filho também estudava ali pertinho, e se encontrassem casa, só pelos lados de São Gonçalo ou Alcântara. Por perto nem pensar, pois os aluguéis estavam caríssimos. Ajuda das autoridades, como haviam prometido aos trabalhadores, era escusado pensar nisso, não havia mais esperanças, não poderia contar com tal hipótese. Já assistira a eleição de Getúlio Vargas, que prometera olhar pelos trabalhadores e deu no que deu, cada vez pior. Ainda foi preso por ficar à porta da fábrica no dia da greve. Assistira ao suicídio do presidente. Depois vieram outros e nada fizeram. Agora estava no poder o Juscelino, que também havia se comprometido com os trabalhadores e até agora nada fizera; pelo contrário, as coisas haviam subido tanto que os salários mal davam para comer. Estava numa encruzilhada, não sabia o que fazer. A mulher queria mudar daquele lugar e ele considerava justa a aspiração dela. Mas como iria ele mudar, meu Deus?!... Era inteiramente impossível. Assim ficou a noite toda maquinando, como fazer para sair dessa situação. Mas tinha que ter esperança: a sina lhe tinha prognosticado que um dia ainda seria um homem rico.

VI

Após a morte violenta do Sr. Manuel, ficou a dirigir o negócio sua mulher. Se com o comerciante à frente daquilo, por largos trinta anos de experiência, as coisas não iam bem, imagine-se como iriam com D. Hortência e dois moleques!... Naturalmente de mal a pior. Três meses decorridos e a casa estava completamente depenada. Não tinha quase nada para vender, as prateleiras iam ficando vazias, a clientela sumia a cada dia, era, poder-se-ia dizer, o início do fim. Algumas pessoas já haviam aconselhado a viúva a vender o negócio enquanto, ainda restava.o mínimo e indispensável para continuar. D. Hortência, no entanto, resistia à ideia, tendo em vista que o marido ali labutara uma existência. Então, sentia pena de se desfazer da casa. Assim ia protelando uma resolução na esperança das coisas melhorarem, como se o comércio dependesse de decisões externas e não das próprias do comerciante. (Há um ditado que diz: não existe mau comércio, existe é mau comerciante). Esta indecisão ia agravando o problema cada vez mais insolúvel para a inexperiente e incompetente viúva.

Uma tarde, logo após o almoço, D. Amália foi à venda comprar sabão, cândida e mais alguns produtos que lhe faltavam. Voltou de mãos vazias: não havia mais nada para se comprar. Ao entrar na Vila, deu de cara com Leonor que se preparava para ir comprar alguns mantimentos necessários para a janta. Depois de um breve diálogo, D. Amália confidenciou à vizinha a miséria em que se encontrava o armazém de D. Hortência:

– Olha, dá dó; não tem quase nada para vender. No tempo do marido, é bem verdade que não aumentava, mas as coisas de maior consumo, ele sempre as tinha – concluiu como quem censurava a viúva.

Leonor, um pouco sem graça, acudiu a defender D. Hortencia:

– Então, que quer a senhora! A mulher não está habituada ao negócio. Ela nunca tinha visto uma balança na frente, como quer que a mulher toque bem o armazém?...

– Ah! mas assim, logo, logo, ela vai ter que fechar as portas.

– Eu também acho que o melhor que ela fazia, era vender tudo aquilo, mas esta, é uma decisão que só ela pode tomar, acrescentou Leonor, um pouco comovida.

Depois deste encontro casual, Leonor convidou Amália para irem juntas até a outra venda, da Rua Andrade Neves, a fim de efetuarem suas compras.

No caminho, conversa vai, conversa vem, Leonor indagou da vizinha: – Se D. Hortência quisesse vender aquilo, quanto será que ela iria pedir?

D. Amália respondeu que não sabia, mas seu marido com certeza saberia, pois tendo ele, quitanda, muito provavelmente, calcularia o valor do armazém. Voltou-se para a amiga e indagou:

– Mas por que você quer saber o preço? Acaso, espera comprá-lo?

– Não sei, se ela vendesse barato, poderia ser... quem sabe!...

– Ah! se você quer saber o preço, assim que chegar na Vila, eu pergunto ao Bento, ele me diz mais ou menos o valor.

– Bem ... eu agradeceria muito, disse Leonor.

– Mas, será que ela vende?

– Não sei...

– Está bom, eu lhe informo quanto o Bento acha que vale.

O calor estava insuportável. Não se aguentava ficar dentro de casa, naquela noite cálida de Niterói.

Os bancos onde os moradores vinham tentar esquecer as agruras do trabalho diário estavam completamente tomados. Naquele dia, Fernando tinha trabalhado que nem um condenado, estava demasiadamente cansado. Veio até a porta e notou que os escabelos estavam ocupados, ficou furibundo de raiva. Afinal ele tinha tido o trabalho de consertar os bancos e agora os outros tiravam proveito. Leonor ainda estava lavando a louça e Duarte lendo as notícias no jornal que o pai comprara de manhã, quando fora para o trabalho.

Normalmente, as pessoas de melhor poder aquisitivo, moravam nas praias de Icaraí, Boa Viagem ou até mesmo no Saco de São Francisco, e via de regra, depois do jantar, costumavam dar o seu passeio, ali mesmo onde moravam.

Como não tivesse mais bancos para se sentarem, os Guedes resolveram dar um passeio até Boa-Viagem, mesmo a pé, por ser bem perto de casa.

No caminho, Leonor lembrou-se da conversa que tivera com D. Amália e contou ao marido que a viúva lhe havia confidenciado o desejo de vender o armazém. E disse mais:

– Se nós quiséssemos, daríamos uma pequena entrada e o saldo em pequenas mensalidades.

– O que tu achas da proposta? indagou Leonor.

– O que eu acho? É muito boa! Mas a entrada? Onde está?

– Bem, eu tenho um pouco, certamente não dará, mas o que faltar podíamos pedir emprestado ao teu amigo Germinal.

– Quanto ela está pedindo?

– Ela ainda não falou em dinheiro. O que ela me disse é que estava seriamente pensando em vender, e, se nós quiséssemos, teríamos preferência. Eu até já falei com D. Amália para perguntar ao marido, se ele sabia o valor do estabelecimento, mas antes queria saber se tu gostarias de comprar ou não.

– Claro que quero – respondeu Fernando.

– E você? perguntou Leonor ao filho.

– Ora eu! Claro que gostaria que papai deixasse de trabalhar naquela maldita fábrica.

Enquanto isso, já tinham chegado à praia, onde era intenso o vai-vem das pessoas, nos passeios, sob as luzes difusas das fracas lâmpadas suspensas nos postes encarreirados que acompanhavam os contornos da praia, terminando ao fundo na escuridão do Morro que separa Icaraí da Praia do Saco de São Francisco. Casais de namorados de mãos dadas trocando juras de amor e confidências, indo e vindo, vestindo roupas escarlates, davam um colorido alegre e despreocupado aos três emigrantes no seu passeio.

A brisa era suave e os planos dos Guedes, ainda que audaciosos, eram viáveis. Estavam já perto de Icaraí, quando Duarte lembrou à mãe, porque não iam à casa de D. Júlia e falavam dos planos, ao filho.

– Bem lembrado – disse Fernando. Podemos ir até lá, e se Germinal estiver em casa, já poderíamos apalavrar o negócio.

– É, vamos lá, mesmo que ele não esteja, fazemos uma visita a D. Júlia.

O casarão da Rua Otávio Carneiro não estava iluminado; vislumbrava-se apenas alguma luminosidade nos fundos do quintal, dando a impressão que a luz da cozinha projetava-se neste, até perder-se entre as palmeiras frondosas que o guarneciam.

Tocaram a campainha. Uma voz estridente perguntou lá de dentro:

– Quem é?

– Diga a D. Júlia que é Fernando, amigo do Germinal.

– Entre, o portão só está encostado – respondeu a empregada, uma mulatona grande e de pele lustrosa, viera do interior, de Casemiro de Abreu, há poucos dias.

– Dá licença... – disse Leonor, abrindo o trinco do portão de aço.

– Entre, entre – bradava D. Júlia lá de dentro, ao reconhecer a voz de Leonor.

Subiram as escadas do hall de entrada. Nesta altura, a dona da casa já os esperava à porta da saleta de estar:

– Venham para dentro. Sentem-se aqui nesta sala. Mas que alegria de os ver aqui, que satisfação tão grande. É pena que o meu filho ainda não tenha chegado do serviço. Ele também ficaria muito satisfeito. E voltando-se para a empregada, ordenou: – Ó Maria, faça um cafezinho para os nossos amigos. Vocês não são considerados visitas, são nossos amigos.

– Muito obrigado, D. Júlia!... – exclamou Fernando um tanto emocionado por ver a velha senhora tão alegre e de os ter ali junto de si. Depois, continuando, disse que estavam passeando um pouco, gozando o ar fresco da noite, e lembraram-se de lhe fazer uma visita.

– Fizeram bem! Fizeram muito bem!... Mas sentem-se, não façam cerimônia.

Esperaram mais de meia hora pelo amigo, mas ele não chegou. Então, despediram-se e voltaram a pé, pela praia. Chegaram em casa lá pelas onze horas.

O movimento na Vila, por ser tarde, era bastante grande. Alguma coisa de anormal deveria ter acontecido. Várias pessoas estavam em volta da porta de D. Lourdes. Ela, lá dentro, na sala, com os olhos vermelhos de chorar, cabelos desalinhados, muito desconsolada, com a cabeça entre as mãos, apenas soluçava.

Os Guedes vendo o ajuntamento, aproximaram-se e ficaram sabendo da prisão do Nenê. Tinha sido preso naquela tarde, na esquina da Visconde do Uruguai com Coronel Machado, quando tentava roubar a bolsa de uma senhora. Havia sido autuado em flagrante e encontrava-se agora no Primeiro Distrito Policial, à Rua São Pedro, encostado à Penitenciária do Estado do Rio de Janeiro. Estas informações foram dadas pelo Sr. João.

Fernando viu que nada poderia fazer, deu meia volta e foi deitar-se. Os mais entendidos aconselhavam D. Lourdes a constituir advogado para defender o filho, tentar relaxar o flagrante, e, dessa forma, livrá-lo da cadeia.

– Mas cadê o dinheiro para pagar advogado? – dizia a velha desanimada.

O Sr. João aconselhou-a a fazer uma vaquinha entre os moradores da Vila e seus clientes, quem sabe conseguiria amealhar o suficiente para entregar o caso a um profissional que a pudesse ajudar naquele momento. Ele se dispôs a doar cinquenta cruzeiros.

D. Lourdes animou-se com a ideia e partiu para angariação de fundos. Alguns dos presentes deram a sua parte, apesar de saberem que o filho dela não merecia que se fizesse nada por ele e o faziam em atenção à pobre mãe. Fernando também contribuiu com sua parte.

No dia seguinte, D. Lourdes conseguira um advogado. Como o filho ainda não tinha passagens pela polícia, portanto não tinha antecedentes criminais, fora impetrado um *habeas corpus* em favor do detido. O juiz, atendendo aos argumentos de primariedade do autuado, concedeu-lhe o benefício da lei; de que ninguém pode ficar detido, desde que primário, até ao julgamento do crime cometido. Nenê deveria responder pelo crime do art. 157 do C.P.

Enquanto D. Lourdes estava às voltas para conseguir tirar o filho da cadeia, Leonor conversava com D. Hortencia sobre o negócio. De fato, Leonor combinara com o marido que ficariam com o comércio da viúva, caso o preço não fosse muito alto, e ainda conseguissem o dinheiro da entrada. Daí a razão de Leonor estar conversando com D. Hortencia, simultaneamente, enquanto D. Lourdes tratava com o advogado o caso do seu filho.

O dia custou a passar. Nada pior para quem espera com impaciência, que é a corrida contra o relógio. O tempo é implacavelmente moroso para quem espera com ansiedade o desfecho de um bom acontecimento. Também ele nos parece passar rapidamente, quando, em estado de felicidade e de alegria, sentimos os minutos, as horas e os dias, voarem como se evaporam os líquidos mais voláteis.

Leonor conversara com a dona do estabelecimento, e esta tinha posto as cartas na mesa, como se costuma dizer. Em princípio, ela achava viável a transação. O dinheiro pedido não era muito. Claro, para as posses dos Guedes era. Mas da maneira que havia sido proposto, estava quase dentro das possibilidades e, provavelmente, era quase certo o fechamento da transação. Dentro dos cálculos de Leonor, metade ou um pouco mais, eles tinham para a entrada, então tornar-se-ia factível comprarem o negócio.

No pensamento de Leonor surgia-lhe, como única oportunidade de melhorar um pouco a sua situação econômica, a compra do estabelecimento. Isso fez com que pesquisasse muito, quanto e qual o valor do negócio, qual o melhor aproveitamento de tudo aquilo. Daí o fato de ir conversar com o Sr. Bento, naquela tarde, antes do marido chegar, para saber as reais condições. Da conversa com o quitandeiro, pode chegar a conclusão que D. Hortencia não estava querendo muito pela transação.

À noite, quando o marido chegou, informou-lhe o preço que a viúva estava pedindo pelo negócio. Disse também que o Sr. Bento avaliou o estabelecimento num valor aproximado; então, se ele estivesse disposto, no outro dia, faltaria ao serviço, para tratarem do caso, e não deixarem fugir aquela oportunidade que se lhe deparava. Fernando concordou e no outro dia, logo que a viúva abriu a porta, lá foram eles saber como ela queria o pagamento da venda.

Cumprimentaram D. Hortencia com certa parcimônia e timidez. Mas depois foram tomando o ritmo normal das conversações preliminares para a transação.

– Bem, D. Hortencia – disse Leonor – nós queremos saber ao certo quanto a senhora quer pelo estabelecimento e como será o pagamento?

– O preço a senhora já sabe, é trezentos contos. Quanto ao pagamento, eu queria 40% de entrada e o saldo em 36 meses.

– Puxa, 40% de entrada, D. Hortencia!... Isso não é muito, não?... – observou Fernando, um pouco escandalizado.

– Não, não é muito. É o que habitualmente fazem os comerciantes, nestes casos, por aí – respondeu a viúva desconsoladamente.

Os Guedes ainda ficaram um pouco pensativos de como deveriam fazer. Deveriam aceitar a regra do jogo, e comprar o negócio, ou deixar pra lá esta responsabilidade? Leonor murmurou qualquer coisa em voz baixa ao marido. Fernando deu de ombros e também em voz baixa, disse alguma coisa como a concordar com a mulher. Depois, fizeram cálculos mentais para saber como fariam para arrumar dinheiro. Finalmente, pediram à dona do armazém se os aguardaria até mais tarde, pois iriam ver quanto poderiam conseguir, e voltariam para acertar, isto é, dizer se ficariam ou não com o negócio.

Partiram a caminho do escritório de Germinal. Deveriam ser umas 9 horas quando lá chegaram. Perguntaram a um funcionário, se já tinha chegado. O empregado disse que sim.

– Está no escritório.

– Muito obrigado – agradeceram quase ao mesmo tempo. Subiram uma escada escura e meio suja. O escritório ficava no pavimento superior ao da loja. Chegando ao topo da escada, um pequeno balcão impedia a entrada das pessoas. Germinal ficava num gabinete cerrado por uma porta de vidro e de onde se encontrava, vislumbrava quase todos os funcionários e também quem chegava no balcão de espera.

Assim que os amigos apontaram no topo da escada, e logo portanto no balcão, já o velho amigo os divisara. Largou tudo e veio ao encontro dos Guedes, sem que fosse preciso serem anunciados, afinal eles eram considerados da família.

Cumprimentaram-se alegremente, enquanto Germinal abria a portinhola, que dava acesso ao escritório. Encaminharam-se para o gabinete do comerciante, que muito cortesmente puxava uma cadeira e, segurando-a pelo encosto esperou que Leonor se sentasse. Depois de algumas perguntas de costume como, por exemplo, como vai a sua mãe, como vai este e aquele, sem rodeios nem preâmbulos, foram direto ao assunto. Foi Leonor que falou dos planos de comprarem o comércio da viúva. Porém, estavam ali porque precisavam de orientação e, se fosse o caso, de mais algum dinheiro, pois o que tinham não dava para a entrada pretendida pela mulher.

Germinal, depois de ouvir atentamente a proposta do casal, indagou quanto estava a dona pedindo pela casa. Aí Fernando disse com toda a sinceridade o desenrolar das negociações e em que pé estavam, até eles resolverem procurá-lo, pois era seu propósito, não dar mais um passo no sentido de fechar ou desistir do negócio, sem antes falar com ele, Germinal, que o considerava como seu irmão e único amigo que tinha no Brasil.

Depois de analisar a situação, Germinal também concluiu que a transação não era de toda má, então, ponderadamente, perguntou:

– E quanto vocês precisam para fechar o negócio?

– Bem – disse Fernando, um tanto embaraçado – com uns setenta contos já dava para enfrentar a situação.

– Setenta contos?... Só? Ora, ora, eu pensava que era alguma pequena fortuna. Para quando vocês precisam do dinheiro?

– Nós não sabemos como é feito esse tipo de negócio! Mas se tu me emprestares, eu falo com a viúva, e depois aviso-te qual o dia que iremos precisar – disse Fernando com um ar de alívio no semblante.

– Então estamos combinados – acrescentou Germinal com um sorriso nos lábios.

– Combinados – responderam os Guedes, eufóricos.

Na Vila, todos ficaram sabendo das intenções do casal em comprar o armazém da viúva. D. Amália tinha-se encarregado de divulgar a notícia. Não se falava doutra coisa e uma pontinha de inveja havia tomado conta do ânimo de alguns moradores do lugar. Então, alguns despeitados vociferavam contra a presumível transação, alegando uma série de vantagens que se davam aos portugueses. Quem se incomodava mais com tal situação eram os irmãos Galbiatti.

– Imagine – dizia Valdir, com aquele jeito desmunhecado – Imagine, ainda ontem chegaram aqui ao Brasil, com uma mão à frente outra atrás, e de repente compram um armazém, no valor de trezentos contos. Logo, logo, estão comprando uma padaria, depois um atacado de secos e molhados, e assim, esses portugas, ficam ricos de um dia para o outro! Nós nascemos aqui, sabemos todas as manhas disto aqui e nunca conseguimos merda nenhuma!... – arrematou com certo azedume e amargor nas palavras, endereçadas a Cleide.

Realmente é verdade – disse Cleide, confirmando tudo quanto o outro tinha dito. D. Zulmira tinha escutado toda a conversa e retrucou dizendo:

– Isso tudo é verdade!... Mas vocês só veem o que eles ganham, não o quanto eles trabalham, não veem o sacrifício que eles fazem. Vocês nunca repararam que o filho deles nunca ganhou um brinquedo, nem pelo Natal, nem no aniversário, nem em tempo algum? Há uma porção de tempo que moro aqui, quase nunca vejo esse homem em casa, está sempre trabalhando, governando a vida por aí fora...

– Isso nós temos que reconhecer... – disse Cleide e, voltando-se para Valdir, acrescentou:

– Olha, Valdir, o que eu dei em cima desse homem, para ver se via a cor do dinheiro dele, não foi brincadeira. E não fui só eu, a filha mais velha da portuguesa também tem tentado... e até agora nada conseguiu. Se fosse outro, já tinha levado para jantar, carregado para um hotel ou coisa parecida, mas ele manteve-se firme e até hoje não esbanjou seu rico dinheirinho.

– Isso é verdade, eles são muito econômicos.

– Eis a razão de eles progredirem – disse D. Zulmira – e só se progride com trabalho e economia, não como vocês que ganham cinco e gastam dez...

Outros vizinhos congratulavam-se com os Guedes pela compra do armazém e eram unânimes em dizer que eles mereciam. Tanto o Sr. Fernando como D. Leonor eram pessoas trabalhadoras e merecedoras de melhor sorte do que morarem naquela Vila asquerosa. Depois, eles iriam viver ali perto, o bairro era o mesmo e as pessoas também. Durante anos e anos eles ali conviveram sempre em boa harmonia, embora com alguns atritos com poucos vizinhos, mas estes praticamente eram os párias da sociedade, então não tinham influência sobre a opinião pública. O que valia era estar de bem com aqueles que realmente sempre primaram pela honestidade e correção e os Guedes, felizmente, tinham muito bom conceito, entre as famílias, tanto da Vila como das ruas adjacentes.

Leonor tinha economizado, durante os longos anos que labutara ao lado do marido, uns parcos cinquenta mil cruzeiros, quantia ínfima para comprar o negócio, entretanto o amigo e benfeitor da família, tinha-se prontificado a inteirar a quantia que faltava. Dito e feito, no dia em que concluíram a compra e venda, lá estava Germinal com o dinheiro necessário. Feito o contrato e assinado pelas partes, imediatamente os Guedes tomaram posse da casa. Germinal foi dar uma olhada no estabelecimento e, convicto, encorajou o amigo, dizendo-lhe:

– Assim é que se começa! Incentivou-o a fazer algumas reformas, sem no entanto, prejudicar a continuidade da casa, isto é, melhor seria reformar, com a casa aberta à clientela. Assim foi feito. O conselho do amigo foi seguido, afinal, ele tinha proporcionado a aquisição da casa, então nada mais natural que se desse atenção ao que dizia. As reformas foram executadas de modo a acomodar a família junto ao estabelecimento. Na realidade, a casa era muito grande, e, bem dividida, daria, além do comércio, uma ótima moradia para os três. Duarte estava quase um homem e necessitava de um quarto para estudar e ter as suas coisas independentemente dos pais.

Semanas depois, a família estava de mudança para a nova residência. O espaço de atendimento ao público fora diminuído, mas em compensação eles passaram a residir nos fundos da casa comercial. A princípio o negócio não ia muito bem, mas dava para pagar as dívidas e amortizar um pouco o dinheiro pedido a Germinal. Algumas inovações foram feitas e os resultados ainda não se faziam sentir, tendo em vista o desábito da clientela. Uma pequena copa construída logo na entrada do armazém, onde o novo comerciante iniciara a venda de bebidas a copos, com alguns acepipes, estava mudando a clientela da casa. Depois, Leonor, sempre no afã de ajudar, fazia com muito esmero bolinhos de bacalhau, empadinhas, bolinhos de carne, torresminhos, linguiças fritas, enfim, uma série de guloseimas que começaram a ganhar fama pelo bairro. De tudo isso, o ruim é que muitos marginais do Morro começaram a frequentar a casa, para saborear os pitéus feitos por Leonor.

D. Lourdes conseguira, com a ajuda dos vizinhos e amigos, dinheiro suficiente para tirar Nenê da prisão. E este, agora, mais experiente, dedicava-se à pratica de crimes mais violentos e macabros. A quadrilha de que fazia parte era agora chefiada por um tal de Zecão, um criolão grande e robusto, com 1 metro e oitenta e cinco de altura, oitenta e cinco quilos e fortes músculos. Já treinara para *boxeur*, mas, muito malandro nos treinos, não tinha dado para o esporte. Então, como estava acostumado a comer bem e o trabalho que sabia desempenhar não dava para se alimentar, voltou-se para um "negócio" mais rendoso, que era roubar. Como todos os principiantes, começou com pequenos furtos, passando depois à fase do roubo à mão armada, o latrocínio, e assim sucessivamente, Agora era o chefão da quadrilha, porque Mão-Preta estava cumprindo pena na Penitenciária de Niterói, e, na vacância do cargo, tinha ficado o Zecão a dirigir a poderosa gangue.

Uma noite, deveriam ser umas nove horas aproximadamente, apareceram no boteco de Fernando, Nenê, Zecão e mais três comparsas.

– Alô, seu Fernando!...Tudo bem? O Duarte e D. Leonor estão bem?

– Oh! Nenê... Como vais tu?...

– Vou bem, graças a Deus.

– Oue tens feito? – indagou o comerciante, impressionado com as caras enchavascadas dos companheiros de Nenê.

– Andando pelo mundo afora!... – respondeu.

– Queres tomar alguma coisa?

– É, eu tomo uma cachaça, e vocês vão tomar o quê?

– Pode ser uma cachaça também – responderam seus parceiros.

– Bem, esta é oferta da casa – disse Fernando com certo estupor. E serviu cinco copos da cachaça da melhor que tinha. Conversa vai, conversa vem, e enquanto servia mais alguns fregueses, perguntou a Nenê se já tinha ido ver a mãe.

– Vim de lá agora, ela é que me disse que o senhor havia comprado isto aqui.

– Ah! Foi ela que te disse, hein?... É, isto mal e mal dá para viver. Mas o essencial é ir vivendo.

Voltando-se para os companheiros, Nenê perguntou se queriam tomar mais uma.

– Não, não – respondeu um crioulinho baixinho e franzino, que nem ele.

– Pra mim chega! – disse outro.

– Tá bom, vamo andando – ordenou Zecão. Despediram-se de Fernando, agradecendo a bebida e subiram lá para o Morro.

Fernando ficou pensativo e acabrunhado. Vira crescer Nenê. Quando viera morar na Vila, teria ele não mais que oito anos. Aquele negrinho franzino, raquítico, que comia as sobras das demais famílias, teria forçosamente que dar no que deu. Ele, Fernando, tinha feito tudo para que isso não acontecesse; muitas e muitas vezes, almoçou e jantou à sua mesa, muitas vezes "a mulher lhe deu algumas roupas, que aproveitava dos trapos velhos que sobravam da luta diária do marido, e as transformava em pequenos calções ou camisas, para cobrir tanto as partes pudendas, como para agasalho do tórax do famélico crioulinho. Mas tinha sido em vão. A mãe, ao pô-lo no mundo, não teve a devida percepção de que não tinha condições para criar, educar, instruir e, em última análise, alimentar o filho como se deveria, para que ele não caísse na sarjeta, como estava iniciando a cair. Não havia dúvida que Nenê descambara para o lado do mal, não havia mais nada a fazer!... Paciência... Da parte dele, fizera o que fora possível. A vida dos menos favorecidos é assim mesmo, poucos eram aqueles que conseguiam sair do submundo da miséria e galgar os degraus da sociedade mais culta e abastada. O próprio Estado tem interesse em manter estes párias, para lhe dar um suporte político. Veja-se, por exemplo, nas épocas das eleições, as mil e uma promessas feitas aos menos favorecidos pelos políticos. Observe-se quantos e quantos são levados a ocupar cargos à custa dos votos dos humildes, com o compromisso de, se eleitos, fazerem leis para proteger os menos afortunados. Depois de eleitos, dão uma banana para os seus eleitores e esquecem tudo o que prometeram, só olhando os polpudos salários, jetons e outras vantagens que recebem em decorrência do mandato que deteem. Este turbilhão de pensamentos, que lhe viera à mente em razão da situação do filho de.D. Lourdes, deixou-o em estado de perplexidade.

A hora já ia avançada, fechou as portas do estabelecimento e foi deitar-se. Contou à mulher quem estivera ali havia poucos minutos.

Leonor também ficou impressionada com o que o marido acabara de narrar. Uns homens mal encarados, um crioulão forte com cara de chefe, com várias cicatrizes profundas no rosto e nos braços, jeito de brigador, os outros, então, com cara de viciados, malfeitores e assassinos, eram os companheiros de Nenê.

A década de 50 tinha deixado sequelas profundas e angustiantes na sociedade brasileira. Temores e ansiedades tinham sido uma constante, especialmente nas camadas mais inferiores, como era o caso dos Guedes e das famílias ali das redondezas.

Primeiro, tinha sido o suicídio de Getúlio Vargas, que tumultuara e sacudira as liberdades democráticas. A subida de Café Filho, que era o Vice-Presidente da República Federal do Brasil, ao poder fora uma simples decorrência da vacância do cargo, não porque estivesse em condições de desempenhar missão tão difícil, à altura dos problemas cruciantes e aflitivos, que a sociedade brasileira, como um todo, estava atravessando. Golpes e mais golpes se sucederam, e só não se consumaram, pelo amor à legalidade democrática do então Ministro da Guerra, Marechal Teixeira Lott, que, no comando das Forças Armadas, impediu os anti-democratas de sua intenção de tomarem o poder pela via ilegal, ou seja, pela formação do golpe militar, tão comum nos países da América Latina.

Em eleições livres e democráticas, Juscelino Kubitschek de Oliveira ganhou a Presidência da República, coadjuvado pelos partidos PSD e PTB, em coligação. Porém, se a democracia de Juscelino foi benéfica no campo do desenvolvimento, no campo social foi desastrosa. A inflação atingiu patamares até ali nunca vistos, os salários, ainda que ajustados, jamais davam para cobrir o déficit entre o ganho real e o poder de compra do trabalhador, provocando destarte um grande e profundo desequilíbrio no orçamento das famílias brasileiras.

Os Guedes já estavam no Brasil havia aproximadamente, uns 15 anos, e tudo quanto conseguiram economizar, fora o dinheiro para parte da entrada do armazém. Assim mesmo, porque nunca fizeram nenhuma extravagância, não compraram brinquedos para o filho, nunca foram a um cinema ou teatro, não souberam o que era um divertimento ou um pouco de lazer. Fernando na fábrica, a mulher em casa, no tanque e no fogão, essa tinha sido a sua vida.

A única esperança que lhe restava era o filho, que, inteligente e estudioso, mostrava muita vocação para as letras. Estas perspectivas, encorajavam tanto ao pai como a mãe, que viam no filho a única alternativa brilhante, pela inteligência e esperteza do rapaz. Todavia, ainda era muito cedo para pensar na glória de Duarte. Então, ficava absorto em pensamentos e devaneios tristonhos, e, quando se expressava, muitas vezes já o fazia por eufemismos. Aquela confiança de outrora era coisa do passado. Apesar de a mulher lhe incutir certa dose de esperança no futuro, ele já não o encarava com o mesmo otimismo que lhe era peculiar. Agora, um pouco mais em comunicação com o público, estava se sentindo melhor intimamente. De certa forma, a compra do armazém tinha-lhe feito bem, havia um pouquinho de esperança de as coisas melhorarem para o seu lado. Leonor encorajava o marido a enfrentar as vicissitudes da vida. Era preciso ter coragem, não deveriam desanimar, afinal tinham o filho para acabar de educar, e esta era uma missão a que ambos haviam se comprometido e que deveriam cumprir, custasse o que custasse.

Meses depois, os quitutes de Leonor já eram famosos em todo o bairro, e mesmo pessoas que moravam mais distantes vinham ali se deliciar com os bolinhos de bacalhau e de carne feitos no boteco do Sr. Fernando. A mulher, muito asseada e limpa, trazia a casa num esmero que fazia gosto. A freguesia aumentara muito, os Guedes, todos, trabalhavam que nem mouros, para dar conta dos inúmeros clientes novos que apareciam todos os dias, para degustarem os acepipes feitos por Leonor. Era um corre-corre dos diabos para fazer tanta comida e despachar cervejas e cachaças, no balcão. No concernente à parte habitacional, também tinha havido grandes melhoras. As divisões feitas com capricho em madeira, forrada com papel de parede, cada ambiente com sua cor e modelo; a sala de estar com móveis novos e modernos, que exalavam um cheirinho de verniz fresco muito aromático e delicioso. Atrás do aparador, um retrato de casamento do casal, lembrava vestígios de que houvera festa grossa à altura do evento. Uma cristaleira toda envidraçada, onde estavam as louças Vista Alegre, portuguesas, e mais os cristais, também trazidos de Portugal, ornavam um canto da sala. Ao centro, uma mesa elástica com toalha bordada à mão, sob um vaso de vidro decorado em vivas cores escarlates, azuis e verdes dava uma graça especial ao ambiente. Poder-se-ia considerar uma sala modesta, porém já servia para receber os amigos, sem ser alvo de críticas maiores. O quarto do casal, forrado com um papel muito discreto e móveis novos, fazia pressentir sinais de prosperidade. Também o cômodo de Duarte tinha bons móveis e estava otimamente decorado. Enfim, os Guedes, depois de muitos anos, haviam conseguido algum conforto, ainda que não tivessem dinheiro, mas pelo menos agora moravam como gente.

Naquele domingo, Fernando levantara-se um pouco mais tarde e, num tumulto de ideias e ambições, coloquiou com a muher sobre convidar os Silveiras para lhes fazerem uma visita à nova casa. Leonor achou muito justo. Combinaram que iriam naquela tarde mesmo à Rua Otavio Carneiro, fazer o convite. Especialmente a D. Júlia, que nunca saía de casa, ser-lhe-ia talvez agradável dar um passeio. Com efeito, de tarde lá abalou o clã dos Guedes a caminho de Icaraí,

Foram muito bem recepcionados, como sempre. D. Júlia desfazia-se em amabilidades e, Germinal um pouco mais seco, mas sempre aquele *gentleman*, cordato e compenetrado de suas responsabilidades.

Feito o convite, foi de pronto aceito pelos amigos.

Aquela semana passara-se como um flagrante. Pareceu um abrir e fechar de olhos e já tinham se passado oito dias. Um belo almoço fora preparado para receber os Silveiras. Germinal gostava de comer bem. Sua mãe não ligava para isso, mas o filho era um bom garfo. Fernando também não lhe ficava atrás. Leonor enfeitara a sala com muitas flores e algumas frutas colocadas sobre uma mesinha, junto ao aparador. As louças Vista Alegre, até então nunca usadas, ornavam a mesa central, cujo brilho e frescor das rosas, revelava o desvelo da dona da casa.

A chegada dos amigos foi recebida com grande alegria. Fernando, com as mãos nos bolsos, readquirira lampejos da felicidade de outrora, costumeira em suas maneiras. Este era um grande dia para ele, mormente por ter ali o seu maior amigo. Então, em tom vivaz e caloroso, dirigiu-se a D. Júlia:

– Pensei que não viessem!

– Ora essa!... O que levou o senhor a pensar assim?

– Sei lá!... Pressentimentos – respondeu.

– Mas, se nós nos comprometemos a vir, é porque tinhamos intenção de vir! – disse Germinal sorridente. E depois, não são todos os dias que podemos desfrutar de companhia tão agradável – concluiu.

– Há muito tempo eu tinha vontade de os convidar, mas, infelizmente, a casa onde morávamos não tinha condições de os acomodar – disse Leonor um pouco sem jeito.

– Mas nós não somos de cerimônias – exclamou D. Júlia.

– Nós sabemos, nós sabemos – acudiu Fernando – mas lá, francamente, era muito ruim. Não tinha nem lugar para sentarmos os cinco.

– Deixa-te disso, Fernando, onde cabem quatro cabem cinco – retrucou Germinal com vivacidade.

– Bem, deixemos de pensar nas nossas misérias e vamos ao que interessa, que é o nosso almoço. E virando-se para o amigo:

– O que vamos beber? Vinho branco ou tinto?

– O almoço é peixe? – indagou Germinal.

– É, é peixe, sim ...

– Então vai melhor vinho branco.

– E a senhora D. Júlia, o que toma?

– Eu quero água. Água bem fresquinha.

– Não vai um pouquinho de vinho?

– Não, eu não tomo álcool de jeito nenhum.

Fernando voltando-se para Germinal, que já se havia sentado à mesa ao lado de D. Júlia, de frente para Duarte, disse sorrindo.

– Tenho ali um vinho, que ainda é daqueles que Leonor trouxe. Só que é tinto, foi engarrafado lá em Messines, pelo Teófilo. Sabes, o Teófilo Fontana! Lembras-te, não é verdade? – Claro que me lembro. E o que é feito desse tipo? indagou Germinal com certo interesse.

– Ouvi dizer que está muito rico.

– Ouviste dizer? Ou recebeste notícias a esse respeito?– interrogou Leonor,

– É, recebi algumas cartas, onde meu pai diz que o homem tem uma fortuna enorme.

– Quem tem sorte, tem sorte!... A senhora lembra-se do Teófilo, não é D. Júlia?

– Lembro-me, lembro-me muito bem.

– A senhora veja... Não foi preciso sair de Messines para enriquecer. Lá mesmo arranjou uma fortuna que faz inveja a muita gente...

– É isso aí!... – exclamou Fernando com tristeza – Uns saem e arranjam fortuna, outros não precisam sair para ficarem ricos. E eu, saindo ou não, jamais conseguiria ficar rico. Não sou desse tipo.

– Mas, afinal, o peixe está esfriando e nós, ao invés de comermos, ficamos aqui falando da vida dos outros!... Isto não leva a lugar nenhum. Vamos ao que interessa. Comamos! ...

Leonor servia os pratos.

– A corvina está uma delícia – exclamou D. Júlia, muito sobriamente – e as saladas, então, ai! que tempero! ...

– Uma delícia! Uma verdadeira delícia!... – disse Germinal, limpando as mãos no guardanapo xadrez, que detinha sobre as pernas.

– Não é para tanto – Fernando – Leonor cozinha bem, mas olha, que eu tenho comido bons manjares lá na tua casa.

– Nem tanto!... respondeu D. Júlia modestamente.

– Palavra de honra. Não é verdade, Leonor?...

– É verdade sim, é verdade!...

Depois foi servido o inconfundível cafezinho.

Já eram mais de cinco horas quando os Silveiras se retiraram, e os anfitriões vieram até à rua despedir-se.

Os Guedes sentiam-se sensibilizados com tamanha honra, de ter podido ofertar aos amigos um almoço digno.

Entravámos na década de 60, e o fato mais importante, logo no início desta conturbada época, foi sem sombra de dúvida as eleições para a Presidência da República. Concorreram pela disputa dos cargos três candidatos: Jânio Quadros, apoiado pela U.D.N. e algumas dissidências do P.T.B. e P.S.B.; Marechal Teixeira Lott, candidato oficial pelo P.S.D. e P.T.B.; Ademar de Barros, pelo P.S.P. A grande vitória coube a Jânio Quadros, com 48% do eleitorado.

Em 31 de janeiro foi empossado como Presidente da República o Sr. Jânio da Silva Quadros. A Nação inteira regozijavase com a austeridade de que era possuído o grande político paulista, e todos esperavam o fim da era da corrupção.

Viviam-se momentos de euforia e expectativa nacionalista, com alguns atos do Presidente acertadamente coerentes, outros, porém, sem ressonância ou eco popular, e até antipáticos, tanto para os operários, como para os empresários.

Dentro do perfil do Presidente o que mais o caracterizava era a sua austeridade. E, à medida em que os seus atos iam sendo divulgados, os corruptos se abstinham de pôr as manguinhas de fora. Dir-se-ia então, que a corrupção, o suborno, a depravação e a desmoralização, aos poucos estavam se extinguindo nas repartições, na polícia e nos departamentos do Estado, que era onde mais campeavam.

Óbvio que, os antros de marginais também estavam em forte decadência. O Morro do Estado, que estava sempre infestado de vagabundos, prostitutas, falcatrueiros, bandidos e ladrões, parecia estar agora mais calmo e tranquilo, e no lugar dos fora-da-lei, tinham vindo pessoas mais humildes e melhores de lidar. Então dentre estes, alguns até eram fregueses assíduos do boteco dos Guedes.

A clientela tinha aumentado e o faturamento consequentemente também. Duarte também ajudava, quando nas horas de mais aperto, os pais não davam conta de servir a freguesia.

Jamais ficariam ricos, como dizia Fernando, mas ia dando para viverem com um pouco mais de desafogo.

Numa tarde, estava Fernando sentado à porta da venda, quando apareceu D. Amália, muito apressada, pedindo para ir lá na Vila, que D. Lourdes, além de estar bêbeda e chorando, dizia que queria se suicidar.

– Mas porque ela quer se suicidar? – interrogou o comerciante, espantado.

– É porque o filho foi condenado.

– Condenado!... E ela quer se suicidar por isso?

– Pelo que ela diz, é...

– Então, ela não vai viver muito tempo! – exclamou em tom jocoso.

– Vamos lá, Sr. Fernando. Ela só confia no senhor. Se lhe disser alguma coisa que a convença, ela fica mais aliviada.

– Então vamos lá...

Chegaram à Vila. D. Lourdes estava sentada no poial da porta. Assim que Fernando entrou, começou em altos brados:

– Ai, Sr. Fernando, isto é o fim da minha vida! Ai! Nossa Senhora de Fátima me acuda, isto é o fim de minha vida! – Não cessava de gritar, e, num esforço tremendo, tentava levantar-se, até que Fernando, vendo que ela não conseguia, pegou-a pelo braço e levantou-a, dizendo:

– Por que a senhora está aí, gritando dessa forma? Que lhe fizeram?...

– Oh!... Sr. Fernando, ajude o meu Nenê. Ele foi preso novamente.

– O que foi que ele fez, desta vez?

– Ainda é por causa daquele roubo.

– Ah! ainda é aquele caso?

– É, sim senhor... – disse a mulher cambaleante.

– Pode ficar tranquila, que eu vou ver o que posso fazer por ele. Agora vá dormir.

– Tá bom, Sr. Fernando. Tá bom.

Entrou e foi deitar-se na enxerga que ficava ao fundo do quarto.

VII

A família Guedes era agora mais conhecida e considerada no bairro. A atividade comercial exercida durante alguns meses colocou bem em evidência o caráter tanto do casal como também do filho, que já começava a ficar conhecido entre a população como rapaz honesto, trabalhador e, especialmente, muito inteligente. Afinal, já moravam ali há uns bons pares de anos, e, apesar de pobres, muitos favores já tinham prestado à comunidade local. Quantas e quantas vezes, Fernando já socorrera este ou aquele vizinho. Não eram favores materiais, não eram favores de meter a mão no bolso e dizer: "Tens aí o que precisas", e dar as costas e ir embora, sem mais se importar com o sofrimento do semelhante. Eram favores de socorrer numa aflição, a que todos nós estamos sujeitos, como, por exemplo, levar um doente às pressas num hospital, ou tirar alguém de dentro de um barraco em chamas, ou ir salvar os pertences mais caros, quando, numa enxurrada, das copiosas chuvas de verão; enfim, onde fosse preciso ajudar, lá estavam os Guedes sempre prontos para o que desse e viesse. Nos momentos de angústia, agonia e tristeza, eles estavam sempre presentes. Diante destes desprendimentos, crescia uma grande amizade de todos os moradores do bairro.

Tudo parecia caminhar normalmente, quando de repente um fato nacional veio confundir e deixar perplexa a Nação inteira. As manchetes dos jornais de grande circulação do Rio de Janeiro e de Niterói, assim como as emissoras de rádio e televisão emitiam notícias a toda hora sobre o episódio que toda a nação brasileira tomara conhecimento.

"O PRESIDENTE DA REPÚBLICA RENUNCIARA".

Sim, Jânio Quadros havia renunciado à Presidência da República.

O comércio, a indústria, as repartições públicas, todos fecharam suas portas. As forças armadas estavam de prontidão. A renúncia repentina causara uma série de demarches na política nacional. A vacância do cargo deveria ser preenchida, com a tomada de posse do Vice-Presidente. Entretanto, este encontrava-se em viagem política à China Comunista.

Chamado às pressas pelos seus correligionários para assumir a Presidência, a indicação do Vice João Goulart não fora bem aceita por alguns parlamentares e por uma boa parte das Forças Armadas. Entretanto, alguns Governadores dos Estados, tendo a encabeçá-los o Governador Leonel Brizola, lançaram um manifesto de apoio à legalidade democrática, em favor da tomada de posse de João Goulart.

Aos poucos, a Nação tomou conhecimento de um bem urdido golpe de Estado, preparado por alguns militares radicais. Estabelecida a confusão, cabia ao Congresso Nacional zelar pela legalidade democrática e unidade política, em última instância. De fato, os parlamentares da linha democrática, percebendo a manobra dos radicais, tanto os políticos como os militares, procuraram, dentro das Forças Armadas, homens que sempre tinham estado ao lado da democracia, com o intuito de salvarem o país da ditadura militar, e, simultaneamente, encontrarem o caminho da normalidade legal.

Mais uma vez serviu de intérprete desta vontade o Marechal Teixeira Lott. O pronunciamento do antigo Ministro da Guerra encontrou ressonância no seio da grande maioria dos militares. Incontinente ao manifesto de Lott, o General Machado Lopes, comandante do III Exército, sediado em Porto Alegre, apoiado pelo seu Estado-Maior, declarou "que para defender a legalidade política iria até as últimas consequências, se fosse necessário".

Perceberam a tempo os radicais que estavam levando o país à guerra civil, se continuassem no seu intento de não deixar o Vice-Presidente tomar posse. Diante desta realidade, recuaram em suas pretensões, deixando a solução para o Congresso Nacional. Este encontrou um "modus faciendi" de resolver a questão. Estabelecer-se-ia o sistema parlamentarista no país. João Goulart seria o Presidente da República (Chefe de Estado), Tancredo Neves seria o Primeiro-Ministro (Chefe do Governo).

O Chefe do Governo compusera o seu primeiro ministério nas diversas alas políticas e partidárias, a fim de contar com a maioria dos congressistas para poder aprovar os projetos do governo. A classe política, porém, não estava preparada para exercer funções típicas pertinentes a um Governo Parlamentarista. A experiência foi desastrosa. As estruturas hierárquicas foram sacudidas pela desrespeitabilidade. A sociedade iniciara um processo de esfacelamento, minada pela corrupção e desrespeito às instituições civis e militares. Aproveitando-se desta situação caótica, os corruptos (que tinham ficado camuflados no governo de Jânio) agiram com maior vigor e destreza no enriquecimento ilícito, e dilapidaram o dinheiro do tesouro público.

Na baixada fluminense, mais especificamente, em Caxias, campeava a desordem, a violência, o arbítrio e a corrupção, tendo como artífice intelectual o Deputado Tenório Cavalcanti. Decorrente das suas imunidades parlamentares, o Deputado usava a sua influência para proteger e amparar bicheiros, contraventores e marginais de todas as espécies.

Da sua fortaleza em Duque de Caxias, armado até os dentes, o Deputado comandava um exército de marginais que serviam a senda do crime organizado. Raro era o dia em que não fossem fuzilados três, quatro ou mais pessoas, muitas vezes chefes de família, pelos capangas de Tenório.

Caxias disputava agora a primeira posição na criminalidade com o famoso e conhecido Morro do Estado, na Capital. Vários delinquentes do vizinho município vinham esconder-se na famosa favela de Niterói.

Voltou tudo a ser como era dantes, como no quartel de Abrantes, o covil dos marginais estava formado. Já se começava a disputar lugar para ver quem ficava e quem tinha de seguir outro destino.

O estabelecimento comercial dos Guedes ficava ali no sopé do Morro. Amiúde, eram vistos bandidos no boteco, para tomar cachaça, comprar cigarros e outras coisas que não encontravam lá nas vendas fétidas da favela.

Naquela manhã calma e ensolarada, tão calma que se ouviam as badaladas do relógio da Igreja de São João, naquele mesmo momento em que soavam as 10 horas, eis que entra no armazém Nenê acompanhado de Zecão. Trazia debaixo do braço um pequeno maço de papéis.

Fernando assim que o viu, avançou um pouco, até chegar perto e disse:

– Oh! Nenê... Já saiste?

– Chiii, seu Fernando! – E levando o dedo indicador ao nariz – disse em voz baixa: – Fugi da cadeia, mas fala baixo...

O comerciante olhando de um lado para o outro, viu que ninguém estava à sua volta e indagou muito espantado:

– Fugiste?

– Fugi – respondeu secamente.

– E já foste ver a turma lá da Vila?

– Não, ainda não fui. Estou vendo se ganho uns cobres, para levar pra minha mãe.

– Fazes bem, fazes bem... – disse Fernando. – Ainda andei pedindo por aí, para ver se te tirava da cadeia, mas infelizmente nada consegui.

– Ah! É?!... - exclamou Nenê, com admiração.

– É verdade, podes crer...

– Ah! então, muito obrigado.

A um leve sinal de cabeça de Zecão, para se retirarem, veio ao encontro do comparsa para a rua. Depois, em conversa, como se fossem códigos, os dois confabularam imperceptivelmente, e retiraram-se em largos passos para os lados da Vila. Fernando ficou cismado com aquela retirada tão repentina. Ainda foi à porta ver se vinha alguma viatura da polícia, do lado oposto ao rumo que os dois marginais haviam tomado, porém, nada viu que tornasse plausível aquela quase fuga dos meliantes. Ficou pensando porque teriam eles saído assim tão depressa, quando entrou pela porta do armazém o Sr. João Neves.

– Oh! Sr. João! O senhor encontrou aí na rua o Nenê filho da D. Lourdes?

– Não! não encontrei ninguém... – exclamou o jornalista.

– Não encontrou mesmo?...

– Já disse Sr. Fernando – não encontrei ninguém.

– É que ele entrou aqui com outro crioulo, e, sem mais nem menos, saíram numa pressa louca sem nada dizer.

– Eu vi dois homens conversando aqui à sua porta, mas não sabia que era o filho da D. Lourdes.

– Ah! Então foi isso... Eles viram o senhor... O Nenê está foragido da polícia e vendo-o, sabendo que trabalha no jornal, deu no pé.

Neste ínterim, começaram a entrar fregueses e o assunto terminou por ali. Outras conversas foram iniciadas, outras bisbilhotices vieram à baila, mas o comerciante não esquecia os fatos e a suspeita levantada contra os vagabundos.

Já passava da uma hora da tarde, e Duarte ainda não tinha chegado da escola. Geralmente, ele costumava chegar um pouco antes do meio-dia, ainda a tempo de ajudar os pais naquele horário em que o movimento era maior.

À medida em que as horas iam avançando, os pais do rapaz começaram a ficar preocupados. O filho, sempre muito pontual e responsável com as suas obrigações, deveria ter algum forte motivo para não aparecer.

Como o colégio era ali pertinho, Fernando pediu a um vizinho que era aposentado e sempre estava no armazém, para ir dar uma espiada, ver o que teria acontecido. Forneceu-lhe os dados necessários para que ele pudesse localizar o rapaz lá no estabelecimento de ensino.

Minutos depois, o homem estava de volta e disse que Duarte estava sendo homenageado pela diretoria do colégio, como o melhor aluno do ano. A casa comercial estava repleta, e a maneira como o recado fora transmitido deixara todos boquiabertos. Todas as atividades cessaram por alguns instantes, e enternecidos, com uma lágrima a soltar dos olhos que brilhavam de alegria e contentamento, Fernando e Leonor se abraçaram, sob os olhares dos amigos e clientes.

Duarte era agora um rapagão perfeito. Um pouco mais magro que o pai, ultrapassava-o, contudo, na altura, o que lhe dava aparência de um homem feito, apesar da pouca idade. Transposta a puberdade, ei-lo de barba cerrada, olhos castanhos penetrantes e vivazes, nariz aquilino, cabelos cheios, levemente ondeados e castanhos, tez morena clara. Este era o perfil do filho dos Guedes, ao terminar o curso colegial.

A homenagem que lhe fora prestada naquele dia, nada mais era que o justo prêmio por haver terminado, esta fase estudantil, conquistada com brilhantismo e inteligência e, sobretudo, com incomum sacrifício de horas e horas a fio, durante os três anos do curso. A escola costumava premiar todos quantos se tivessem distinguido durante este cicio, que por sua vez coincidia com o término dos estudos no estabelecimento. Diante disso, todo o corpo docente se reunia para, numa última e justa cerimônia, conferir àqueles que mais se destacavam, um Diploma de Honra ao Mérito.

Duarte havia sido o grande vencedor deste ano letivo. Mas era de tradição um total sigilo, que o laureado se mantivesse incógnito até o último dia de aulas, não desestimulando os outros concorrentes, antes do final do curso. Isso fez com que os pais de Duarte não ficassem sabendo da homenagem ao filho. Entretanto, quando veio a notícia de que o rapaz estava sendo laureado, alguns amigos dos Guedes começaram a movimentar-se, para também prestarem o seu preito ao estudante.

Enquanto na Rua Padre Anchieta se preparava os festejos, na escola discursos prolixos eram proferidos, e, aos rituais da entrega de medalhas e diplomas, seguiam-se as salvas de palmas sonoras e hilariantes.

Lourival de Morais, velho amigo de Fernando, que trabalhara também na Govibra, estava agora empregado numa empresa da Rua XV de Novembro, chamada Espelhação Brasil, como cortador de vidros. Aconteceu que, quando Fernando saiu da Vila, Lourival alugou a casinha onde os Guedes tinham morado, durante todos aqueles anos, desde que haviam chegado ao Brasil. Existia, em decorrência disso, uma grande amizade entre eles.

Naquela tarde, Lourival, foi o primeiro a prontifícar-se a colaborar com os festejos para o filho dos amigos. De feitio extrovertido e alegre, providenciou imediatamente a compra de foguetes, para receber o estudante junto à comunidade onde fora criado. Os pais, embevecidos, tinham posto à disposição dos amigos tudo quanto estava ali no bar, cervejas e quitutes daquele dia não seriam pagos, enquanto houvesse, era comer!

Quando, lá pelas duas e pouco, o jovem apareceu na rua, alguns amigos mais chegados já o carregaram em triunfo, com rojões a estourar por todos os lados e alguns tambores e tamborins iniciaram de improviso uma roda de samba.

O foguetório chamou a atenção do pessoal do Morro, que, sempre atento a estas manifestações, logo se preparou para participar do evento. Em poucos minutos, estava a rua intransitável, e sua excelência, o, samba, começava a evoluir em ritmada cadência, com passistas cabrochas e tudo quanto tinha direito. Lourival, pelo seu temperamento folgazão e alegre, comandava o espetáculo, fazendo explodir os foguetes e determinando o rufar dos tambores, enquanto os amigos mais íntimos de Duarte se acercavam dele, cumprimentando-o e abraçando simultaneamente seus genitores. Assim a festa foi avançando noite adentro, e, enquanto houve cerveja e alguma coisa a petiscar, ninguém deixou o lugar. Depois, aos poucos, como não houvesse mais motivo para ali ficarem, os sambistas foram percorrendo a rua em toda a sua extensão, dobrando a Rua São Sebastião, até sumirem com seu alarido lá p'ros lados da praia do Ingá.

Os mais amigos ainda se demoraram algum tempo, até os Guedes fecharem as portas do estabelecimento e se recolherem. Então, Duarte, muito perspicaz e comovido, pensava: É curioso! Esta gente na sua grande maioria, parece gostar de mim!... E muito emocionado, pensava como era fácil conquistar o íntimo daquelas pessoas humildes e simples. Meditava consigo mesmo, na facilidade dos políticos conseguirem votos dos eleitores crédulos e simples, e elegerem-se com apenas algumas promessas fúteis e vãs. Então, já se via na Faculdade de Direito, como era seu sonho, e num futuro bem próximo, candidatando-se a um cargo eletivo. Ele iria para a política, mas com o firme propósito de servir bem ao seu eleitorado, isto é, defender a causa dos trabalhadores e dos humildes e oprimidos. E neste enlevo, deixou-se dormir.

Nenê, agora, vinha com frequência ao bar de Fernando. Invariavelmente aparecia acompanhado, ora do Zecão, ora dum outro crioulínho que chamava de Fuinha. Geralmente surgiam na hora do almoço, hora em que a clientela mais afluía ao estabelecimento. Fernando ficava intrigado com estes aparecimentos, mesmo porque o foragido fazia sinais para alguns clientes irem conversar com ele, lá fora na rua. A princípio, como conversavam era na rua, Fernando nada disse, nada reclamou, mas depois de alguns dias, observou que as confabulações já tinham passado para dentro do bar. E como a querer certificar-se de que algo errado estava acontecendo, dirigiu-se diretamente ao elemento, perguntando:

– Escuta cá, Nenê! As tuas vindas constantes aqui, estão diretamente relacionadas com o jogo do bicho, não é verdade?...

– Estão, sim – respondeu o marginal secamente. – Há algum parangolé a respeito?...

– Bem, eu não me importo, e nem tenho nada a ver com isso, desde que vocês façam o jogo lá na rua. Porém, aqui na minha casa, não permito jogatinas. E acrescentando um pouco mais de veemência nas palavras, disse: – Sabes muito bem que o jogo está proibido, e se acaso os homens da lei vierem aqui e encontrarem vocês fazendo jogo em minha casa, podem me fechar as portas, levar-me preso e ainda por cima querer levar algum. Certo?... Podem até pensar que sou conivente com vocês!... Compreendes, não é verdade?

– Oh! Seu Fernando, pode ficar tranquilo. Nóis sabemo lidar com esse pessoal!... – exclamou com certo desprezo.

– Certo, vocês conhecem bem e sabem lidar com eles, mas eu não sei!... – retrucou Fernando.

– Fique tranquilo, seu Fernando, ninguém vai se machucar.

Zecão, que estava na rua, não tinha presenciado a conversa desde o início, mas chegando mais perto, pôde ouvir tanto as palavras ásperas de Fernando como as desprezíveis do seu parceiro de crimes. Virou-se para este e perguntou:

– Qual é a do Portuga aí, hein? Nenê!

– Sabe, Zecão! Ele tem medo que a polícia chegue e pegue nóis fazendo jogo na casa dele e o leve em cana. Não quer nóis aqui...

– Oh! Patrício, fica frio, fica tranquilo, ninguém vai levar você em cana. – disse Zecão.

Fernando, que já estava um pouco nervoso com os modos de superioridade dos marginais, voltou-se para Zecão, com os olhos chamejantes de cólera, e disse:

– Olha lá, meu amigo!... Não o conheço, nunca o vi, nem mais gordo, nem mais magro, estou dentro da minha casa, e só estou pedindo para vocês não virem perturbar a ordem. Certo?...

Zecão, vendo o modo encolerizado do comerciante, voltou-se para o parceiro:

– Viu? O homem tá bravo!... – E chegando mais perto de Fernando, disse com arrogância. – Aconselho você a não ser tão bravo, viu?...

– Por quê? – perguntou Fernando, já um pouco transtornado. – Vai me bater? Então que está esperando, porque não bate?...

Aí entrou a turma do deixa disso, levaram Fernando para um lado, enquanto Nenê levava seu comparsa para outro, e assim se dissipou o ajuntamento, que se formara para escutar a discussão.

Os dois homens entreolharam-se ainda de longe e, com os olhos cheios de raiva, como se estivessem cada um ferido no seu orgulho, exclamaram do fundo do seu ser; ainda um dia destes, ajustaremos contas.

Os amigos e clientes mais íntimos eram unânimes em dizer que o comerciante agira acertadamente, mas que deveria tomar certas precauções com os marginais, pois era do conhecimento de todos que este tipo de gente não tem nada a perder.

Do outro lado, Zecão também fora convencido por Nenê que uma briga não levaria a nada, muito pelo contrário, viria somente a prejudicar os negócios de ambos, pois perderiam os clientes radicados ali nas redondezas, onde o comerciante era muito estimado. No entanto o marginal jurava que iria bater no "Portuga". Isto ele mandou dizer por alguém.

Fernando não se abalara com a ameaça, e mandava pelo mesmo portador a resposta, que quando o marginal estivesse disposto, ele estaria à disposição.

Entretanto, quem sofria com isto eram a mulher e o filho. Leonor vivia em sobressaltos, o marido era cabeça dura, dava trela para vagabundos, deveria mudar um pouco a sua maneira de ser, seu temperamento, ser mais moderado, principalmente com aquela gente lá do Morro. Era bem verdade que lá também haviam boas pessoas, mas era mais raro, e os bons, com a convivência, tornavam-se ruins também. Martirizava-se com o procedimento do marido, mas que poderia fazer para o mudar? Nada. Já havia conversado, já lhe havia dito o perigo que corria, já tinha feito de tudo, e nada conseguira. Então o remédio era rezar, para nada acontecer. E pensava uma porção de coisas ruins, enquanto estava às voltas com a cozinha.

O sr. Bento e o João Neves vieram conversar com Fernando, pedindo para ele evitar atritos com aqueles marginais, que eram perigosos e poderiam querer prejudicá-lo. Outros vizinhos, quando souberam do incidente, também vieram demonstrar a sua amizade à família.

VIII

Naquela tarde de domingo, disputar-se-ia a finalíssima partida de futebol entre as equipes do Flamengo e do Vasco da Gama. Estava em jogo o título de campeão carioca da temporada. Quem ganhasse aquela partida seria finalmente o grande campeão do ano.

Lourival, vascaíno convicto e mais alguns torcedores ali da rua, sabedores da afeição do comeciante e do filho pelo clube da Cruz de Malta, durante a semana inteira ficaram enchendo a cabeça dos Guedes para irem assistir à decisão do campeonato, no suntuoso Maracanã. Como dissera certa vez seu amigo Germinal, "afinal, a vida não era somente trabalhar, o lazer também faz parte da vida do homem. Trabalhar é um dever, uma obrigação que todos nós temos, mas o espairecimento também é necessário". E tanto disseram, tanto fizeram, que convenceram Fernando a ir, pela primeira vez, assistir a uma partida de futebol, coisa que lá na terra era muito comum quando as equipes da primeira divisão se deslocavam à sua província. Duarte não quis ir. Precisava estudar, pois estava a preparar-se para prestar exames vestibulares, visando entrar na Faculdade de Direito, e o estudo era prioritário.

Chegou a hora e lá foi Fernando, com os amigos ver o seu Vascão. Logo na saída de Niterói, ao pegar a barca, grandes bandeiras, tanto do Vasco como do Flamengo, eram agitadas pelos torcedores mais fanáticos. A chata transportava de uma só vez cerca de mil e duzentas pessoas. A turma do Vasco, escolhera a parte dianteira da barca, para poder melhor desfrutar a beleza da Baía da Guanabara.

Deveriam ser umas doze horas. Um calor de derreter! Sem um pingo de vento! O céu de um azul estridente, suportava ao meio o Sol radiante e de cor muito branca, tremeluzente. À frente, projetava-se a imagem do Cristo Redentor, com seus enormes braços abertos, lá do cimo do Morro do Corcovado, como se estivesse a implorar a seu pai o perdão para os filhos da cidade maravilhosa. A cabeça levemente pendida e o olhar muito manso e sereno fitava (sem nada ver) as verdes e frondosas copas arredondadas das árvores, que se estendiam pelas encostas dos Morros, juntamente aos milhares de barracos feitos da madeira de velhos caixotes, pendurados uns aos outros, descendo em declives, ora abruptos, ora mais suaves, até se confundirem cá em baixo com os enormes arranha-céus, espalhados por toda a orla marítima, contornando as areias douradas e escaldantes das deliciosas praias cariocas, onde as águas verdejantes espargiam suas espumas brancas e leitosas, como, se fossem flocos de algodão que logo se desfazia e evaporava.

Era sem dúvida um dia de festa. Pessoas de todas as classes sociais, idades e raças se misturavam, trajando roupas de cores alegres e berrantes ou linhos muito alvos, e dirigiam-se para o pórtico do grande e monumental Maracanã.

Quando Fernando e sua turma lá chegaram, já milhares se comprimiam uns contra os outros dentro do estádio. Sacrifício dos maiores fora para conseguirem as entradas, mas, felizmente, depois de muita luta, compraram os bilhetes.

Aquela enorme avalanche de gente era um espetáculo por si só. Acotovelando-se, aconchegando-se, finalmente, todos se acomodaram. Bandeiras e faixas das torcidas organizadas davam um colorido especial ao espetáculo. De quando em quando, ouvia-se um rojão ou um foguete, que as torcidas lançavam ao ar com estrondosos estampidos na abóbada celeste...

Antes de começar a partida, foi apresentado ao grande público um desfile dos Fuzileiros Navais, com seus uniformes de túnicas escarlates, calças e bonés brancos, muito aplaudido pela grande massa torcedora. A exibição fora maravilhosa com músicas marciais e marchas cuja coreografia em evoluções, terminara com os soldados formando a palavra BRASIL.

Terminada esta exibição, eis que os jogadores e uma avalanche de repórteres adentram pelo estádio. Foi uma verdadeira loucura! Foguetes e mais foguetes estouraram de todos os lados. Depois de uns dez minutos, já tudo composto e pronto. o árbitro deu início à partida, cabendo a saída ao Vasco da Gama.

O primeiro tempo, muito disputado, terminou no entanto em zero a zero. Veio a etapa complementar, e logo aos dois minutos, o Vasco fez o primeiro gol. Logo em seguida, veio a reação do Flamengo, que partiu para cima do Vasco com todas as suas forças. Uma falta marcada a favor do time da Gávea perto da área, e o chute forte dum jogador do Flamengo, defendido parcialmente pelo goleiro do Vasco aos dezessete minutos, e eis que o centro-avante marca o gol do empate. Durante alguns minutos, as ações das duas equipes estiveram equilibradas. Ora uma defesa mais difícil do lado do Flamengo, ora uma jogada de azar do Vasco, e, ainda aos trinta e sete minutos, a partida continuava empatada. Porém, a um descuido da defesa vascaina, o adversário faz seu segundo gol, desempatando o jogo. O Vasco ainda tentou reagir, mas era tarde! Dentro do pouco espaço de tempo que lhe faltava, não tivera chance para mais nada. Ao terminarem os noventa minutos, o Flamengo era o grande campeão!

Os vascainos saíram do grandioso estádio muito frustrados. Críticas ao técnico e a alguns jogadores, dos simpatizantes do grande clube de São Januário, eram motivados pela perda do campeonato. Porém, de nada adiantava reclamar o leite derramado! – dizia Fernando. Perderam porque o adversário tinha sido o melhor. Mas isto o deixava aborrecido. Logo na primeira vez em que viera ver o seu clube de coração, este tinha feito um papelão. Decididamente, talvez fosse até ele quem trouxera o azar. Se tivesse ficado em casa, teria sido muito melhor. Lamentava assim a má sorte que lhe era companheira, e não sabia porquê, mas algo lhe dizia que a sorte lhe era madrasta.

* * *

Duarte preparava-se, convenientemente para prestar os exames vestibulares. Era seu intento ingressar na Faculdade de Direito da Universidade Federal do Rio de Janeiro. Em Niterói, havia uma Faculdade de Direito, mas não era conceituada e todos foram unânimes em aconselhar que o rapaz cursasse uma Faculdade de prestígio, visto sempre ter sido um bom aluno.

Nos exames vestibulares, além de muito rigorosos e difíceis, deveria ser levado em conta o grande número excedente de vestibulandos para as vagas disponíveis. Calculava-se naquele ano, que cada vaga seria disputada por cerca de trinta alunos. Era assaz difícil, desde logo, o ingresso daquele estudante cuja preparacão fora precária. Havia que estudar muito para enfrentar as bancas examinadoras.

Finalmente chegara o dia tão almejado. Nessa manhã, Duarte levantara-se sôfrego e bem cedo, para tomar a barca que o transportaria ao Rio. O pai, ao senti-lo acordado e naquele alvoroço de se arrumar, levantou-se a fim de acompanhar o filho até ao local dos exames. Sim, iria com o filho emprestar-lhe solidariedade nesta fase difícil da vida do estudante. Nos dias em que se realizaram exames, lá estava o pai de sentinela, junto ao filho, estimulando-o e dando-lhe o apoio tão necessário nestas horas.

Ao final de todos exames, triunfalmente apareceu encabeçando a lista de aprovados o nome de Duarte Teixeira Guedes. Primeiro lugar! O pai não cabia em si de contente ao ver o nome de seu filho na cabeça da lista. Então, empenhou-se em preparar uma bela e grande festa para os amigos.

Telefonou a Germinal a pedir-lhe opinião sobre a festa. Era do telefone público.

– Então, que te parece? Achas que devo fazer ou não?... indagou com certa timidez.

– Claro homem! Faça uma festa de arromba. Com muito vinho e chope para todo mundo.

– Tu não achas que é disparate?...

– Qual disparate, qual nada... Isso é motivo até para o mandares estudar em Portugal. Já te disse, faz a festa e, se precisares alguma coisa, conta comigo! Certo?...

– Oh! Germinal. Muito obrigado, muito obrigado, mesmo. E já sabes, és o primeiro convidado. Depois te ligo, dizendo o dia.

– Tá bom... tá bom.

– Então, adeus e até a festa.

– Até lá – respondeu do outro lado o amigo.

Ainda com o fone na mão, Fernando, pensava silenciosamente na grande amizade que os unia. E com um suspiro, colocou o fone no gancho. Sentindo a delícia de recepcionar os amigos às tenças do feito do filho, uma alegria imensa invadia o seu coração.

Uma grande e suculenta churrascada, com muito chope e vinho, para o sábado seguinte.

Todos os amigos de Fernando vieram prestigiá-lo, colegas de Duarte, vizinhos, parentes, enfim, ali estava toda a rua a parabenizar o jovem estudante. A certa altura da recepção, foi feito um brinde ao futuro bacharel e os amigos mais íntimos insistiram para que ele dirigisse a palavra aos presentes. O momento foi de grande emoção e regozijo para os que ali se encontravam. E Duarte, de improviso, com muita habilidade e arte, dissera aquilo que lhe ia na alma. A clarividência e o ardor que dera às suas ideias, bem como a ordenação destas, deixou os circunstantes extasiados de alegria e com muita satisfação.

Não podiam ser negados ao rapaz os méritos de uma viva inteligência, e, pelo discurso com que tinha brindado seus convivas, todos eram de opinião que ali havia uma grande e fecunda cultura. Correram a abraçar o jovem universitário, por se haver expressado de maneira tão brilhante e concisa.

O pai, também comovido e sensibilizado, recebia os cumprimentos dos presentes à reunião. Muitos elogios e abraços foram trocados entre os amigos. Fernando, ainda nos braços de Germinal dizia:

– Naquela cabeça há muita cultura e muito saber.

– É verdade – confirmava Germinal, comovidamente – o teu filho é um pequeno gênio.

Depois, foi a vez de Lourival cumprimentar o antigo companheiro de serviço, e, muito compenetrado da importância do discurso do rapaz, simplesmente dissera, com lágrimas nos olhos:

– Fernando, parabéns, é só...

Fernando murmurando do fundo de sua alma e com muita humildade, exclamava:

– Não sei como hei de agradecer, não sei como dizer. Muito obrigado, meus amigos – disse, afogado de emoção, com lágrimas nos olhos.

Depois desta comoção intensa, partilhada por todos os participantes da festa, ouvia-se o ruído de vozes, o tilintar dos copos de cerveja, as homenagens ao orador, não só pelo discurso, mas também pelo honroso primeiro lugar conseguido no vestibular, com todo o mundo gritando:

– Viva o Duarte!

– Viva!.... – repetiam as vozes em coro.

E Duarte passava dos braços de um para outro, em alegres e entusiásticos cumprimentos, como se fosse uma mulher desejada e querida. Até ficara meio tonto de tantas mesuras e felicitações, mas, como já era tarde, os convidados começaram a retirar-se, alguns meio embriagados pelo chope ingerido, outros, pelo adiantado da hora.

Leonor, com suas amabilidades, viera despedir-se, à porta, das famílias mais retardatárias, de todos recebendo elogios pela brilhante festa. Duarte, meio grogue, pois nunca tivera experimentado tal sensação, efeito de dosagens excessivas de álcool, meditava: – quanto não seria o sacrifício do próprio pai!... E um estremecimento de arrepio percorria-lhe todo o corpo, ao pensar nos esforços feitos pelos pais, para lhe proporcionar, mesmo sem poder, a frequência de uma faculdade. Condições estas, tão difíceis, mormente em tempos tão carentes para as pessoas pobres. A falta de hábito de beber deixara-o um pouco ébrio.

Então, depois da retirada de toda a turma, um pouco cambaleante, foi deitar-se. E como se o leito estivesse num verdadeiro rodopio, como se fosse um carrosel, rejubilava-se em ver seus amigos acreditarem em suas qualidades intelectuais. Nestes pensamentos e enlevos, via-se já envergando a toga de magistrado (único sonho de sua vida), ou então nos palanques, discursando para as massas, como político, na disputa de um cargo à vida pública. E assim, enfatuado e feliz, adormeceu.

* * *

As aulas iniciaram-se como de costume, em março. Morava em Niterói e frequentava a Faculdade no Rio de Janeiro. Duarte tinha de levantar-se muito cedo para poder chegar à hora do início das aulas. Mas gostava do que fazia, e assim, mesmo com muito sacrifício, lá estava ele cumprindo o seu dever. Gostava de estudar, de aproveitar ao máximo o que a Faculdade lhe proporcionava.

Já no primeiro ano, os colegas o elegeram representante da classe, cargo que desempenhou com grande desenvoltura e certa facilidade, pois, muito comunicativo e inteligente, era simultaneamente amigo, e, além do mais, sabia ser gente. Qualidades era o que não lhe faltava para exercer o cargo, e nas reuniões do Diretório as reivindicações dos seus colegas de aula eram sempre expostas com clareza e muita objetividade, por isso mesmo quase sempre atendidas de pronto. O magistério ou a política seriam as carreiras que gostaria de tentar quando formado. Sentia alguma dificuldade em seguir o magistério, por ser português, mas, se lhe fosse de todo impossível esta carreira, voltar-se-ia para a política, ou para a advocacia.

Passara-se o primeiro ano que nem um foguete. Nem dera pelo tempo. As notas tinham sido ótimas e, agora, gozava férias de fim de ano, por sinal muito merecidas. Às vezes, ia à praia, outras, deixava-se ficar na cama, ocupado com alguma leitura leve e descontraída ou ainda escutando música. Porém, na hora do aperto, lá estava ele ajudando os pais a servir a clientela.

Na Faculdade, conhecera uma garota também cursando Direito. Morava na Tijuca e era filha de um ex-deputado. Já tinham conversado algumas vezes, mas nunca tinham pensado em namorar.

Certo dia, Duarte acordou meio aborrecido, com um vazio em sua vida, sem perceber a causa daquela insatisfação. Antes das férias, Clara havia-lhe dado o telefone e justamente nesse dia resolvera ligar-lhe e combinaram um encontro. Chamava-se Clara Marquezann. Encontrar-se-iam na Praça Saens Pena. Assim se iniciou um namorico entre os dois acadêmicos, sem ser coisa levada muito a sério, mesmo pela pouca idade de ambos.

Segundo Duarte soubera depois, os pais da moça eram muito ricos, além de desfrutarem de um relacionamento social, dentro da alta sociedade carioca. Clara era dessas moças muito liberais, bonita, sem ser uma grande beleza, mas muito simpática e extrovertida. Logo no segundo encontro com o namorado levou-o a conhecer seus pais.

De seu lado, Duarte também era uma pessoa muito desinibida, alegre e extrovertido. Logo cativou todos os familiares da namorada, desde o ex-deputado até um irmão muito convencido e orgulhoso. O pai, homem de meia-idade, magro e sempre muito bem vestido, elegantíssimo, a calva bem luzidia, conservava ainda vasta cabeleira em volta das têmporas e na nuca à *la poeta*. Bigode e pera sempre muito bem aparados, davam-lhe uma feição de um dos três mosqueteiros de Alexandre Dumas.[11] Já um pouco grisalho, polêmico e de costumes ortodoxos, narcisóide e fátuo, logo simpatizou com Duarte, coisa difícil para pessoas desse temperamento. Confessou-o imediatamente:

– Ó Duarte, você tem algo que me cativou logo à primeira vista, não sei bem o que é, mas o certo é que fui com a tua cara! – exclamou, exultante.

O rapaz, que também o observava, sorriu com certa vivacidade e adulação:

– Acho que temos algo em comum. Alguma afinidade, algum gosto pelas mesmas coisas, pois eu achei o senhor muito simpático e agradável.

– Talvez! Talvez!... Você gosta de política?

– Bem, não posso dizer ao certo, se gosto ou não de política, mas gosto muito de dialogar com as pessoas, e isso, acredito, talvez seja um pouco de política. Não sei se estou respondendo à sua pergunta, mas é isto que eu gosto de fazer.

– Ah! Então é isso. Eu também só me sinto realizado quando estou fazendo política, fora disso a vida torna-se monótona e sem atrativo – observou Marquezann com seu ar arrogante e petulante.

Clara estava embevecida com a conversa dos dois entes queridos, pois que de um herdara algumas qualidades, e do outro sentia-se atraída pelos sentimentos do coração. Interveio na conversa para esclarecer:

– Oh! Papai – disse com certa vivacidade – Duarte, logo no primeiro ano de Faculdade, foi eleito representante de classe. Destarte, percebe-se que tem muito jeito para política. E, além disso, faz parte do conselho da UNE (União Nacional dos Estudantes).

11. Alexandre Dumas, entre outras obras famosas, escreveu *Os Três Mosqueteiros*.

– Ah! É?... Sendo assim, está claro que tem jeito.

– Se conversar é fazer política, naturalmente sou um político. Entendo, no entanto, que da grande maioria dos nossos políticos nada se aproveita, são como terra vil, onde nem os cactos têm sumo. Com algumas exceções, é claro – disse Duarte.

André Marquezann, muito admirado com a comparação, exclamou:

– Claro que você está me colocando dentro das exceções!...

– Sim. Certamente V. Excia. é um desses políticos em que podemos confiar, tanto é verdade que não conseguiu se reeleger por não ser demagogo. Estou certo ou estou errado?

Marquezann, atirando fora o palito de fósforo com que acabara de acender o cigarro, exclamou com certo desânimo:

– Isso é verdade...

Neste instante, D. Lalá, mãe de Clara, entrava com uma bandeja e um bule de café fresquinho. D. Lalá mal conhecera Duarte, pois imediatamente fora fazer o café para recepcionar o namorado da filha.

Clara não era esnobe, mas sabia que o pai o era. Então levantando-se e apoiando-se nos braços da cadeira de espaldar, inquiriu à mãe, um pouco desconcertada:

– Oh! Mamãe, não tem nenhuma empregada para nos servir o café?

– Sabes que eu mesma gosto de servir bem as nossas visitas, e essas empregadas de hoje não têm maneiras, respondeu D. Lalá – E ademais, não vejo mal nenhum nisso, creio que o teu namorado não é pessoa de etiquetas! ou é?

– Não se trata disso, mamãe. O certo é que a senhora tem três empregadas e fica fazendo o serviço delas.

– Oh! Filha, tu não sabes como é tua mãe?... Ela sempre foi assim e vai morrer assim! É aquele velho ditado: – Quem nasceu pra dez réis, nunca chega a vintém – disse Marquezann.

D. Lalá, sentada na sua cadeira de *chippendale* de encosto de veludo escarlate que ornamentava a rica e confortável saleta, respondeu com um sorriso amarelo e triste às insinuações de ambos:

– Não vejo mal algum servir eu mesma um cafezinho, a uma pessoa que vem pela primeira vez à minha casa. Por que tantas críticas, meu Deus?...

Duarte vendo o embaraço da pobre senhora, foi em seu auxílio:

– Ora, D. Lalá. Eu não sou pessoa de cerimônia. Muito obrigado, eu não mereço tanto. – E depois, como querendo acabar com aquele embaraço, desviou a conversa para a política. Voltando-se para Marquezann, disse com certo brilho nos olhos vivos e inquietos:

– Carreira de prestígio e grande cobiça é ser deputado federal! Tem os seus inconvenientes, é claro, mas também as mordomias, os conchavos, as mamatas, por fora. Deve compensar muito, visto que gastam-se fortunas para alcançar uma cadeira de deputado.

Então o ex-deputado, contestador e irreverente, disse em alto e bom som:

– Não, não é assim como você pensa. Tem certamente algumas conveniências, mas e os dissabores e as discussões?! As críticas dos jornais, os enxovalhos, e ainda por cima aturar sobretudo os eleitores, é sem dúvida uma maçada, não é um mar de rosas como muitos pensam, é uma vida sacrificada. Eu, por exemplo, durante o meu mandato, fui o deputado que mais projetos apresentou na Câmara Federal, e, como amigo do Governador Amaral Peixoto, do Estado do Rio, tinha-o influenciado a fazer a estrada Niterói-Campos. Ainda mais; fui eu quem apresentou o ante-projeto para ligar o Rio a Niterói, através de uma ponte. Em suma, fui o deputado que mais trabalhou na Assembleia Legislativa!

Duarte sorria de espanto, diante de tanta capacidade. No fundo do seu íntimo sabia que uma parte daquilo eram falácias para impressioná-lo. Todavia, como o ambiente era familiar e de cortesia, deixou que o ex-deputado alardeasse toda a sua petulância e jactância, sem polêmicas. E o homem, vaidoso demais, esbanjava de outro lado a sua ultra-simpatia! Sim, na verdade era simpaticissimo.

* * *

Naquela tarde, um grande vendaval assolou a cidade, Chuvas de granizo, acompanhadas de fortes rajadas, fizeram razoáveis estragos nas ruas e avenidas, nas redes de energia elétrica, assim como nos canais de esgotos e águas, que ficaram bastante danificados. Uma espessa camada de lama cobriu os leitos das ruas, especialmente aquelas mais próximas dos morros.

Viera a noite e uma grande parte da cidade estava às escuras. Os operários trabalhavam no conserto da rede elétrica. Toda aquela parte das ruas XV de Novembro, Andrade Neves, José Clemente (na parte de cima) e Padre Anchieta até ao sopé do Morro, estava completamente em trevas. Aqui e ali, alguma vela acesa, tremeluzente, adaptada pelos moradores, servia para clarear um pouco o negrume que imperava nas ruas quase desertas. De quando em quando, um risco de fogo rasgava as nuvens negras e tenebrosas da noite. Eram os relâmpagos que, numa corrida à velocidade da luz, cortavam o céu em quase todas as direções, para depois ouvir-se o ribombar de um trovão, com forte estrondo de alguns segundos que se perdia à distância. Uma chuva miudinha, mas impertinente, caía lentamente.

Iluminado, o lugar já era feio. Imagine-se agora completamente às escuras! Era horrível. Mesmo assim, alguns transeuntes, circulavam pelas bermas das ruas, uns com mais cuidado, comprimindo-se rente às paredes, pelos passeios laterais, onde a lama dava a impressão de ser menor. Outros, mais afoitos, iam no centro das vias, ora mais para um lado ou para o outro, amassando barro, sem se importarem com os perigos iminentes de serem sugados por algum bueiro, encoberto pela enxurrada e a lama.

Na venda também foram colocadas algumas velas a fim de iluminar o estabelecimento. Apesar do movimento ser pequeno, pelo estupor que o temporal havia causado à população, o comerciante sentia-se na obrigação de iluminar a casa.

De repente, entrou-lhe pela porta adentro D. Amália, muito aflita e empertigada com as suas exuberantes banhas a tremerem-lhe na papada, com uma aflição transparente, imprimindo-lhe certo cansaço e falta de ar. Pálida, nervosa e descabelada, diante do comerciante, exclamou:

– Ai, Senhor Fernando, aconteceu uma desgraça!

Fernando, vendo a mulher assim tão desfigurada e arquejante, pensou logo nalguma morte, e indagou:

– Que foi, D. Amália? Quem morreu?

– Ai, Sr. Fernando, D. Lourdes caiu e quebrou uma perna – tartamudeou, toda exausta e suando.

– Quebrou uma perna?... Mas como aconteceu isso?

– Ora, o senhor sabe!... Ela estava muito bêbeda, escorregou naquela lamaceira perto da vila e zás! Caiu e quebrou a perna!

– E onde está ela?

– Está em casa, gemendo de dores, e eu vim aqui pedir ao senhor para levá-la ao hospital.

– Logo eu! – exclamou admirado e jocosamente.

– Que quer o senhor? Quem pode melhor ajudar aquela pobre de Cristo, neste momento de dor e aflição, que o senhor! O filho?... Esse vagabundo há uma porção de tempo que não aparece em casa, e as outras pessoas lá da vila não têm forças para levantarem a mulher.

– Eu sei, eu sei... Tinha que sobrar para mim!... Vá andando, que eu já vou. Só vou trocar de camisa. E abrindo a porta que comunicava o estabelecimento com a moradia, pediu a Leonor que lhe arrumasse uma camisa limpa, pois precisava sair. A mulher, espantada, indagou:

– Sair pra onde?! Onde vais, com este temporal?!

– Vou levar D. Lourdes ao hospital.

– Ao hospital!... Que tem ela?

– Veio aí agora mesmo a D. Amália, dizendo que ela quebrou uma perna. Como não tem mais ninguém para levá-la, lá tenho eu que fazer mais este frete.

– Oh!... Que trabalhos vamos ter – disse Leonor, desacorçoada. Enquanto ela estiver no hospital, tudo bem! Mas depois que ela sair, somos nós que teremos de fazer tudo para ela, está claro.

– E que podemos fazer! Paciência... E pegando a camisa da mão da mulher, vestiu-a, ao mesmo tempo, que lhe pedia para ficar um pouquinho na venda.

A chuva miudinha continuava caindo no negrume da noite, e já na vila, o comerciante encontrou D. Lourdes rodeada de alguns vizinhos, toda enrodilhada nuns míseros trapos emporcalhados que lhe serviam de cobertor. Dava nojo só de olhar aquele quadro fétido. Mas sem se importar com aquela miséria, pegou a mulher ao colo e levou-a até ao táxi, que já havia providenciado.

Na porta da vila encontrou Lourival, que vinha chegando de calças arregaçadas e sapatos enlameados. Este ficou muito espantado e quis saber o que estava acontecendo.

D. Amália, em breves palavras, narrou o desastre de D. Lourdes e que Fernando, mais uma vez, ali estava como sempre, prestando os primeiros socorros às famílias mais carentes do lugar.

Era ele, Fernando, com seu coração magnânimo e bom, dedicando-se gratuitamente em atender os menos afortunados.

– E o filho dela, onde mora? – perguntou Lourival, indignado.

– Ora, o filho – respondeu Fernando. O filho só vem ver a mãe quando precisa dela. Ele nem se lembra que a mãe existe.

– Pois era ele que deveria estar aqui nesta hora para ajudar a mãe – disse Lourival revoltado. Mas enfim, os filhos só servem para dar trabalhos.

– É assim mesmo, amigo! Bem, deixa-me ir em frente que o fardo é pesado. – E dando ordem ao motorista seguiu para o hospital.

Já alguns outros moradores se encontravam ali, a observar aquela bondade do comerciante para com a pobre coitada, e vendo-o partir no táxi, Lourival exclamou para o Sr. João Neves:

– Mais uma vez, temos o nosso amigo fazendo as vezes de bom Samaritano.

– Mas para melhor, respondeu o jornalista. Pois o bom Samaritano, segundo o Evangelho, apenas ofereceu um burro a um levita miserável e doente, enquanto Fernando, além de carregar a enferma ao colo, arca com as despesas. Eis aí a diferença muito grande entre um e outro, meu amigo!

Leonor ficara no empório atendendo a clientela esporádica, que vinha adquirir algumas velas e mantimentos.

Duarte fora à Faculdade tratar de certos assuntos inadiáveis. Ainda que estivesse de férias, tinha algumas particularidades que precisavam ser resolvidas. Apanhado de surpresa pela tempestade, atrasara-se mais do que devia. A mãe não se preocupara, tendo em vista saber que ele, muitas vezes, ficava em casa da namorada e chegava um pouco mais tarde.

Lá pelas nove horas, chegou o marido. Mal colocou os pés em casa, já Leonor viera perguntar pelo estado da lavadeira. Fernando, um pouco cansado, dissera que felizmente fora apenas uma entorse no joelho, e, não sendo coisa de maior gravidade, logo ela poderia movimentar-se.

Satisfeita com a notícia, Leonor entrara na residência para preparar o jantar, mas eis que, ao penetrar na cozinha, já sentiu algo diferente. Um vento fresco, que penetrava pela porta que dava para a sala, causou-lhe um arrepio.

Entrou violentamente na sala, e quando olhou para o seu quarto, que estava com a porta entreaberta, estarrecida, viu as gavetas e as roupas todas jogadas pelo chão, como se ali tivesse passado um bando de macacos e revirado tudo. Incontinenti, correu ao armazém, a avisar o marido, e, com lágrimas nos olhos, soluçava timidamente e dizia:

– Entraram ladrões pelos fundos do quintal!... E pelo que parece, não deixaram nada.

Rapidamente Fernando penetrou no quarto com uma faca de cortar charque nas mãos, mas os ladrões já haviam fugido. Correu a ver onde guardavam as jóias que trouxeram de Portugal, já com o pressentimento de ali não as encontrarem. Dito e feito: os ladrões tinham-nas surrupiado.

Desapareciam assim todos os bens de estimação do casal, as jóias e lembranças mais caras. Nada, absolutamente nada, ficara como última recordação. O furto representava um duro golpe não só no patrimônio, como também nas coisas mais sagradas e mais queridas, lembranças da mocidade desde o tempo de noivado e dos momentos mais felizes das suas vidas.

Leonor chorava copiosamente. O marido, quebrantado, melancólico, sentado a um canto, pasmado, esquecera as portas da venda abertas.

Quando Duarte chegou e viu a casa abandonada, logo pensou nalgum mal súbito de um dos genitores. Correu ao quarto e deparou-se com aquele quadro desolador. Aflito e sôfrego como se não os quisesse acordar daquele momento de ansiedade em que ambos se encontravam, perguntou:

– Oh! pai! Oh! Mãe! que aconteceu? Que foi, Santo Deus? Qual é a causa dessa tristeza! – disse levantando a cabeça.

O pai, desacorçoado, sem levantar os olhos do chão indicava para o filho o desalinho em que se encontrava a casa, com as gavetas da cômoda e do armário revoltas, as roupas todas jogadas pelo chão, enfim, um pandemônio. Depois, a mãe ainda em prantos, disse:

– Fomos roubados. Levaram-nos todas as jóias que trouxemos de Portugal.

– Tudo?... Tudo, mãe?...

– Tudo. Não sobrou nada.

– Mas como aconteceu isso, sem ninguém ver?...

Então o pai começou a andar pela sala em passos trôpegos e incertos. Meio cambaleante, agarrando o filho pelo braço, contou-lhe toda a história da perna quebrada de D. Lourdes, a sua ida de emergência ao hospital, e, parando um pouco para refletir, entre dentes, exclamou:

– Até parece haver em todos estes acontecimentos uma trama maquiavélica! Sim, quem veio fazer este trabalho, além de saber onde guardávamos as nossas jóias, esperou o momento oportuno para subtraí-las!

– Será, pai?... Será que foi uma armadilha ou um ardil bem preparado?...

– Acredito que sim. Acredito que os ladrões já estavam de tocaia, e, quando perceberam só estar a tua mãe em casa, vieram e truz!... Levaram as únicas recordações da terra!...

Leonor, a um canto, esvaía-se em prantos, recordando os mimos e aquele santuário de abençoados e velhos RECUERDOS.

De seu lado, o filho exasperou-se com o fato. Não criticou o pai por ter levado D. Lourdes ao hospital. Entretanto, lembrou a imprudência de deixar as traseiras da residência ao abandono, dando oportunidade aos larápios de se apoderarem de objetos e incomensurável importância.

Foi apresentar queixa à polícia. Uma viatura policial dos crimes contra o patrimônio deslocou-se ao local. Os vizinhos já tinham tomado ciência do furto. Então, num gesto de solidariedade, acorreram a oferecer os seus poucos préstimos.

O Sr. Bento, Sr. Antonio, D. Amália, enfim, todos eram solidários, menos os irmãos Galbiatti e Cleide, que guardavam rancor e uma grande inveja aos Guedes.

O chefe dos investigadores entrou na residência para fazer o levantamento datiloscópio. Depois deste levantamento, indagou de Leonor como teria acontecido o arrombamento. Ela muito nervosa, disse como tudo acontecera, confiando nos altos desígnios das autoridades para reaver o produto do furto.

Autoritariamente, um dos policiais vociferava:

– Também porque a senhora tinha esse monte de jóias guardadas aqui em casa? Porque não as colocou num cofre forte?

Duarte, tomando a dianteira da mãe, motejou em resposta à insolência do guarda:

– Não guardamos em cofre forte, porque somos pobres, ouviu?... E demais a mais, nós chamamos aqui os senhores, para tomarem ciência de que fomos vítimas de um furto, e não para sermos aconselhados, entendeu?...

Um outro policial que estava perto, mais ponderado e compreensivo, interveio no diálogo:

– Tudo bem, tudo bem!... Mas digam-me uma coisa, vocês desconfiam de alguém?...

– Ao certo, não sabemos quem seja. Mas desconfiamos dum negrinho que morou aí na Vila. Só ele conhecia os cantos da nossa casa, e com toda a certeza foi ele.

– E o senhor sabe, onde ele está, onde mora?

– Sei apenas que ele está foragido da polícia, por ter se evadido da prisão por um outro crime que já praticou. E sei também que várias vezes ele se esconde aí em cima no Morro... disse Duarte.

– Bem, nós vamos fazer o boletim de ocorrência e depois vamos ver se encontramos os larápios, O.K.?

– Está certo. Tudo O.K. – disse Fernando, que já estava impaciente com a presença da polícia.

As férias estavam terminando. O estudante, aos domingos, ia ver a namorada. Deveriam ser umas oito horas quando chegou à casa de Clara. Ela já o esperava no portão. Estava devinamente trajada. Um vestido de tafetá branco de corpete muito justo à cintura delgada, deixando transparecer o colo e os ombros pelo decote em V muito aberto, cobrindo o busto, terminava numa saia bem rodada e fofa, ao estilo godê, muito fresca e alegre. Meias da cor da pele, sapatos brancos fechados, algumas jóias, ornavam o colo e os ombros bronzeados dos últimos banhos da praia de Copacabana.

Duarte ainda se encontrava abatido pelos últimos acontecimentos. Depois que viu a namorada ficou um pouco mais feliz.

Clara convidou-o a entrar. Segundos depois, veio D. Lalá chamar os namorados para um pequeno lanche. Que o rapaz desculpasse, mas aos domingos, em casa, só faziam lanche, era o hábito.

– Ora, minha senhora, não sou eu agora que viria mudar os hábitos de família tão ilustre. Eu é que peço desculpas por ser intrometido.

– Deixem-se de tantas mesuras – disse Clara.– O Duarte não veio aqui para jantar, mamãe. E você, também, não precisa ser tão bajulador para conquistar a minha mãe, ouviu?

Quando o rapaz entrou na sala de jantar, já o ex-deputado, e seu filho casado, Hélio, e a esposa, e a irmã de Clara, chamada Dulce, estavam sentados à mesa. Conversavam sobre política e a péssima administração do Presidente João Goulart.

Duarte tossiu e, com um leve cumprimento, entrou na sala.

Os Marquezann, todos em volta da mesa, também cumprimentaram o rapaz. Já D. Lalá servia o chá com torradas untadas com uma leve camada de goiabada, quando o ex-deputado, perguntou insinuosamente:

– Oh Duarte, o que você acha da política do Presidente? Você aprova ou é contra?

– Bem, eu como membro da UNE, tenho de aprovar.

– Então você também aprova essas greves da CGT, não é verdade?

– De certo modo, sim.

– Mas você acha isso certo? Você é comunista?

– Ora, deputado. Só porque eu aprovo o governo do Presidente Goulart, defendo o movimento de greve, e pertenço à UNE, sou comunista? Tenha paciência. Uma coisa nada tem a ver com outra.

– Papai! Precisa entender que Duarte faz parte da UNE que é, em última análise, um movimento progressista, e como tal, ele apoia a política do Presidente Jango, mas isso não quer dizer que ele seja comunista – exclamou Clara.

– Nós sabemos, todo mundo sabe, que esses movimentos reivindicatórios têm suas bases de sustentação somente nos movimentos esquerdistas – motejou o irmão de Clara.

– Nem sempre – respondeu Duarte, excitado.

– Quase todos têm – ponderou o deputado.

– Não é assim, papai – disse Clara. Eu, por exemplo, sei que Duarte não faz parte de partido algum, quer seja de direita, quer de esquerda.

– Mas para ser comunista, precisa estar inscrito no partido?

– Claro.

– Mas eu conheço uma porção deles que não estão inscritos e são comunistas.

– São apenas simpatizantes, Sr. Hélio, são simpatizantes.

– E qual a diferença? – indagou Hélio.

– A diferença entre simpatizante e participante? É isso que você quer saber? É fácil de explicar: o simpatizante não assume compromisso com ninguém, e o participante tem compromisso com os companheiros do partido, e com o partido, etc...

– Puxa vida! Como você está por dentro dessa coisa, hein?.

– Não se esqueça, Sr. Hélio, que nós estamos fazendo um curso de Direito, onde são estudadas todas essas matérias. Nós estudamos Economia Política.

– E seu pai, que acha de tudo isso? – indagou o deputado, que se mantivera calado por algum tempo.

– Meu pai? Não acha nada... coitado, que sabe ele disso? Trabalhando dezoito horas por dia, tem algum tempo para se dedicar à política ou coisa que o valha?

– Mas ele não acha ruim você andar metido com esses grevistas?

– E quem falou aos senhores que eu ando metido com grevistas?

– Você, ora essa...

– Eu?... Eu disse que andava metido com grevistas? Parece que não me entenderam bem. Eu falei que apoiava, como apoio, sem receio de dizer, o Presidente, nas reformas de base, nos projetos de nacionalização industrial, no controle da remessa de lucros para fora do país, no apoio às classes trabalhadoras, enfim, em tudo que diga respeito à soberania nacional. Foi isso que eu disse e que os senhores interpretaram mal.

– É, papai, o senhor está querendo levar a conversa para outro lado – disse Clara. – O Duarte não é nenhum tonto que não perceba o que o senhor quer arrancar dele.

– Você está certa, minha filha. Preciso saber quais as companhias dos meus filhos. – E esfregando as mãos de contentamento, prosseguiu: – Apenas desejava saber os sentimentos políticos do teu namorado, e quais as ideias sobre o momento político que o Brasil atravessa. Para teu governo, fiquei satisfeito por ver que o rapaz tem muita personalidade e convicções firmes e inquebrantáveis, o que hoje em dia é muito raro na nossa mocidade. Por isso parabenizo você por ter escolhido um moço de juízo. Ao mesmo tempo, estendeu a mão a Duarte, que a apertou efusivamente.

– Realmente, sr. André, as minhas convicções políticas têm muito pouco a ver com as filosofias dos partidos políticos. Pois, no meu entender, só existe um sistema de governo que conviria à nação brasileira. E sorvendo o último gole de chá, concluiu:

– A democracia ainda é o melhor sistema de governo, contudo, no Brasil, é impraticável. E explico porque é impraticável: O Brasil é.um grande país com uma pobre Nação! Vale dizer que temos uma imensidão de terras e riquezas, mas não as sabemos explorar. Isto é, o governo não sabe explorar. Então, o que acontece? Não havendo a exploração das riquezas, elas não podem aflorar, não podem vir parar às mãos das populações, consequentemente ficam enterradas. De outro lado, temos aproximadamente 40% da população de analfabetos. Ora esse contingente de analfabetos, mesmo que queira, não tem condições de trabalhar em certos projetos e avançadas tecnologias dos países ricos. Além do mais, uma outra grande parte da sociedade é endêmica. E por tudo isto, pelas oligarquias que se instalaram no país, pelos desmandos do Erário Nacional, não temos condições de nos tornarmos uma nacão democrática. E pode o senhor ficar ciente, que muito mais coisas impedem de nos levar a um regime democrático, que não convém citar aqui e agora...

André Marqueiann, espantado, olhava para Duarte como se este o tivesse hipnotizado com aquela arenga toda, e por fim disse:

– Você tem toda a razão. Apesar de ser muito polêmico, concordava com o rapaz em gênero, número e grau.

– Mas você não deixa de reconhecer que as propaladas reformas de base do Presidente, incontestavelmente levar-nos-ão ao comunismo – disse o Deputado.

– Não se convença disso! – exclamou Duarte. – O Brasil tem uma população extremamente católica que jamais seguirá os líderes comunistas. Contudo, temos de acabar com este sistema oligárquico de governo, seja a nível Estadual e Federal – e, continuando, dizia: – Os nossos políticos, quando vêm caçar os votos do povo, prometem-lhe mundos e fundos; depois de eleitos, esquecem por completo este mesmo povo que lá os colocou. Então, este clientelismo, estes encabrestados, um dia hão de cansar-se e deixar de votar. Porque as instituições estão podres e mergulhadas num obscurantismo total. Os partidos políticos, no seu cerne, não têm filosofia nítida e transparente, em que grandes massas possam confiar; então apoiam-se em grupelhos de homens medíocres, os quais jamais conseguirão levar este país ao lugar de destaque que lhe estará reservado se tiver homens, ao invés dos pigmeus que hoje dirigem esta grande Nação.

– Bravo! Bravo! Bravíssimo! – exclamava o ex-deputado, acompanhado de quase toda a família, inclusive Clara que viera dar um beijo no namorado.

Então o deputado, que se erguera da cadeira vagarosamente e com as mãos nas algibeiras, exclamou:

– Vejo, meu rapaz, um brilhante futuro à sua frente. Francamente, gostaria que o Hélio tivesse metade do seu talento!

– Oh! Senhor André, o senhor me deixa constrangido, falando assim desse jeito!...

– Digo o que sinto, ora bolas...

– Mas, papai, o Hélio não quis estudar, não tem vocação para isso, mas felizmente vai muito bem no comércio – retrucou Dulce contrafeita.

– Depois, papai, eu não gosto de política, detesto essa raça – tartamudeou o filho do Deputado. Entretanto, não deixo de governar a minha vida finalizou em tom irritado, dirigindo-se ao pai, enquanto repentinamente se levantava da mesa.

Marquezann, vendo a irritação do filho, disse em tom de galhofa:

– Gosto de mexer com os brios dele! – acudiu com os olhos coruscantes e um riso meio sufocado, ao mesmo tempo que levava a mão à boca para esconder a dentadura.

– É, mas o senhor ofende! Não é?... criticou Clara.

* * *

Tumultuadas, as aulas tiveram início nos princípios de março. Greves dos operários, sindicatos cheios de agitadores profissionais, escolas e faculdades também em greve, a sociedade completamente em desordem, com a desobediência civil imperando, viviam-se momentos angustiantes e indisfarçáveis. O governo tornara-se impotente, não conseguia mais controlar a insatisfação do povo. O Presidente da República era constantemente acusado pelos seus opositores de estar a serviço do comunismo internacional. Alguns políticos de maior prestígio já disputavam, entre si, a Presidência, tal era a desordem, o descalabro, o desrespeito, o descrédito.

Logo no início do ano letivo, no dia 13 de março, um grande comício a favor das reformas de base fora realizado em frente à Central do Brasil, no Rio de Janeiro. Tanques de guerra, soldados, militares, enfim, garantiram aquela concentração monstruosa, organizada pelo Presidente e desejada pelo povo.

Como representante da UNE, Duarte compareceu com alguns dos seus convidados, inclusive o pai e a mãe. Nesse dia também fizera um brilhante discurso, sendo pela primeira vez muito ovacionado pelo público presente. O comício foi um grande sucesso. As classes operárias apoiavam o Governo.

Já as classes conservadoras, ao verificarem o sucesso do comício e a magnitude do movimento, tendo ainda as Forças Armadas ombro-a-ombro com o povo, reagiram imediatamente, fazendo outra manifestação de enormes proporções em São Paulo, levando às ruas cerca de 300.000 pessoas em sinal de revide às manifestações do Rio.

Perigava a estabilidade da democracia. Entretanto, as Forças Armadas, guardiãs das liberdades democráticas, mantinham-se fiéis ao Governo legalmente constituído. Eis que, quase ao mesmo tempo destes episódios anárquicos, um outro de maior amplitude veio exaltar os altos escalões das Forças Armadas.

Líder da Associação dos Marinheiros, o cabo Anselmo incitou seus colegas a se declararem em "assembleia permanente", e consequentemente, não se apresentaram às unidades onde estavam sediados. O motim dos marinheiros, de certo modo, precipitou a queda do Governo de João Goulart.

Alguns chefes militares que ainda apoiavam o Presidente, após o motim, negaram-lhe este apoio, pois a revolta dos cabos havia atingido o prestígio dos altos escalões na coisa que eles mais defendem: a hierarquia. Ficava completamente só o Presidente João Goulart.

Na noite de 31 de março, alguns generais reunidos sob o comando de Castelo Branco e com o apoio dos Governadores da Guanabara, Minas Gerais, São Paulo e mais algumas unidades da Federação, rebelaram-se, depondo desta forma o Governo Democrático legalmente constituído de Jango. Entrou-se na ditadura despótica.

O governo ditador interferiu nos sindicatos, nos movimentos estudantis, nas federações de trabalhadores, enfim, em tudo quanto se dizia democrático.

Duarte fazia parte da UNE. Isso lhe valeu alguns dias de xadrez. A violência contra dirigentes e filiados às instituições que apoiavam o então Presidente João Goulart, fora praticada indiscriminadamente.

Mais uma vez, a tranquilidade dos Guedes fora abalada. A princípio, os pais nem sabiam onde o filho estava recolhido. Depois de alguns dias é que lhes foi dito qual o presídio onde o guardavam. A pobre mãe, muito aflita, mais uma vez andava às voltas com a Polícia Política do Estado. Agora era o filho que se encontrava atrás das grades, apenas por ser participante da UNE. Felizmente, a prisão durara poucos dias. O ex-deputado André Marquezan intercedera pela causa do rapaz. A namorada pedira ao pai para ajudar a família Guedes nestes momentos difíceis e foi nestas circunstâncias que as famílias se conheceram.

O ex-deputado desilocara-se a Niterói para conversar com Fernando e a mulher sobre a situação de Duarte. Ficara decepcionado com o negócio dos Guedes. Afinal, sempre pensara serem os pais do rapaz altos comerciantes da capital fluminense. Enganara-se redondamente. O pequeno negócio dos Guedes mal e mal lhe proporcionava a sua subsistência. Contudo, a pedido da filha, ali viera para ajudá-los naqueles momentos difíceis e cheios de agruras. Não gostou nada da humildade do casal e, diante disso, chamou a atenção da filha por estar namorando um rapaz que não tinha onde cair morto, duro e sem futuro. E, com o dedo em riste, disse-lhe:

– Jamais permitirei que você se case com um rapaz de tão baixa condição social. Afinal, nós pertencemos à alta sociedade do Rio de Janeiro!

O rapaz saíra da prisão muito revoltado com tudo quanto lhe acontecera. Afinal fora preso por fazer parte de um movimento estudantil, legalmente constituído. Nada havia que estivesse fora da legalidade; então que dissolvessem os movimentos, que os declarassem fora da legalidade! Que fechassem primeiramente todos os movimentos, para depois, se alguém teimasse em fazer parte deles, aí sim, que os levassem presos. Porque estariam fazendo algo contra o ordenamento jurídico estabelecido. Nada fizera para sofrer tais e tão grandes vexames! Às vezes em que fora chamado a defender as instituições democráticas, fê-lo com ponderação, com eloquência é bem verdade, todavia, sempre com respeito e admiração pelo adversário. Nunca se valera do poder para insultá-los ou maltratá-los. E agora o que se verificava? Era justamente o contrário! Verificava-se a vindita, a repressão, mortes, desaparecimentos dos chefes das organizações que estavam do outro lado! Mas, ele não era desses que, ao primeiro sinal de coação, se amedrontavam. Ele não se deixaria abater por qualquer ameaça; iria para a luta. Era preciso lutar; era necessário enfrentar a adversidade de cabeça erguida. Não o intimidariam com prisão arbitrária, nem confinamentos intempestivos. Enfrentaria com altivez o sofrimento, que lhe quisessem impor, mas os seus princípios democráticos jamais seriam removidos do âmago do seu ser.

IX

A revolução trouxera no seu bojo o ódio, a perseguição e a vindita. Outrora, só os marginais se escondiam das autoridades lá no Morro. Agora, também os perseguidos políticos vinham se homiziar nestes pequenos tugúrios cujos caminhos quase intransponíveis, escavados pelas enxurradas e as sebes de silvados, dificultavam a escalada. A grande favela estava infestada de foragidos, mas, à medida que as autoridades iam prendendo os menos experientes, estes delatavam seus companheiros, apontando onde se acoitavam, tornando assim fácil a sua detenção.

Os mais exaltados e afoitos, na impossibilidade de resistirem e sabendo dos maus tratos a que se exporiam caso fossem presos, iniciaram uma onda de assaltos a bancos, casas comerciais e a postos de gasolina, com o intuito de angariar dinheiro e com ele comprar o armamento necessário para fazer frente à polícia. Assim nascia a contra-revolução.

A rede bancária e o comércio, despreparados, viam-se assaltados todos os dias em centenas de contos. Perseguições aos bandidos viraram rotina. Entretanto, a polícia só detia os políticos, deixando ladrões, marginais, criminosos e homicidas dos mais perigosos, com trânsito livre. Era raro o dia em que não houvesse uma batida, aliás, verdadeiras caçadas humanas aos contra-revolucionários. Todavia, os bandidos comuns nem eram molestados.

Fernando cá em baixo tudo observava e ficava irritadíssimo com o que via. Volta-e-meia era aquele aparato à sua porta na captura aos refugiados políticos. Muitas vezes, os soldados iam tomar água ou algum refrigerante em seu estabelecimento, então ele sagazmente comentava:

– Vão levar também os bandidos?... Ou só vão levar os indefesos?!...

– Cumprimos ordens – respondiam alguns.– Levamos quem nossos superiores mandam levar – respondiam por metáforas.

Os presídios estavam superlotados. Tanto nos do Rio, como na penitenciária da rua São Pedro, 372, em frente a estação de bondes, não cabia mais ninguém. Várias pessoas foram dar com os costados naquele ambiente esquálido, sem nada ter feito de errado. Enquanto isso, verdadeiros marginais estavam à solta, sem serem molestados pelas autoridades. A bem da verdade, muitos tinham sido colocados em liberdade sem terem acabado de cumprir as penas a que haviam sido condenados, para darem lugar aos presos políticos. Eram, por exemplo, aqueles crimes considerados de pouca periculosidade, como os crimes de rufianismo, de jogo de bicho, passadores de entorpecentes etc.

Os tempos haviam mudado. Infelizmente para pior. Uma nova onda diferenciada de crimes, jamais vista no Brasil começou a surgir. Os delitos de menor ressonância eram desconsiderados pelas autoridades. Comumente, os assaltos a comerciantes para despojá-los das férias diárias, não iam além do boletim de ocorrência da Delegacia de Polícia, tal a quantidade de crimes desta espécie. Desde que não houvessem mortes, o delito muitas vezes nem era denunciado às autoridades, não só pelo pouco caso que estas dispensavam ao fato em si, como também pelas ameaças dos próprios bandidos contra as suas vítimas, intimidando-as contra possíveis denúncias.

Inúmeras pandilhas se haviam formado, após a revolução e ao escudo desta. Viera a recessão e com ela a miséria, aumentara a marginalidade, uma multidão de salteadores tornara-se incontrolável, o vício, o álcool, a corrupção e a prostituição campeavam em todas as esferas.

Nenê fazia parte neste momento de uma quadrilha, tida como a mais feroz de todo o Estado. O seu chefão era um marginal conhecido pela alcunha de Zé Picadinho. Viera-lhe este nome em razão da sua grande perversidade e frieza. Algoz implacável com suas vítimas, depois de matá-las, retalhava-lhes os corpos e os jogava ao mar, amarrados em sacos de linhagem. Descobertos os hediondos e horripilantes crimes da besta humana, processado e condenado, fora trancafiado no presídio da Ilha Grande. Entretanto, por meios corruptos, o celerado conseguira evadir-se da cadeia, estando agora chefiando a temível alcateia onde Nenê estava engajado.

De todos os criminosos, o filho de D. Lourdes era o único sem homicídios. Os demais elementos respondiam por vários crimes de morte, estupros e outros. Por isso os colegas de Nenê o chamavam de frouxo. Covarde e pusilânime, faltava-lhe coragem para praticar delitos mais graves. Porém, aos poucos, fora-se acostumando com os comparsas e, ultimamente, já praticava assaltos à mão armada. Com a onda dos contra-revolucionários, acostumara-se também a assaltar estabelecimentos comerciais e bancos, de onde o dinheiro viesse vivo e rápido.

De início, todos os assaltos deste tipo eram creditados aos contra-revolucionários, mas pelas pistas deixadas, as autoridades verificaram que muitos dos assaltos nada tinham a ver com os terroristas, e eram praticados por marginais comuns.

* * *

Fernando agradecera a Deus pelo desaparecimento dos intermediários de jogo de bicho. Felizmente, neste sentido, estava tudo tranquilo por ali. Soubera da prisão de Mão-Preta, porém, Zecão, Nenê e Fininho, continuavam soltos, aprontando em toda a baixada fluminense. Entretanto, o que mais o preocupava no momento era o futuro do filho. Duarte fora preso logo após o golpe de 31 de Março. Já estava solto, contudo na Faculdade, segundo ele dizia ao pai, alguns colegas o olhavam com certo ceticismo, chegando até mesmo a afastarem-se dele. O pai sofria com o filho, sabia-o autêntico e capaz, conhecia-o muito bem para saber que jamais iria abdicar de seus princípios, quaisquer que fossem os motivos. Clara também se afastara, por imposição ou a conselho do pai; o certo é que também dera no pé, apesar de dizer que gostava muito de Duarte.

Enquanto o seu prestígio era crescente, todos o rodeavam, todos o bajulavam, mas quando veio o infortúnio, a desgraça, todos se afastaram, até a própria namorada. O desencanto foi total quanto às desculpas de Clara para terminar o namoro.

Ficou três dias sem ir à Faculdade. Ao vê-lo assim, abatido e pesaroso, o pai procurou saber os reais motivos. Fernando entrou no quarto onde o filho estava deitado, estirado, lendo o "Primo Basílio" de Eça de Queirós, absorto nos meandros e sutilezas dos personagens e das situações ora filáucias, ora matreiras ou ainda pitorescas, cujos problemas e crimes, um a um, sagazmente, no começo, passam despercebidos ao mais perspicaz leitor, como acontece com Juliana, no farejo dos manuscritos de Basílio, dirigidos à prima Luisa, que distraidamente os deixa num roupão, e Juliana, aproveitando-se deste descuido e das fraquezas da patroa, tenta e consegue extorquir-lhe alguns valores.

Foi preciso o pai tirá-lo daquele estado de êxtase e perguntar-lhe:

– Ouve cá! Andas tão esquisito... Qual é a causa?

– Não é nada, pai, apenas estou aborrecido.

– Como não é nada? Eu sei que algo te amofina. Por que não desabafas?

– São problemas lá da Faculdade! Não é nada grave.

A mãe, que também viera escutar o diálogo entre pai e filho, voltou-se para Duarte e disse:

– Mas nós não podemos saber quais são esses problemas?

– Claro, claro que podem!

– Então, porque não nos dizes?

– Já que vocês insistem!...

– Ora, filho! Não se trata de insistência. Nós somos uma família, temos de nos ajudar mutuamente – exclamou o pai.

– Certo. Está certo. Eu me proponho a narrar os meus aborrecimentos, mas vocês prometem que não irão interferir em nada. Prometem?

– Claro. Se assim desejas! Prometemos – disseram

Então Duarte expôs em pormenores o que ocorrera entre ele e a namorada; e estava mais decepcionado ainda, porque ela não tivera coragem de lhe dizer a verdade. Achava até certo, ela terminar com ele, mas a sua maior frustração era ela ter falado, falado, e nada ter dito. Isto é que lhe causava aquele desânimo, aquele desgosto.

– Oh! filho – disse desconsoladamente a mãe. – Se Clara, por qualquer motivo, acha que não serves para ela, não tens porque ficar triste. Deves lutar com mais persistência nos teus estudos, encarares a adversidade com a cabeça erguida, levantares bem alto a firmeza do teu caráter.

– Eu sei, mãe!... Mas este sentimento de tristeza e de abandono, não só de Clara, mas também de muitos dos meus amigos, me traz um desencanto muito grande.

– Ora, filho! Nós até concordamos com tudo e até com teus desencantos, mas, precisas ter uma outra visão do mundo. Quantos rapazes, teus colegas, gostariam de ter a mesma facilidade que tu tens, de falar em público? Quantos rapazes, da tua idade, gostariam de estar frequentando uma Faculdade igual a que tu frequentas? Finalmente, quantos colegas teus gostariam de ter a mesma facilidade que tu tens para os estudos? disse o pai, meio acabrunhado.

Duarte agora meditava nas palavras que o pai lhe havia dito. Meditava e chegava à conclusão que, mesmo perdendo muitos amigos, ainda muitos ficaram e a estes, que eram de fato verdadeiros amigos, não os poderia desiludir. Nascia-lhe assim uma nova força interior, uma nova maneira de ver as coisas, e agora mais do que nunca era preciso prestigiar aqueles colegas que o indicavam para disputar a Presidência do Centro Acadêmico da Faculdade de Direito. Como se acordasse dum pesadelo, disse:

– Acho que vocês têm razão!

– Então, porque ficas aí estendido? – indagou a mãe.

– Estou terminando este livro.

– Mas tens tantos livros de estudo para ler!... Por quê ficas lendo romances?

– Mas ler romances também é cultura. – E, virando-se de lado, encolheu os pés, e, com o livro fechado, espiou um sol muito brilhante e uma morna luminosidade, entrando vastíssima pela janela que a mãe acabara de escancarar.

– Anda, levanta-te! – disse a mãe, docemente. – O café está na mesa.

– Já vou. Fique sossegada.

Lá fora no quintal o sol brilhava. Revoadas de passarinhos num chilrear alegre e suave iam e vinham sem cessar, dos arvoredos aos casarios da cidade, com doçura e pureza. Então, como se aquela visão lhe trouxesse a reconciliação com o mundo feroz e traiçoeiro cá da rua, levantou-se e, em movimentos lentos e preguiçosos, tomou banho, vestiu-se e tomou o café da manhã.

A ausência de Duarte na Faculdade foi sentida, pois disputavam-se agora as eleições para Presidente do Centro Acadêmico, e encetara-se um movimento para levá-lo a disputar o pleito. Como já havia desempenhado o cargo de Representante de Classe no ano anterior, esta experiência credenciava-o a pleitear este outro cargo de maior prestígio. Além disso, vários companheiros já tinham lançado a sua candidatura, sem mesmo o seu consentimento. No início, ainda se quis esquivar a aceitar a disputa, mas, com alguma insistência duns amigos, aquiesceu ao convite e aceitou. Antes, porém, deu a conhecer aos pais e pediu a anuência deles.

A chapa encabeçada por Duarte levava o nome de Frente Democrática Estudantil. Foram mandadas confeccionar faixas, cartazes, panfletos e outros tipos de propaganda. Havia uma organização perfeita na campanha política, com comissões, subcomissões, corrilhos políticos, com a missão de angariar votos e ganhar adeptos.

Comunicativo, trabalhador, inteligente e orador fluente e inflado, Duarte, nas horas de folga das aulas, organizava e improvisava pequenos comícios, onde expunha suas ideias, seu trabalho e as reformas no Diretório, caso fosse eleito. Uma comissão de moças também fora criada, para participar da campanha e do próprio Diretório, se a FDE se elegesse.

Assim se iam desenrolando os fatos no meio estudantil, enquanto cá fora a Polícia Política do Estado, usava todos os meios de repressão contra o povo e contra os políticos não alinhados ao novo governo, ora instalado.

Cassações dos direitos políticos de parlamentares eleitos pelo sufrágio universal, de Governadores de Estados e até Ex-Presidentes da República eram uma constante. Presidentes e Diretores de Sindicatos e Representantes de Classes, viam seus direitos políticos também cassados.

Dos partidos políticos que davam suporte às lideranças de antanho, formaram-se apenas dois, para dar cunho democrático à forma de Governo "despótico" que se instalara. Eram eles: a Arena, que apoiava o governo e o MDB, onde pandilhavam os pseudo-opositores a este.

Destarte, da farsa política com que o Governo pretendeu e conseguiu castrar a sociedade, caçando-lhe o direito indiscutível e indubitável de escolher os seus dirigentes através do voto universal, sobraram três opções: àqueles mais acomodados, simplesmente calarem-se, aos habilidosos e pseudochauvinistas, entrincheirarem-se nas hostes do MDB, onde vez por outra, discretamente, atiravam farpas sem ponta aos que detinham o poder; e aos mais afoitos, como o leitor já tomou conhecimento, partirem para a luta armada, praticando a guerrilha, surtindo daí toda a espécie de criminalidade, desde o assalto até a emboscada, com mortes e mais mortes violentas, de ambos os lados, contando com o beneplácito dos partidos de esquerda, mormente o PCB.

Mas a luta de guerrilha teve contrapartida por parte do governo, também violentamente instalado. Vale dizer a luta armada veio dar oportunidade ao Governo de se fortalecer e assim criar mecanismos (segundo os governantes) de autodefesa, em que o arbítrio, a prepotência e a tirania legalmente instalados, agiam sobre alguns grupos contrários à política do Estado, pacíficos, todavia descontentes com as normas violentas do novo Governo. Então esboçavam-se manifestações de repúdio aos atos mais aviltantes das autoridades, Estava-se no Estado de Exceção. Torturas, espancamentos, sevícias e até mortes, foram praticadas nos cárceres do Governo da Revolução. A imprensa censurada nada dizia, nada noticiava nem comentava sobre o que se passava com os presos políticos nas enxovias. Mas nas faculdades, colégios, fábricas, pequenos opúsculos eram editados e distribuídos, dando conhecimento das arbitrariedades cometidas. Manifestações de rua ou pequenas passeatas, tinham repressão imediata, com bombas de gás lacrimogêneo e jatos de água, até nos lugares mais remotos da cidade. Momentos angustiantes eram vividos pelas famílias que tinham seus filhos nos colégios ou faculdades, por esposas cujos maridos trabalhavam nas fábricas ou pertenciam a qualquer associação de classe.

Enquanto isso, a luta eleitoral pela Presidência do Diretório Acadêmico continuava. Uma outra chapa de oposição concorria também. Haviam na Faculdade, elementos que defendiam a Revolução, e com ela tinham afinidades, daí nascer um movimento de oposição à FDE.

Um quartanista da Faculdade fora escolhido para concorrer pela oposição, pois Duarte contava com o apoio da diretoria que estava saindo. A nova chapa escolhera uma sigla muito parecida com a do partido do Governo, já que eram seus simpatizantes. Então ficou da seguinte forma:

ANERA (Aliança Nacional Estudantil de Renovação Abrangente), lendo-se inversamente ARENA.

Esta similitude deixou o concorrente da Frente Democrática seriamente preocupado. Imediatamente foi convocada uma reunião de toda a cúpula da comissão de eleições, com o objetivo precípuo de estudar esta situação *sui-generis*, pois um fato novo se deparara, e as eleições poderiam trazer problemas futuros de repressão policial. Analisadas as eleições sob os mais diversos aspectos, a comissão deu parecer que o nome da chapa, Frente Democrática Estudantil, nada tinha de subversivo, sendo certo que se disputavam eleições de somenos importância, tendo como objetivo primacial o aperfeiçoamento das instituições estudantis, e nada mais.

Entretanto, à medida que o tempo corria, era notória a preocupação do rapaz. A mãe também andava apreensiva. Via no semblante do filho aquela feição "tristonha" e acabrunhada. Desaparecera-lhe aquele otimismo hilariante e um pressentimento de fatalidade rondava o seu íntimo, atingindo-o profundamente. Também o pai notara a sua inquietação. Foram dias de apreensão e expectativa para toda a família, à medida que se aproximava o desfecho das eleições.

Os candidatos esforçavam-se ao máximo na disputa acirrada à Presidência do Diretória. Mas o candidato da Frente Democrática levava nítida vantagem sobre seu oponente, pela sua capacidade aglutinadora, pela sua persuasão, enfim, por pregar as liberdades democráticas, tão combatidas ultimamente.

Clara aderira à chapa do ex-namorado, não só porque desejava uma aproximação com Duarte, como também notara haver mais intenções de ajudar aos estudantes no seu partido; enquanto seus adversários, estavam mais voltados para as questões políticas da nação.

A reconciliação trouxera mais tranquilidade ao futuro Presidente do Diretório Acadêmico. Era como se se tivesse estabelecido a paz entre ele e o mundo. Agora, mais calmo, mais sereno e menos pessimista, mesmo sabendo que os pais de Clara não queriam o namoro, por sabê-lo oriundo de família humilde, a sua fisionomia tinha mudado bastante. A moça também não se importava muito com a opinião do pai. Afinal, quem um dia iria casar era ela; então deliberou continuar o romance. Também os amigos sinceros se regozijaram com a aproximação dos dois.

* * *

O João Neves soubera que Duarte andava metido nas eleições da Faculdade. Lourival havia-lhe contado todos os agastos e dificuldades que o rapaz estava passando. Então, sabedor dos sacrifícios que os Guedes faziam para manter os estudos do filho, resolveu escrever um artigo em seu jornal, dedicado ao candidato. Antes, porém, conversara com Fernando, para saber mais profundamente da vida estudantil do rapaz. O pai confidenciou ao velho amigo e vizinho as tendências e ideais do filho, desde a mais tenra idade, até agora, à disputa das eleições.

Dias depois, saía o artigo com o título:

"DAS PELADAS A DISPUTA DA PRESIDÊNCIA"

O artigo com a manchete acima chamava a atenção dos eleitores de "O Fluminense", enfocando principalmente as tendências políticas e os dons oratórios do estudante. O jornalista, dizia que o conhecia desde garoto, ainda de calças curtas, vira-o crescer e agora disputar a Presidência do Diretório Acadêmico. Sabia tratar-se de uma inteligência rara e terminava o artigo em eloquente exposição das virtudes do candidato. E numa referência especial, finalizava em gloriosa apoteose erudita, à clarividência do estudante da capital fluminense, prevendo estar nascendo ali, um dos maiores causídicos e quiçá o maior orador da terra de Araribóia,[12] equiparando-o a Demóstenes. E fundamentando seu pensamento em premissas,

---

12. Arariboia – chefe índio que ajudou os portugueses a expulsar os franceses do Rio de Janeiro. Foi batizado mais tarde com o nome cristão do bandeirante Martim Afonso.

concluía soberanamente: Duarte estava para o Brasil, assim como o grande Demóstenes[13] estava para a Grécia.

"O Fluminense" fora largamente distribuído dentro da Faculdade, entre os colegas de Duarte, que sorveram o artigo cheios de sofreguidão. Muitos ainda indecisos, viam agora qual seria o melhor candidato. E numa análise mais acurada, verificava-se que Duarte levava vantagem.

As hostes adversárias sentiram o peso da capacidade do candidato da chapa da FDE. Algo deveria ser feito, algumas resoluções deveriam ser tomadas para não perderem as eleíções. E foram tomadas...

Dois dias depois, estava toda a cúpula da FDE reunida numa sala das dependências do Diretório, quando num tropel infando, soldados invadem o recinto, sob o comando de um oficial, que com voz possante e sonora gritou:

– Que ninguém se mexa!... Estão todos presos!

Atônitos e perplexos, os estudantes olhavam uns para os outros, com os olhos esgazeados. Foi Duarte o primeiro a encarar o oficial indagando:

– Por quê estamos presos? De que somos acusados?

– Estão sendo acusados de conspirar contra o Governo – declarou o oficial.

– Isso não é verdade – disse um rapaz de nome Ivair dos Santos, indicado para 1º Vice-Presidente.

– Não interessa se é verdade ou mentira. Vamos andando. Vamos...

– Mas isso é arbitrário! – falou outro estudante.

– Arbitrário ou não, vamos dando o fora!...

– E onde estão os nossos direitos de ir e vir, como determina a Constituição?... – exclamou outro.

– Qual Constituição?

– A Constituição Brasileira! ora essa!...

---

13. Grande orador e político grego, nasceu na Atica, c. de 383 a.c.m. em 322.

– A Constituição somos nós!... Somos nós! Está ouvindo? – berrou o oficial.

– Mas nós temos direitos!...

– Que direitos? Quem conspira contra o Governo não tem direitos. Quem conspira tem o direito de ficar na masmorra.

– E quem disse ao senhor que nós estávamos conspirando? – indagou Duarte encolerizado. – Estamos apenas discutindo aqui, as instituições democráticas do Diretório Acadêmico, e consequentemente do País.

– E quem é o senhor para discutir e defender as instituições democráticas do país? – gritou o oficial.

– Eu sou candidato à Presidência do Diretório.

– O senhor era candidato!...

– Como assim?... Eu sou candidato.

– Isso não interessa. Isso não interessa...

– O que interessa, então?

– Levar vocês todos em cana.

– Mas sem uma explicação?...

– A explicação que temos a dar, é que recebemos uma denúncia, de que vocês se reuniam para contestar o Governo e é por isso que queremos levá-los para averiguações. Entendeu?...

– Ah! entendi! – disse Duarte impaciente.

O oficial ordenou a um soldado que recolhesse todos os papéis e documentos encontrados.

– Mas esses documentos são do Diretório – disse o secretário, que se mantivera calado.

– Se não comprometem, os devolveremos.

– Vamos embora – ordenou o tenente.

– Para onde vão nos levar? – indagou Duarte.

– Para a Rua da Relação, 205. Sabe onde fica? – disse o tenente, displicentemente.

O n.º 205 da Rua da Relação era um prédio que servia agora de presídio, onde as maiores torturas e barbaridades estavam sendo cometidas. Quase todos os presos políticos estavam ali encarcerados. Muitas vezes os transeuntes podiam escutar os gritos de dor, pelos sofrimentos físicos a que os detidos eram submetidos.

Um a um, os estudantes foram conduzidos para os camburões da polícia ali estacionados. Levados à Rua da Relação, só foram inquiridos às 8 horas da manhã do dia seguinte. Separados cada um em sua cela, confundidos pela polícia que os jogava uns contra os outros, foram confessando coisas que nunca existiram. Os mais ingênuos, depois de interrogados e fichados, foram postos em liberdade. Duarte já houvera sido preso, e isto pesava sobre sua cabeça. Sendo também o principal líder do movimento, o SNI deslocou um coronel para o inquirir. Depois de dois dias no xadrez, foi chamado a depor.

O coronel, um homenzarrão de corpanzil imenso, cabelo e barba bem raspados, olhos miúdos, muito vivos, lábios finos e secos, já o esperava na sala atrás de uma escrivaninha com um "dossiê" à sua frente. Assim que Duarte,entrou, sem olhar para o inquirido, disse-lhe que se mantivesse em posição de sentido. Folheando o "dossiê", perguntou:

– Como se chama?

– Duarte Teixeira Guedes.

– O senhor é português?

– Sim senhor, vim para o Brasil com dois anos.

– Qual a sua profissão?

– Não tenho profissão. Sou estudante e ajudo meu pai nas horas vagas, num pequeno bar.

– O senhor já foi preso?

– Sim, senhor!

– Onde e porquê?

– Em Niterói. O porquê não sei.

– Ah! Então o senhor foi preso e não sabe porquê! Essa é boa... Diga: porque foi preso?

– Disseram que eu pertencia à UNE, – respondeu Duarte. – Ah! então o senhor sabe porque foi preso!

– Não sei, não senhor. Pois se a UNE era um órgão de estudantes reconhecido pelo Governo, com seus estatutos aprovados, não sei qual o motivo de prenderem uma pessoa que apenas pertencia ao movimento, sem nada ter feito para ir preso, ou contribuído de alguma forma para isso.

– Mas a UNE, hoje, não é mais reconhecida pelo Governo disse o coronel.

– Eu, também, não faço mais parte da UNE. Mas, quando fui preso, estava amparado na lei.

– A lei! Ora a lei!... – vociferou a autoridade com fúria. E tomando novamente a palavra acrescentou: – A lei de ontem pode não ser a mesma de hoje.

– Não resta dúvida. Concordo que as leis sejam mutáveis. Todavia, numa sociedade que se diz democrática e justa, à luz do direito, para que uma lei perca a sua validade de legislação, ou seja derrogada, deve forçosamente, haver uma outra que a substitua. Ou não é assim? – acrescentou o estudante.

– Em princípio, é assim – concordou o coronel. – Mas eu não vim aqui discutir as formalidades e os efeitos das leis. Estou aqui para saber porquê o senhor conspira contra o Governo, pois uma representação que recebemos, afirma que o senhor é o principal cabeça da sua Faculdade que conspira...

– Isso não é verdade, sr. Coronel. Eu sou candidato à Presidência do Diretório e só...

– Não é verdade que o sr. faz comícios conclamando seus colegas a defenderem as instituições democráticas deste país... contra os usurpadores?!

– E fazer comícios a favor das instituições democráticas é crime?... É conspirar?...

– Depende. Depende de quem o senhor chama de usurpadores! É a nós? Do Governo?

Duarte não tinha saída. Ou negava tudo que dissera até ali, ou então confirmava suas considerações sobre os atuais governantes. Recuar não era de sua índole, e ir em frente seria o mesmo que cair nas malhas tecidas pelos seus adversários e algozes políticos. Muito rapidamente, pensou em Maquiavel! Nicolau Maquiavel[14] que também fora preso por questões políticas, e em poder dos Médicis, fora vilipendiado e torturado. Teve de fazer o jogo dos seus algozes, para se livrar do cativeiro e das torturas. Então, voltando-se para o coronel, retrucou:

– Mas os senhores que estão no Governo não se dizem democratas?... Se são democratas não são usurpadores! Isto é óbvio!...

O coronel sentiu a sagacidade e astúcia do encarcerado. Habituado a presidir inquéritos deste tipo, viu que o universitário era antes de tudo vítima do despeito, da vingança e da inveja. Por isso, depois de algumas recomendações e de se mostrar bastante sisudo, mandou que se retirasse.

Dois soldados que estavam de plantão, obedecendo às ordens do seu superior, escoltaram Duarte até a cela.

Enquanto Duarte estava detido jazendo no fundo do cárcere, os pais, coitados, sofriam o desespero e a angústia da solidão do filho. A mãe vertia lágrimas abundantes e fartas, como se as derramasse a cântaros. Fernando, desconsolado e amargurado, corria de um lado para outro em busca de auxílio de Germinal, e este buscava seus conhecimentos e acionava velhas amizades, no intuito de tirar o rapaz da cadeia.

Dias atrozes aqueles. Até Clara pedira ao pai para interferir, mais

14. Nicolau Bernardo Maquivel – escritor e político italiano do Renascimento. Nasceu em Florença 3-5-1469 e morreu em 22-6-1527.

uma vez, em favor do namorado. O deputado, por consideração à filha, também mexeu os seus pauzinhos, e depois de oito dias de sofrimento e torturas, o rapaz saía do prédio da Rua da Relação para a liberdade.

Aqueles dias de prisão serviram muito de reflexão para o estudante. Estavam lá pessoas de todas as classes sociais, que nunca fizeram mal a ninguém, país de família, cujos filhos dependiam deles para seu sustento, artistas, escritores, jornalistas, operários e até padres, sofrendo as vicissitudes e agruras das reviravoltas da nefasta política.

Desta reflexão vinha-lhe uma grande e imensa vontade de partir para o extremo. Combater! Sim, combater se fosse necessário. Combater com as mesmas armas dos seus verdugos. Dente por dente, olho por olho. Esta vontade, esta volúpia, esta sede de vingança, era contida por freios inibitórios, quando se lembrava do que os pais tinham feito para que ele, ao invés de um guerrilheiro, fosse um democrata, um defensor dos menos afortunados, um pilar hirto e forte entre aqueles que um dia confiaram em si. Sim, tinha deveres, muitos deveres, deveres para consigo, deveres para com os pais, amigos e companheiros da escola, e deveres mui especialmente com aqueles desgraçados que estavam trancafiados nos fundos das masmorras da Rua da Relação.

E como se acordasse de um pesadelo, onde uma sensação de eternidade, de infinidade, lhe passasse e penetrasse nas profundezas da sua alma, sentiu-se responsável pela luta dos seus companheiros, lá na Faculdade, onde o último baluarte democrático nacional ainda tremulava.

Estava cansado. Cansado e amargurado de tantas injustiças e um desgosto mofino apoderou-se dele. Mas era apenas passageíro aquele desânimo, era uma pausa para recomeçar tudo, até com mais fervor. Suspirou profundamente, caiu na sua cama como se caísse numa sepultura e dormiu a sono solto e ingênuo.

X

Duas décadas transcorreram ligeiras e rápidas como duas rajadas de vento.

Sim, já haviam decorrido duas décadas desde que os Guedes tinham chegado ao Brasil. E Fernando, mentalmente, fizera um balanço em sua vida, quando notara o pouco ou nada obtido durantes estes vinte anos. Dos objetivos traçados ao deixar a velha Pátria, nenhum havia sido atingido.

O peso dos anos havia chegado. Estava a caminho dos cinquenta e os primeiros cabelos brancos faziam-se presentes, iniciando assim uma amostragem dos anos vividos. Dores reumáticas e cansaço o acometiam mormente naqueles momentos de maior labor. Outrora era capaz de dar um pontapé numa estrela, mas agora! Agora vergava-se ao peso da idade.

Divagando sobre o passado, vieram-lhe à memória os primeiros tempos aqui vividos como encaixotador de vidros, depois todos aqueles que passou como cortador e, finalmente, a luta para comprar o armazém da viúva do Sr. Manuel. E, discorrendo o seu pensamento nestas lembranças como se fosse um passado remoto e distante, entre alegrias e tristezas, tendo à sua frente uma tela, onde uma câmara cinematográfica estivesse projetando um filme, via deslisando todos os acontecimentos, marchando na sua peregrinação de dúvidas e incertezas, terminando depois nas derradeiras e atribuladas ocorrências, que tanto o perturbaram durante aqueles dias.

Acordava às vezes de madrugada, e ficava remoendo a melancolia de uma vida vazia e oca, cercada de injustiças e incertezas. Depois, uma ansiedade opressora impelia-o a levantar-se sob implacável e vil insônia. E nesses pensamentos, sob os zumbidos das moscas, no silêncio da noite, desembocava num outro pensamento: – Mas afinal, que fiz eu de útil para mim e para os meus? Trabalhei tanto e nada consegui. Nem uma. casa para morar. Durante todos estes longos anos de Brasil, ganhei apenas para comer. Nunca gastei um centavo em divertimentos, em lazer, em nada que pudesse ser repreendido. E o que tinha? Nada. Absolutamente nada... Desgraçadamente, era um desses seres sem sorte. O único consolo que vislumbrava, era o filho amigo, inteligente, perfeito e capaz. Mas até o filho... a política o perseguia, os inimigos políticos queriam sua cabeça a qualquer preço. E ele que podia fazer para ajudar?... Nada. Absolutamente nada. Deparava-se logo com aquela descrença, ultimamente consigo familiarizada.

E, enquanto ia arrumando e limpando o universo de pequenas coisas do estabelecimento, via-se de repente intrincado numa outra realidade. E o que tinha conseguido o Álvaro, barbeiro lá de Icaraí, da rua Moreira César? Também não conseguira nem uma casa para morar! E o Sr. Bento!... O José Costa!... O José Alves!... Enfim, uma quantidade deles que também tinham vindo para o Brasil e nada conseguiram! Estas comparações, apesar de não o satisfazerem, davam-lhe um pouco mais de serenidade, porque chegava à triste conclusão que o defeito não era seu, e sim do sistema.

Várias vezes tinha pensado em vender tudo aquilo, e comprar algo mais lucrativo. Entretanto, esbarrava sempre na falta de dinheiro, e principalmente a troca do certo pelo duvidoso. Planos mirabolantes fervilhavam na sua mente, deixando sequelas tristes à medida que via o tempo esvair-se, sem nada conseguir... Ficava triste e meditativo, mormente, depois de lhe haverem furtado as mais caras lembranças trazidas de Portugal. A qualquer pretexto se inquietava, e uma raiva negra acompanhada de um surdo e profundo desespero apoderava-se da sua alma. Ao menor problema, exasperava-se. Ele mesmo reconhecia uma profunda mutação nas suas atitudes. Não era o mesmo homem de antigamente: solícito, folgazão e, até de certo modo, alegre.

A exemplo dele, os tempos também mudaram. O cenário, em relação aos anos cinquenta, era completamente diferente. Os costumes e o comportamento das pessoas, em decorrência da revolução, haviam se modificado. Apesar da monotonia das ruas em redor do Morro ainda ser muito acentuada, houvera grande e alterada mudança.

Aquele velho costume dos moradores, que ao final da tarde pegavam suas cadeirinhas e sentavam-se à porta para prosear até altas horas da noite, acabara-se.

Agora, as pessoas decentes tinham de ficar fechadas em suas casas, resguardando-se dos bandidos. Invertera-se a situação. Ao invés dos bandidos ficarem atrás das grades, eram os trabalhadores que tinham de se fechar em suas casas. Ninguém mais se atrevia a sentar-se à porta para poder gozar um pouco de fresquidão das noites enluaradas e misteriosas. A vida ficara mais competitiva e mais fria.

Fernando só tinha lembranças de ter feito bem a todos quantos dele se acercavam. Jamais pensara em fazer mal a alguém. No entanto, várias vezes tinha sido agredido pela sociedade. Ainda lhe redemoinhavam os pensamentos, quando fora preso e trancafiado juntamente a bandidos da pior espécie, pelo simples fato de estar a presenciar alguns colegas participando de uma greve. Depois, a própria polícia o pretendera indiciar em inquérito, só por levar um infeliz, agonizando, para o hospital, a fim de receber os primeiros socorros médicos. Sem falar noutras situações vexatórias e aviltantes, onde pessoas, maldosamente, o queriam enxovalhar. Vira, agora, o filho encarcerado, vilipendiado e cerceado nos seus mais legítimos direitos de concorrer às eleições, delatado que fora pelos inimigos políticos e medíocres da Faculdade.

Nos intervalos, entre o atendimento de um e outro cliente, ficava remoendo o amargor da certeza que sempre tivera, através da sua existência, desde os tempos mais remotos em que seu pai estivera imigrado na França e, sem a proteção paterna, não cessara de sofrer humilhações, provocações e até maus tratamentos físicos.

Esta era uma história que sempre guardara consigo nitidamente: havia na vila onde nascera um exibidor que, sistematicamente, para atrair as pessoas ao cinema, costumava fazer propaganda dos filmes em exibição. Reunia alguns moleques que carregavam os cartazes pregados em dois pedaços de pau. Cada um segurava numa extremidade, e assim iam percorrendo as ruas acompanhados de rufares de tambores, e de outras crianças que seguiam o festejo em grande algazarra. Ele deveria ter no máximo uns oito anos, quando, num desses dias tumultuosos, os moleques carregavam um enorme cartaz. Uma forte rajada de vento trouxe consigo um lenho que veio aninhar-se no vão do cartaz. Ao perceber que o lenho iria rasgar a enorme gravura e fazê-la em frangalhos, correu a tirá-lo de lá. Os dois moleques não perceberam a intenção de Fernando, andaram e lá se foi o cartaz. Rasgou-se de alto a baixo. Os garotos sabendo da usura de que era possuído o exibidor, foram à sua casa avisá-lo do acontecido, desculpando-se e acusando Fernando. Imediatamente, o homem, sem saber bem do fato e da culpabilidade ou não do garoto, chegou-se a ele, aos socos e pontapés, prostrando-o pelo chão, sob os olhares indiferentes e jocosos de uma pequena multidão ali presente, que nada fez para tirá-lo da sanha da besta.

E tudo isto era o resultado da mais pura e simples vontade de ajudar. Estes desígnios ingênuos, tão constantemente terminados em vergonha, dor ou perda, deixavam-no desiludido e desencantado! Logo ao desabrochar para a vida, lhe acontece aquilo. Depois foram outros fatos em sequência, que se vieram desenrolando até os últimos dias, tão amargurados com a prisão do filho!

– E porquê? – pensava melancolicamente Fernando. Decepções e mais decepções, fora o que a vida lhe reservara! E nesta melancolia confusa e inconsciente, fechara as portas do estabelecimento, já cansado e inconformado, e deitou-se.

* * *

Numa dessas tardes frescas de fins de outono, de pôr de sol sereno e conciliador, sem uma pontinha de nuvem no imaculado e azulado horizonte, já com algumas estrelas tremeluzentes, prenunciando luzidia e esplendorosa noite, o relógio da Igreja de São João acabava de bater seis horas. Em seguida, os sinos repicavam, aliciando os fiéis para a novena. Distraidamente, Fernando coçava a barba desconsolado, cismando e com o olhar vago e enevoado, servindo maquinalmente os clientes costumeiros.

Sentados nuns môchos, em volta de uma mesa, estavam Lourival, um seu colega de trabalho chamado José Rilha, o Sr. João Neves e mais um outro parceiro jogando dominó e tomando cerveja.

Leonor ajudava o marido a servir a clientela. O filho ainda não chegara da Faculdade, geralmente voltava lá pelas 7,30 ou 8,00 horas, quando não ficava com a namorada até um pouco mais tarde.

Várias pessoas iam e vinham à venda, no vai-e-vem do crepúsculo das últimas horas do dia, providenciando as derradeiras compras para o jantar. Outros conversavam animadamente sobre futebol, quando de repente entraram no bar Nenê, Zecão e mais um crioulinho, ainda novato no mundo do crime, de nome Zózimo, vulgo Zoca.

O espanto dos presentes foi geral. Os três meliantes encostaram no balcão e com arrogância pediram três pingas. Depois Nenê, dirigindo-se ao taberneiro, atrevidamente disse:

– Olá, seu Fernando, tudo bem?

– Tudo bem! E você, como está, tudo em ordem?

– Tudo numa boa! Então, tem vendido muita pinga pra minha mãe?

– Ó Nenê, tu sabes muito bem que eu não vendo pinga para tua mãe...

– E porque você não vende?... É com medo que ela não pague?

– Não, não é isso! É que eu acho uma judiação ver a tua mãe no estado em que fica, quando bebe.

– Que nada, Nenê, – disse Zecão. – Ele tem medo é que ela fique devendo. Esses portugas vêm pra cá, ficam ricos e depois querem fazer os brasileiros de trouxas.

Fernando, estupefato, olhava para eles sem nada entender. Algo estavam tramando aqueles marginais. Atrás daquela simulação torpe e mesquinha, naquele tumulto, via somente que os meliantes queriam arranjar um pé de briga. Antes de falar, ainda pensou duas vezes, mas depois como se o sangue lhe toldasse a vista, numa agitação confusa de cólera e ódio, pela ingratidão de Nenê, pivô daquela amarga conversa, exclamou alterado:

– Sei que vocês vêm com intenção de me provocar, para arrumar confusão comigo! Mas eu não tenho medo dos três juntos, tá bom?!...

Leonor, vendo o marido alterado, correu para ele, querendo convencê-lo a não tomar as palavras dos três como provocação. Amigos e pessoas que estavam por ali também intercederam junto a Fernando para não ligar às provocações, mas os insultos já tinham ido longe demais para os ânimos serenarem.

Zecão, o mais forte e atrevido, imediatamente deu um pulo para o centro do salão e, gingando o corpanzil, com largo e provocador sorriso de desafio, disse:

– Já que você é tão forte e não tem medo de nóis treis, sai daí detrás desse balcão e vem até aqui, seu merda...

Fernando, numa vertigem, sentiu o chão lhe faltar debaixo dos pés e uma névoa turvou o seu olhar esgazeado. As veias enfunaram-se-lhe de sangue quente e enraivecido. Num safanão brusco, desvencilhou-se da mulher, indo no mesmo impulso cair logo em cima do crioulão, que não esperando esta tão repentina fúria, não teve tempo de reagir. Então Fernando, como se fosse uma máquina, começou a desferir violentos golpes e uma saraivada de murros pelas trombas do marginal, fazendo-o cair ao chão. Grandes e fartas gotas de sangue, jorraram pelas narinas de Zecão. Cambaleante e tonto pelo castigo, o marginal tentava em vão atingir seu adversário, quando novamente foi atingido com socos e pontapés bem certeiros, fazendo-o esfacelar-se no chão mais uma vez. Com os olhos inchados e cheios de sangue, atordoado e quase exânime, Zecão levantou-se e tentou ainda reagir, levando dois socos certeiros, e jazeu inerte e desfalecido à mercê de seu adversário.

Preparava-se já o comerciante para carregá-lo para fora do bar, eis que um estampido de revólver veio pôr mais confusão à bulha existente. Outro, e mais outro se ouviu. Fernando sentira uma coisa quente penetrar-lhe nas costas, dois fios de sangue corriam pela camisa branca. Fora Nenê! Ao ver seu comparsa levar desvantagem, traiçoeiramente atirara pelas costas, à queima roupa, em seu ex-defensor e benfeitor!...

Aproveitando a balbúrdia estabelecida, os marginais carregaram Zecão para o Morro. Leonor e os amigos de Fernando, na tentativa de salvá-lo, pegaram um táxi e o levaram para o Hospital Antonio Pedro. Debalde. O comerciante, com dois tiros nos pulmões, não resistira aos ferimentos e, quando chegou ao hospital, já estava morto.

* * *

O corpo foi levado para o Instituto Médico Legal, para apurar a *causa mortis*. Autopsiado, os legistas apontaram como causa primeira, perfurações nos pulmões, e consequentemente asfixia pelo próprio sangue do falecido.

Liberado o corpo, dali mesmo saiu o féretro para o cemitério. O funeral foi acompanhado pelos amigos, vizinhos e todos os moradores da Vila, menos D. Lourdes, que, muito chocada por saber ser o filho o causador da tragédia, fechara-se em casa, chorando as suas amargas desgraças. As pessoas socialmente melhores sucedidas no passamento, eram os Silveiras.

Leonor, de luto carregado, amparada pelo filho de um lado, e de D. Júlia do outro, olhos vermelhos de tanto chorar, dera o último adeus ao marido em soluços e convulsões de muito amargo e triste sofrimento. Duarte, também não se conformava com a morte estúpida do pai, seu melhor amigo e companheiro. Abatera-se a tristeza e o sofrimento no clã dos Guedes. Dor, aflição, angústia e mágoa estavam estampadas no rosto daqueles que ficavam. Amigos tentavam em vão consolar a família, lamentavam o ocorrido e pediam resignação e paciência, ao apresentarem as condolências.

* * *

Só depois de oito dias, a viúva, desfigurada, com um lenço preto na cabeça, abriu o estabelecimento ao público. O filho também ficou vários dias sem ir à Faculdade. Nos dias que se seguiram não reunira em todo o seu ser, coragem e forças suficientes para retornar aos estudos, com a sofreguidão que habitualmente o caracterizava. Via assim os dias passarem, lentos e monótonos, entre vagarosos e sombrios diálogos com alguns clientes. Deixara crescer a barba em sinal de pesar. Contudo, ficava-lhe bem, como dizia Clara, que agora amiúdes vezes se deslocava a Niterói, para confortar o namorado.

A mãe sempre amiga, incentivadora, já com tantas contrariedades e tristezas, percebia a falta de entusiasmo do filho, e, como a animá-lo, desabafou:

– Oh! Filho, tu sabes que a maior alegria que poderias dar ao teu pai, era concluíres o curso! – E eu, agora, dependo de ti. Gostaria muitíssimo que voltasses novamente à Faculdade. Podes confiar em mim, eu vou conseguir levar isto à frente! Vai tranquilo aos teus estudos.

Duarte sabia quanto a mãe era competente. Entretanto, não queria deixá-la sozinha. Então acalmou-a, dizendo-lhe:

– Está bem, mãe. Amanhã recomeçarei as aulas, mas prometa-me não se fatigar muito no serviço, isto não merece que nos sacrifiquemos... veja o pai! Trabalhou tanto, sacrificou-se tanto! E para quê? Para quê... Para ser morto covardemente. Não temos motivos para nos sacrificar. Eu vou ver se arrumo um emprego em qualquer lugar, e vamos deixar esta porcaria – disse soluçando.

Leonor vendo o filho chorando, não se conteve e chorou com ele. Depois, como não tinham clientes para servir, fecharam as portas.

No dia seguinte compareceu às aulas. As belas barbas crescidas, espessas e negras, davam-lhe uma fisionomia de maior respeitabilidade, mais varonil e séria. Logo os colegas mais íntimos vieram saber como se encontrava e apresentar condolências. Depois, Ivair Santos, um dos colegas, encarregou-se de pedir ao mestre de Direito Penal para cuidar do processo do pai de Duarte.

O professor, cumprimentando o rapaz e apresentando-lhe os pêsames, indagou:

– Mas como aconteceu?

– Briga – respondeu o estudante.

– Foi em legítima defesa?

– Não. Eram três. Enquanto meu pai surrava um, o outro atirou pelas costas.

– Já foi instaurado o inquérito policial?

– A polícia esteve "in loco" fazendo levantamento.

– Têm testemunhas?

– Oh! sim. Em quantidade.

– Não parentes.

– Só amigos.

– Então, quando as testemunhas forem prestar os depoimentos, quero estar presente.

– Certo, professor! Eu avisarei.

Despediram-se e cada qual foi ao seu trabalho.

* * *

Com as últimas provas, o ano letivo também chegava ao seu término. As notas, apesar dos inconvenientes sofridos nos meses anteriores tinham sido regulares. Dera para passar de ano sem exames.

Em casa, a mãe não se cansava de chorar. Agora era o filho que tinha de fazer quase tudo. Além da Faculdade, devia olhar pela mãe e pelo negócio, que, em última análise, era de onde vinha a subsistência para os dois.

Na última quarta-feira antes do Natal, sob sôfrega e grande expectativa, as testemunhas deveriam depor na delegacia de crimes contra às pessoas. À hora marcada, lá estavam as quatro testemunhas arroladas: Sr. João, Lourival, José Rilha e Francisco Ribeiro. Estas pessoas tinham assistido tudo desde o princípio.

Havia uma ordem de prisão contra Nenê, mas os investigadores, que trabalhavam no caso, como não tinham recebido dinheiro por fora para prender o marginal, não haviam mexido uma palha.

Duarte quisera saber porque ainda não tinham prendido o bandido. Pediu ao escrivão para falar com os investigadores encarregados da captura.

O escrivão mandou chamar os dois investigadores. Só estava um, o outro tinha saído numa diligência.

Foram apresentados: – Duarte, muito prazer. Rubens Gonzalez, dissera o outro.

– Você chama-se...

– Rubens Gonzalez – respondeu o investigador.

– Você estudou no Colégio Feliciano Sodré? – perguntou Duarte, admirado.

– Estudei, porquê?

– Por nada!... Está tudo certo! E deu-lhe as costas. O investigador Rubens Gonzales não conhecera Duarte, mas este o reconhecera logo. Então, sabendo do caráter de Rubens, não quisera adiantar mais a conversa. Chamando o advogado, Dr. Celso Hungria, de lado, contou-lhe em breves palavras o desentendimento que tivera quando criança.

– Olhe, professor, não adianta contar com esses tipos para capturar o assassino de meu pai – disse desconsolado.

– Mas o caso está entregue a eles! Que quer você fazer agora?...

– Não sei. Só sei que com esses caras, jamais prenderão o assassino. Eu os conheço!

– Bem, talvez eu possa pedir ao Delegado para nomear outra equipe de investigadores. Que acha?

– Se é possível!... Acho melhor.

– Mas olhe!... Esse pessoal é muito unido.

– Que seja!... mas com estes, o caso jamais será resolvido.

– Falarei com o Delegado, então!

– Obrigado, professor.

Depois, Duarte narrou às testemunhas quem eram os investigadores. Agora todos sabiam porque o assassino ainda se encontrava à solta. Assaltando, roubando e matando.

Lourival, chocado com o desmazelo das autoridades, dizia em altos brados:

– Isto é a polícia do nosso Brasil! Não temos justiça neste país. Onde vamos parar com este descalabro? – E exaltado, exclamava espumando pela boca: – Eu vou pegar um revólver e sair por aí matando tudo quanto for bandido que encontrar na minha frente.

As outras testemunhas, vendo o homem assim exaltado e com os olhos esbugalhados, pediam insistentemente:

– Oh!... Lourival, fala baixo, fala baixo se não vão te levar preso...

– Porquê? Porque vão me levar preso, se não prendem os bandidos? Vão levar-me preso por dizer as verdades?... Que levem. Que levem...

– Vamos embora – disse João Neves. – Vamos embora, que as coisas podem ficar feias!...

Pegaram Lourival pelo braço e o arrastaram até ao pátio do estacionamento das viaturas. Depois de conseguirem acalmá-lo, foram todos embora.

Duarte não era dessas pessoas vingativas, porém estava convicto do desinteresse das autoridades em prender o assassino do pai e isto causava-lhe certa revolta, repugnância e desespero. Então pensava: se fosse um figurão do Estado, um deputado, um juiz, um coronel, um capitão do exército ou mesmo um delegado, na certa o assassino já estaria trancafiado. Mas como se tratava de Fernando Guedes, operário, taberneiro, português, nem davam bola para deter o matador. Mas isto não poderia ficar assim. Ele mesmo iria encarregar-se de procurar o perverso bandido. Iria começar a fazer investigações por conta própria, até encontrar o esconderijo do miserável meliante. Não restava outra alternativa, caso quisesse ver o marginal atrás das grades.

Assim, Duarte tomou a firme decisão de não dar trégua ao refinado bandido, enquanto não o visse preso e punido e, para tanto, começou a trabalhar na investigação do caso.

Numa das vezes que fora à delegacia lá encontrara um outro seu contemporâneo do Colégio José Clemente. Era escrevente, e estava lotado na mesma equipe do investigador Rubens Gonzales. Depois de bater um papo com o ex-companheiro de escola, indagou a este se ele sabia como ou em que pé estava a detenção do assassino de seu pai. Foi quando Fábio lhe disse que os investigadores que trabalhavam no caso nada tinham feito, porque, no dizer deles, a família da vítima não havia se interessado pelo caso.

Indignado com esta informação, Duarte respondeu ao escrevente:

– Que querem os investigadores dizer com isso, da família da vítima, não ter interesse no caso?

– Olha, Duarte! Para ser franco, eu também não sei o que os investigadores querem.

– Mas você não desconfia? – disse Duarte, encolerizado.

– Bem cá entre nós, e que ninguém nos ouça, desconfiar eu desconfio. Mas nada posso adiantar. Entendeu?

– Ah, entendi... – respondeu o universitário. E prosseguindo a conversa, Duarte narrou ao escrevente que conhecia o caráter de Rubens Gonzales, e, por extensão, o que deveriam ser os seus outros colegas. Assim sendo, nunca poderia esperar muita coisa daquela gente. Se é que se pode chamar a isso de gente – acrescentou.

Aí Fábio apressou-se a dizer que concordava com Duarte, pelo juízo formulado, tendo em vista saber de algumas falcatruas armadas pela equipe de Rubens.

Aquela troca de ideias levou Duarte a pedir ao escrevente se este não o ajudaria a prender o bandido. Prontamente, Fábio se pôs à disposição, para o que o ex-colega de colégio quisesse. Então ficou combinado que Duarte iria localizar Nenê, e Fábio na delegacia conseguiria uma outra turma de investigadores para prender o famigerado criminoso.

Alguns dias haviam decorrido, e quando o universitário ia atravessando a praça do Rink, viu Nenê também atravessando a Rua XV de Novembro. Pôs-se no seu encalço. E à distância o foi seguindo. O meliante pegou a rua Aureliano Leal, em direção à Andrade Neves. Atravessou esta, e entrou num boteco ali existente. Sempre à distância, Duarte observava o crioulo. Quando este entrou, apertou a mão de um outro, que estava encostado ao balcão tomando alguma coisa que de longe não dava para divisar.

Duarte correu a um telefone público. Telefonou para a Delegacia. Mandou chamar Fábio e contou-lhe onde estava e que o celerado se encontrava sob suas vistas num bar assim e assado etc. Se ele poderia mandar urgente uma viatura policial para o prender! Fábio disse que iria tentar, mas que não era certeza ter ali alguém para fazer esse serviço assim tão rapidamente. Duarte irritou-se e disse: – Ô, porra, porque é tudo tão difícil para prender um bandido?!

– É que realmente não sei se tem alguma viatura disponível! – disse Fábio do outro lado da linha.

– Se fosse para prender um estudante, um operário ou um chefe de família, por discordar da política do Governo, vocês arrumavam logo uma viatura! – disse o estudante com voz alterada.

– Bem, vou ver o que posso fazer. Mas fica aí para dar a dica aos investigadores, O.K.?

– Tudo bem! Vou esperar! Olha, em última instância, eu mesmo vou segurar o cara aqui. Certo?...

– Certo. Eu vou aí também com a equipe.

– Ótimo! Estou esperando.

Os crioulos continuavam esvaziando os copos. Os minutos iam passando corridos e angustiantes para o estudante. A viatura não chegava. Duarte encostara-se quase à porta do bar. Por causa da barba o bandido não o reconhecera. O estudante olhava ansiosamente para um lado e para outro, e nada de vir a polícia. Foi-se chegando mais, estava a dois passos do bandido, tinha ganas de o estrangular. Começara a ficar nervoso e nada de aparecer a polícia. Vira o colega de Nenê tirar o dinheiro para pagar a conta, estavam prestes a ir embora.

E agora, o que fazer? – pensava consigo. A polícia não aparecia, os segundos agora já lhe pareciam minutos. Deixaria o famigerado ir embora ou agarrá-lo-ia até a polícia chegar? Não, ir embora ele não ia. Agarrava-o e rolariam os dois ali na calçada, mas ele não podia deixá-lo escapar. Desse no que desse, ou agora ou nunca... A polícia não chegava e os dois crioulos já estavam com o pé na rua, despediam-se, um ia para um lado da rua, o outro ia em sentido contrário. Duarte deixou-os despedirem-se. Já haviam dado uns vinte passos cada um, e a esta distância, pela quantidade de transeuntes, os meliantes não mais se podiam comunicar. Foi neste momento que Duarte, pegou Nenê pelo braço direito e disse:

– Considere-se preso.

O crioulinho levantou o olhar para cima, viu aquele homenzarrão de barbas escuras, alto e forte, baixou a cabeça, ainda tentou levar a mão à cintura, onde portava um revólver *WestSmith* calibre 32 cromado, mas Duarte, mais ligeiro e forte, torceu-lhe o braço levando-o às costas, e assim o foi carregando até mais perto do bar. Encostou-o contra a parede e gritou para o dono do bar para ligar à delegacia e saber se a viatura já tinha saído. Mas não foi preciso, pois a sirene acabava de anunciar a chegada da polícia.

Desceram quatro investigadores num rapelão, com Fábio à frente, apontando para onde Duarte segurava Nenê contra à parede e exclamando:

– Rapaz foi difícil conseguir convencer esta gente da emergência deste caso. Se não fosse por você, teria deixado esse cachorro solto. O pessoal não quer nada! – exclamou, agoniado.

– De qualquer forma, agradeço o teu empenho. Oh, Fábio, muito obrigado – disse Duarte, entregando o preso aos investigadores.

Depois, com o bandido já algemado, a viatura policial saiu numa disparada louca, tocando a sirene, enquanto Duarte voltava para casa, a dar a notícia à mãe.

* * *

Os três anos que ainda faltavam para se formar, decorreram lentos e melancólicos. Várias vezes fora detido como ativista político dos movimentos estudantis, organizados contra a ditadura militar. Finalmente conseguira formar-se. O tão almejado diploma, perseguido com tanta insistência, viera mesmo contra a vontade de muita gente.

O Natal estava próximo, e, como sempre depois do passamento de Fernando, o Natal dos Guedes era pacato, silencioso e triste. Os dias festivos, que deveriam ser normalmente alegres, ao contrário, eram os mais tristes e aborrecidos para Leonor. Os Silveiras invariavelmente os mandavam convidar para passar lá em casa, como outrora. D. Júlia sempre dizia:

– Venha lá pra casa! Venham!... É uma alegria para mim e para Germinal! Ao menos, nós nos distraimos um pouco.

Naquele ano Germinal fez questão de passar em casa dos Guedes para convidá-los pessoalmente. Afinal, Duarte formara-se, era agora Doutor. E o bom amigo de sempre, sabendo da dor que afligia toda a família, fez questão de ir pessoalmente à casa dos Guedes. Estava ali, como amigo que era, para passarem a noite de Natal juntos. Mas Leonor, muito triste, dizia:

– Oh! Sr. Germinal! Como eu lhe agradeço a lembrança, mas justamente nestes dias é que me lembro mais do meu marido, e, ir para lá com tristezas, não vale a pena! Não acha?...

– Olhe, D. Leonor! Creia que eu e minha mãe fazíamos muito gosto de tê-los conosco na ceia de Natal.

– Eu sei disso – disse Leonor, um tanto constrangida.

Mas quem sabe se no Ano-Novo nós vamos!

– Bem, se resolverem ir, é com muito gosto que os receberemos – disse Germinal, já se retirando.

Duarte também não manifestara ter vontade de sair de casa. Até a namorada o convidara para passar a noite da missa do galo lá em casa, mas ele não queria deixar a mãe sozinha. Afinal, esses dias sempre traziam muitas lembranças... e depois, estava estudando o processo do assassinato do pai, e como era o primeiro júri de que ia participar, queria estar bem preparado para ver se conseguia a pena máxima para o assassino. Que desculpasse o Sr. Germinal, mas este Natal não era possível... Infelizmente neste ano que não contassem com eles. E o velho amigo Germinal, já na rua, desejou aos Guedes um bom Natal. Meteu-se no carro e foi-se embora.

Duarte e Leonor, à porta, abanaram as mãos ao amigo em sinal de despedida; depois cada um foi aos seus afazeres. Leonor voltara para trás do balcão e Duarte, como houvera falado a Germinal, estava estudando o processo da morte do pai.

Com efeito, o julgamento estava marcado para a segunda quinzena de fevereiro, depois do retorno das férias forenses. E Duarte, consciente da sua responsabilidade, agora já como advogado de acusação, matutava como deveria persuadir os membros do júri, para que o libelo tivesse como desfecho a pena máxima. A esta ideia estabelecia uma concordância íntima, que havia longos anos carregava na imaginação entre ele e os jurados, onde diálogos eficazes e vigorosamente bem urdidos, deveriam mostrar muita habilidade e firmeza, ao pedir para o assassino a pena máxima. E coçando a testa, como querendo que os pensamentos lhe brotassem da fronte, rebuscava ainda outros assuntos para pô-los em prática no dia da audiência, quando a mãe, taciturna e cautelosamente, abriu a porta do quarto, para lhe avisar que estava ali D. Lourdes, teimando em querer lhe falar.

– D. Lourdes? – Murmurou com os olhos extasiados de admiração.

– Sim, ela mesmo! – respondeu a mãe.

– Ora, valha-me Deus – disse o rapaz – que maçada! Mas que quer ela?...

– Não sei! Ela diz querer falar contigo...

O advogado ainda hesitou um pouco, se iria ou não falar com a mãe do famigerado assassino de seu pai. Mas depois, num gesto de generosidade e clara razão viu ser a mãe de Nenê também uma vítima do próprio filho. Decidiu ir ao seu encontro.

D. Lourdes estava sentada num escabelo, com um dos cotovelos apoiado na mesa, e com a mão virada para cima sustentava o queixo, ao mesmo tempo que segurava a face magra e enrugada, quase cadavérica.

Assim que viu o rapaz, levantou-se e, com voz angustiante e lágrimas nos olhos, exclamou: – Ai, Duarte, meu filho!... É como se fosse meu filho – dizia a pobre mulher. Não deixe o meu Nenê na cadeia toda a vida... pelo amor de Deus! Faça alguma coisa por ele. Faça isso por mim e pela alma do seu pai, coitadinho... que Deus o tenha em bom lugar! Salve o meu filho! Não deixe que o maltratem – dizia numa lamúria incessante e comovente, sempre chorando.

Duarte, bastante comovido e atônito, não sabia o que dizer. Leonor, atrás do filho, também sentia as lágrimas lhe brotarem dos olhos só em ver a aflição da pobre mãe em prantos e súplicas. Também Duarte, ante tanta tristeza e choro de Lourdes evocando misericórdia para o filho, ficou com os olhos rasos de lágrimas. Então, baixando a cabeça como se a tivesse colocado entre o "cepo" e o cutelo, comovido e vergado pelo sofrimento aparente estampado no rosto de D. Lourdes, sussurrando, exclamou:

– Vamos ver, D. Lourdes! Vamos ver o que se pode fazer... ele não merece que eu faça nada por ele, mas pela senhora... vamos ver! – disse com a cabeça pendida.

O peito da senil senhora arfava. Arfava como se fosse um fole de ferreiro. Sentia em todo seu ser, em suas entranhas, uma espécie de culpa, um sentimento de culpabilidade, pelos atos ignóbeis e malvados praticados pelo filho, e, como querendo redimir-se deste pecado, ali se vinha prostrar diante de uma das muitas vítimas do fruto do seu ventre, a resgatar o penhor de tais crimes. A voz tremia-lhe e, balbuciando palavras a esmo, dizia:

– Ai, Duarte! Deus guarde a alma de seu pai!... Deus proteja você!... Tire meu filho da cadeia, salve o meu Nenê... – E arquejante, como se quisesse sorver todo o ar do Universo, abriu muito a boca, e, com os braços já pendidos para trás, caiu sem dar mais um "ai".

Duarte, instintivamente, tentou erguê-la, mas o corpo mole e sem forças caiu novamente ao chão, como se fosse um fardo de massa inerte. Uma síncope fulminante parou subitamente os movimentos do seu coração, e uma espuma amarelada saía-lhe pelos cantos da boca, transformando-se depois em pequenas gotas que escorriam pelo pescoço.

Rapidamente uma ambulância fora requisitada, a fim de transportar a vítima, num último esforço e esperança de salvação. Mas era tarde!

Paradoxalmente, mais uma vez o armazém fora palco de um lamentável acidente mortal. Em tão escasso lapso de tempo, duas mortes ali tinham ocorrido. E quão diferentes houveram sido as circunstâncias daqueles passamentos! Assistira-se primeiramente a um assassinato, frio e traiçoeiro, de um chefe de família exemplar, trabalhador e honesto, por meliantes vorazes e sequiosos de sangue. Alguns meses após, assistia-se à morte de uma mãe que, mesmo não tendo muita percepção do mundo exterior e para si inteligível que a rodeava, sentia no seu coração o pulsar do amor de mãe, vindo ao mesmo lugar onde o filho perverso assassinara barbaramente o pai daquele que ainda traz o coração a sangrar de dor, pedir-lhe clemência para o criminoso. Assim, D. Lourdes pagara com a própria vida o alto preço por haver gerado um filho tão velhaco, ignóbil e traiçoeiro.

XI

Os últimos dias do ano transcorreram lentos e tristes. Um ano novo surgira. Novas esperanças, novos horizontes, novas perspectivas, enfim... um novo alento de vida. Lentamente também se aproximava o dia marcado para o julgamento dos assassinos de Fernando Guedes.

Duarte trabalhara árdua e incessantemente, estudando o processo em que fora vítima seu pai. Apesar de ser o primeiro júri em que iria funcionar como advogado de acusação, achava-se bem preparado, e esmiuçava em detalhes uma ideia fixa: como deveria convencer os jurados a condenarem os verdugos de seu genitor à pena máxima. Lembrara-se então aquilo que quase prometera a D. Lourdes, quando esta lhe veio pedir por tudo quanto era mais sagrado em ajudar o seu filho. Mas a pobre de Deus, naquela angústia, naquele desespero ali mesmo morrera, ali mesmo sucumbira. Ficara pensativo e acabrunhado, e, através dum suspiro profundo e longo, reconsiderou toda a tristeza de sua mãe, ainda tão jovem e cheia de desgostos, por culpa e obra de malvados e patifes desclassificados. E com redobradas energias, operava surdamente como deveria proceder para que o libelo proferido pelo juiz alcançasse a pena maior. Ainda mais, que Nenê havia confessado entre outros crimes, ser partícipe na morte do Sr. Manuel do armazém. Era bem verdade não ter sido ele quem disparara a arma que atingira o comerciante, mas tinha sido ele quem fornecera todos os detalhes e costumes do pacato e bom homem de negócios. Era desde logo imperativo que tais malandros e malfeitores tivessem o castigo que mereciam.

Com efeito, no dia marcado para a audiência, estando o processo devidamente formalizado como determinava a lei, com as circunstâncias do crime devidamente qualificadas, e a classificação do delito verificado pelo Ministério Público, o Juiz abriu a sessão.

A audiência foi muito extensa, pois a inquirição das testemunhas, os depoimentos dos réus e outras formalidades, foram arrastando a instrução por horas e horas a fio.

A defesa da vítima, e logo a acusação dos réus, começaram altas horas da noite. Chovia e estava uma noite horripilante, escura e medonha, com fortes rajadas de vento, muitos relâmpagos e trovões impressionantes, rugindo furiosos e estourando, ora mais perto, ora mais longe do recinto onde se encontrava o tribunal do júri. Então, Duarte com voz possante, sonora e firme, começou por narrar os fatos e denunciar a grande farsa dos réus, quando estes negavam a sua participação no homícídio. E com a voz alterada, apontava para o lugar onde estavam sentados os famigerados dizendo:

– Estes homens, estes homens, meus senhores, que já têm um grande débito com a sociedade; que carregam vários homicídios sobre seus ombros; e que têm o despudor de negar perante este júri o hediondo crime que praticaram, certamente não, têm consciência! Certamente também não têm coração! E se têm deve por certo ser este mais negro que a noite que se abate lá fora. Assim, sempre em soberbos lances de eloquência, Duarte fora convencendo os membros do Júri à condenação dos réus. Lá pelas cinco da madrugada, e com um bonito sol raiando, pois a tempestade se fora, e uma linda e suave manhã florida substituía a furiosa tempestade da noite, Duarte arrematou a acusação da seguinte forma:

– Ante tanta hipocrisia; ante tanta hediondez; ante tanto despudor, não queria eu que o Rei dos astros, com o seu esplendor, com a beleza desta reluzente manhã, fosse testemunha de tão abjeto espetáculo! E, peremptoriamente, recusava-se a aceitar que o Sol fosse testemunha e tivesse de corar envergonhado diante de tanta vileza e peçonhento despudor. Conclamava então os jurados a que recebessem a sua mensagem tal qual recebiam aquela manhã limpa e pura, como límpidas e puras deveriam estar as suas consciências: que se não deixassem ludibriar pela sordidez de espíritos doentios e torpes, como aqueles que ali estavam à sua frente. E, finalmente, que os raios solares que começavam a penetrar pelas vidraças, iluminassem os espíritos dos jurados, enxotando os fantasmas tenebrosos da noite, oportuna somente para os vermes corroedores e maléficos da sociedade, dela banindo-os e encurralando-os atrás das grades...

– A justiça deve prevalecer, meus amigos! Pois bem! Se a justiça prevalece e se alguma dúvida ainda paira nos vossos espíritos, ou se alguma opinião hesitante, ainda não convincente, os assaltar para a condenação dos réus... deve esta falta de livre convencimento se extinguir! Devem estas opiniões hesitantes ser demovidas e clareadas à exata medida em que a luz do dia penetra neste espaço! Por fim, senhores! Por fim... sejamos justos, condenemos os réus! Mas condenemos de acordo com vossas consciências... condenemos os réus de acordo com os crimes que aqui e agora julgamos... Condenemos os réus conforme a lei determina, acima de tudo! Quero, por derradeiro, apelar para a vossa razão de pais, de filhos ou de esposos que deveis ser! Para que, de acordo com essa mesma razão, condeneis gente tão impiedosa e vil às mais duras penas da nossa lei, e os encarcereis para sempre nas masmorras escuras e tenebrosas, iguais à noite que acaba de fugir!...

Depois, foi a vez da defesa falar. Entretanto, os advogados dos réus, medíocres e incapazes, quase nada disseram, mesmo porque a defesa tornara-se quase impossível, dada a retórica apresentada por Duarte.

Na sala e nos corredores, todos comentavam o magnífico trabalho da acusação, feito pelo advogado novinho como Duarte ficara conhecido. Então, em breves e curtos comentários, só se ouvia dizer:

– A acusação esteve surpreendente! Faustosa! Uma verdadeira obra de arte! Eloquente! Simplesmente admirável! Suntuosa! – Diziam uns. Uma glória! Uma verdadeira obra-prima! Diziam outros... Veja só!... Um rapaz ainda tão novinho, já com uma bagagem jurídica desse tamanho!. – Complementavam outros. E algumas frases mais significativas ditas dentro do discurso, eram decoradas e repetidas constantemente. Então, Duarte era comparado aos maiores criminalistas do Rio de Janeiro, e alguém afoitava: – nem mestre Celso Hungria faria melhor! Era um delírio, era a apoteose, era finalmente uma sensação em matéria de Direito Criminal.

Por fim veio o veredicto. O Júri condenou por unanimidade os réus. E o Juiz, com fundamento na lei, deu o seu libelo, condenando os réus à pena máxima.

Duarte era agora conhecido por quase toda a cidade como o rapaz brilhante e inteligente que tinha funcionado como advogado e colocado os bandidos matadores de seu pai atrás das grades. Uma grande parte da população de Niterói, logo o credenciou como o melhor criminalista da capital fluminense. Este triunfo esta euforia, esta onda passou tão ligeiramente e rápida como fumaça que se esvai no ar... e, enquanto durava este devaneio, o pensamento de Duarte esvoaçava em delirantes e quiméricos aluviões de glória. Via-se então, com um grande e luxuoso escritório montado na avenida Rio Branco, em pleno centro do Rio de Janeiro, onde afluíam os casos mais escabrosos e ruidosos do mundo do crime da cidade maravilhosa. E ele, em grandes e triunfais lances de profícua inteligência, ora defendendo, ora acusando, ia ganhando fama e prestígio dentro do conceito da justiça carioca.

Porém, logo estes sonhos se desfizeram, e caiu na realidade. Como querendo abafar esta utopia, uma ideia vaga e triste substituiu este estado eufórico e lhe invadiu a alma... Então, ruminando entre os seus pensamentos, procurava antever qual seria a melhor forma e caminho a seguir para simplesmente advogar. Levantando-se do sofá onde estava estirado (com os olhos fitos num livro aberto), pensava nos milhares de presos políticos aos quais poderia oferecer os seus serviços profissionais, mesmo sabendo, em alguns casos, ter de funcionar gratuitamente. Era um caminho. Era talvez uma oportunidade... Quem sabe!... Quem poderia dizer se não estava ali aberta uma vereda para ele percorrer uma carreira que tanto perseguira! Que tanto almejava!... Mas como começar?... Como iniciar?... Eis aí a chave do grande enigma de todas as vidas... Estaria ali o início do seu grande desafio?... E, na impaciência destas primeiras dificuldades e de um emaranhado de malhas tão complicadas, acabou até por se revoltar com a sua própria ambição:

– Puta vida!... Porquê tanta coisa para simplesmente viver? – Afinal, tinha tirado um curso! – Talvez, se não tivesse estudado, não tivesse percepção do mundo-cão que o rodeava... Mas estudara... e agora, tinha de honra, o diploma adquirido com tanto sacrifício e persistência! Seu pai, se vivo, orgulhar-se-ia de vê-lo assim formado e capaz para enfrentar a vida... E demais a mais o homem deve ter ambições. Não seria impossível ele ter escritório na Avenida Rio Branco. O que deveria fazer para isso, era trabalhar... e graças a Deus, força de vontade para trabalhar, inteligência e capacidade não lhe faltava, não!

As dificuldades enrijessem os espíritos, e não seriam quaisquer dificuldades de princípio que demoveriam as suas ambições de jovem e sonhador advogado.

A noite caía vagarosa, o crepúsculo do anoitecer entrava pelo quarto, e com ele uma melancolia desolada invadia-lhe a alma, quando a mãe o veio tirar daquela solidão:

– Queres que te apronte o jantar? – perguntou.

– Não, mãe, não estou com fome! – disse Duarte.

– Como não estás com fome? Já não almoçaste e agora não tens vontade de jantar! Porquê?

– Não sei!... Simplesmente não tenho fome...

– Mas precisas alimentar-te filho – disse Leonor.

– Não se preocupe! Não vou morrer só por não comer um dia.

– Não se trata de morrer ou viver! – exclamou Leonor trata-se apenas de te alimentares e varrer do teu espírito essa melancolia surda. – E continuando, Leonor ia falando com ar suplicante:

– Oh, filho! Tu és tudo para mim. És a única coisa que me prende a este mundo ingrato... Sabes quantas e quantas lágrimas tenho vertido nestes últimos anos e, em tão curta vida, de quantas decepções e tristezas tenho sido vítima... por isso não fiques também assim tão triste, pois essa mágoa tua, é também minha! – E abraçada ao filho, com a cabeça no seu peito, chorou.

Duarte, carinhosamente, afagou os cabelos da mãe e enternecido – disse:

– Não se desespere, mãe! Tenha fé em mim! Tenha fé em Deus! Nós havemos de superar todas estas nossas mágoas. E perguntou? – Que temos para jantar?...

– O de costume – respondeu a mãe com afeto, limpando as lágrimas com um lenço muito alvo, tirado do bolso do avental.

O curso de Direito concluído a duras penas, representava muito para o jovem Duarte. O seu sonho de montar escritório, ficava por agora, apenas no sonho. Assim, no silêncio da sua tristeza, como havia pensado antes, percorria agora os presídios onde estavam os detidos políticos, a propor-lhes os seus serviços advocatícios. Como previra, uma grande parte dos encarcerados eram operários, e as famílias não dispunham de verbas para custear os processos. Mesmo assim, o jovem Duarte assistia aos menos afortunados. Alguns, porém, podiam pagar. Então ia desta maneira contrabalançando o seu início de carreira profissional.

Já tinha vários processos em andamento, alguns até muito bem fundamentados e tudo levava a crer terem êxito, naturalmente derivado dos seus conhecimentos e pela falta de tipicidade dos crimes imputados aos seus clientes. Evocava sempre o direito de liberdade de expressão e pensamento, e na defesa dos direitos humanos, (de cuja Declaração o Brasil fora signatário no tratado de Genebra), agora aviltados e envilecidos pelas autoridades detentoras do poder. Assim, como outrora sonhara, ia angariando fama de bom advogado.

O ardor e a veemência dedicada ao seu trabalho quotidiano, ora acusando os atos arbitrários das autoridades, desmascarando o embuste e cinismo destas para condenar infelizes inocentes, sem culpa formal, a penas desumanas e amargas, deixava-as coléricas e irritadas. Até alguns militares insinuavam que, mais tarde ou mais cedo, talvez ele fosse perquirido, pela irreverência e atrevimento de criticá-las, pois no seu entender, quem ditava as regras era o Governo da revolução, e advogadozinhos de meia tigela, tinham a petulância de criticar os atos dos chefes supremos do Governo! Quanto aos seus inimigos, o lugar era atrás das grades, por se rebelarem e ofenderem a moral dos que agora governavam... e demais a mais, lugar de comunistas, era na cadeia. Por isso, os chefes militares advertiam todos aqueles que, de qualquer maneira, investiam contra as novas instituições e seus atos, quer fosse através de artigos nos jornais, declarações feitas pelas rádios, através de petições, ou outras manifestações escritas ou faladas.

Mas o jovem advogado, com toda a impetuosidade, seguia o seu trabalho diuturnamente, sem se importar com as ameaças, e, cheio de idealismo doutrinário aprendido na faculdade, com persistência, sempre que se oferecia uma oportunidade de denunciar os atos de vandalismo e barbarismo praticados nas horripilantes masmorras das prisões, vinha a público denunciá-las.

As prerrogativas das imunidades que gozava como advogado permitiam-lhe poder assim falar ou escrever, então não eram uns meganhas quaisquer que o atemorizavam. – dizia, com certa altivez, a Clara, numa conversa informal. Muitas vezes já fora detido! Mas naquela oportunidade, não gozava das vantagens de ser Bacharel em Direito. Agora duvido que esses ursos me detenham! – exclamava com certa verbosidade.

Clara ouvia resignadamente aquela briga pessoal e furiosa que Duarte carregava consigo, desde longa data, contra os chefes militares. E, quase implorando ao namorado, pedia para moderar o linguajar contra inimigos tão poderosos. E dizia:

– Oh, meu amor, seja mais prudente!... Você não vê que eles mandam em tudo... É só eles quererem, prendem você outra vez! Pense nisso... Pense em sua mãe! Pense em mim! Pense em você! Pense bem...

Duarte, passando a mão direita pelas belas barbas, acariciando-as, como se delas quisesse arrancar algum pensamento, disse comovido, com gravidade e ternura ao mesmo tempo:

– Olha, Clara! Se não fosse por você, pela minha mãe e por estes infelizes que estou lutando nos tribunais, eu já teria cometido uma loucura...

– Não, meu amor! Não pense em coisas más... Você tem todo um futuro pela frente, não se deixe envolver tanto pela política! Prometa para mim! Prometa que vai moderar esse seu azedume contra os militares! Prometa...

– Eu não vou prometer uma coisa que não posso cumprir, Clara! – respondeu Duarte com a voz alterada. – E ademais, tenho fortes razões para detestar esses meganhas!... Por isso não me obrigue a prometer aquilo que não posso! Certo?... disse com certa amargura.

Clara, vendo o nervosismo do namorado, tentou remediar este incidente respondendo:

– Tudo bem, meu amor! Tudo bem... Não vamos brigar por isso... Eu só queria ver você fora desses problemas de...

– De política, não é? – exclamou o namorado. – Pois saiba que enquanto os militares estiverem no poder, eles terão em mim o inimigo número um. Mas depois, vendo a namorada triste e abatida, sussurou-lhe: – Deixe esses problemas só pra mim, não se envolva... Certo?

As comemorações do dia da independência do ano de 1968, já programadas, tiveram de repente um incidente histórico. O Deputado Márcio Moreira Alves, num brilhante discurso na Assembleia Legislativa, incitou as populações a boicotar os desfiles militares a realizarem-se em todo o país.

Era Presidente da República o Marechal Costa e Silva. O Presidente, sob o pretexto deste discurso, decretou o Ato Institucional n.º 5.

A violência do Al-5 foi tão bárbara e tão ultrajante os seus poderes e efeitos tão ilimitados e arbitrários, que o Presidente da República podia, através deste decreto intervir por tempo indeterminado e ilimitado no Congresso Nacional; nas Assembleias Legislativas Estaduais; nas Câmaras Municipais; enfim... decretar intervenção Federal nos Estados e nos Municípios; suspender direitos políticos de qualquer cidadão até por dez anos; cassar mandatos eletivos federais, estaduais e municipais; demitir ou aposentar (a seu livre alvedrio) funcionários públicos ou de empresas de economia mista; Juízes e ministros; decretar estado de sítio e prorrogá-lo por tempo indeterminado etc., etc. Cassou a garantia do *habeas corpus* e, finalmente, a qualquer pessoa atingida pelo AI-5, lhe era defeso o direito de reclamar na Justiça.

Logo após ser promulgado o Decreto-Lei, fechou-se o Congresso Nacional.

Duarte mal havia iniciado a sua carreira de advogado. E tendo na sua grande maioria causas de ordem política, viu-se de repente atingido pelo Decreto. Os milicos já o traziam na mira e como o houvessem ameaçado certa feita, consumavam agora aquelas suas ameaças, revertendo-as em atos.

O golpe foi brutal, desolador e intolerável. E agora?!... Qual o caminho a seguir?!... Que sorte o esperava?! E o pior de tudo é que perdera as imunidades adquiridas com o seu curso de bacharelato, e com elas aquele velho sonho acalentado durante muitos e muitos anos de lutas e sacrifícios de se tornar um político ou então seguir a carreira do magistério.

A mãe e a namorada também sofreram muitíssimo com o doloroso e duro golpe desta situação infeliz, pois o sonho do rapaz e o seu trabalho insano, durante alguns anos, estava agora depositado nas mãos sujas dos políticos nacionais. Por todos os meios foi tentada a sua reabilitação profissional. Os amigos mais influentes, como Germinal, Sr. João Neves, até o ex-deputado Marquezann e sua influência política, foram aliciados para tentar algo junto aos políticos. Enfim... todos aqueles que de alguma maneira tinham influência, foram ao beija-mão das autoridades militares numa última tentativa de reabilitar os direitos políticos e especialmente profissionais do jovem advogado. Mas o tempo corria e uma ansiedade infinita tomava conta do seu ser. Via os empenhos dos amigos esbarrarem em grossas e surdas portas, sem a esperança da sua reabilitação. Então, a vida se lhe tornava insípida, insignificante e sem motivação. Restava-lhe somente ajudar a mãe nas lides do velho e rústico botequim.

Haviam decorrido alguns meses após o afastamento dos afazeres jurídicos, quando, numa dessas coincidências da vida, em conversa com um amigo, arrumou um emprego num estabelecimento de ensino, para lecionar português. Uma nova oportunidade se lhe deparava, e quem sabe se daqui não se abriria uma nova porta, para entrar em contato com as classes estudantis? A princípio, encantou-o este novo *modus vivendi.*

Os dias iam fluindo numa vida pacata e desapercebida sem ser molestado pelos farejadores de contra-revolucionários. Mas, nas veias o sangue lhe fervia, uma angústia atroz tomava conta da sua alma, então muito aflita, uma repulsa constante germinava a cada momento, a cada instante, e este sentimento fixo não descortinava, como fazer para acabar com as atrocidades e barbarismos praticados pelas autoridades em nome da lei, contra a sociedade sem defesa. Então, farejando o sentimento de alguns alunos, tentava incutir-lhes em seu ânimo o germe latejante da sua insatisfação.

Muitos alunos aceitavam sem discutir a palavra do jovem professor; outros, porém (muitas vezes sem saberem discernir o que era política), indagavam inconscientes por que a política prendia e maltratava tanta gente inocente só porque era contra o Governo. Ainda havia aqueles que se insurgiam contra a pregação do professor, considerando estas conversas sobre política trazidas à classe, como sendo assuntos paralelos, em nada beneficiando os estudos.

Entre os alunos que não comungavam com as ideias do professor, alguns tinham os pais ligados umbilicalmente à revolução, e, consequentemente, às oligarquias governamentais. As insinuações constantes e as críticas ao Governo da parte do professor, eram levadas muitas vezes para o seio das famílias, e, como não podia deixar de ser, uma série de advertências foi feita ao professor pelo conselho deliberativo da escola. Esta insatisfação teve como desfecho a expulsão de Duarte do corpo docente do colégio.

Iniciou novamente a *Via-Crucis*, na perseguição de um outro emprego. Entretanto, isto tornara-se difícil, pois uma forte recessão, acompanhada de grande crise econômica, assolou a nação. Novamente o jovem advogado retornou ao bar, ajudando à mãe no que lhe era possível.

Nesta altura, também o seu relacionamento com Clara e a família desta já era precário, ainda que a moça tudo fizesse de sua parte para manter com o namorado uma amizade quente e duradoura. Era todavia ele, agora, que, vendo a impossibilidade de constituir uma família, desviava-se desses louvores. Clara tentava de todas as formas conversar com Duarte, mas não encontrava do lado do namorado receptividade. Então, aos poucos, se foi retirando. Assim os dias se tornam intermináveis, tristes e enfadonhos, e, para matar aquele tédio, ora lia algum livro, ou fazia alguns passeios a pé até a praia de Icaraí.

Certa manhã, a mãe pedira-lhe para ir ao Mercado Municipal, fazer algumas compras. Percorrendo os boxes onde deveria encontrar as mercadorias mais baratas, deu de cara-a-cara com um ex-colega de cela, quando havia sido preso, na Rua da Relação, ainda ao tempo das eleições do Diretório Acadêmico. Olharam-sc e, como se fossem atraídos pelo mesmo sentimento de liberdade, num abraço comovido e longo, ficaram assim por alguns segundos, como se fosse uma eternidade. Depois, refeitos da alegria envolvente e contagiante, começaram a prosear.

O rapaz chamava-se Célio. Célio Fernandes. Era filho de portugueses. Teria mais ou menos a mesma idade de Duarte e fazia parte de um grupo de contra-revolucionários que se reuniam duas ou três vezes por semana, num lugar camuflado, refúgio dos debates democráticos, como dizia Célio. E, desde já, convidava Duarte a uma visita sem compromisso ao esconderijo.

O lugar das reuniões, muito bem disfarçado, era uma oficina de marcenaria de um espanhol "andaluz", refugiado da ditadura de Franco. Chamava-se Agustin Narvaés. Era um desses homens polêmicos, e grande defensor da *democrácia,* como ele falava. A oficina, um barracão de madeira, ficava nos fundos de uma loja de louças e cristais na Rua Marechal Deodoro. Ali ele e mais alguns amigos tinham fundado o Centro Democrático, cujo objetivo era restituir as liberdades, de expressão e de pensamento, de ir e vir, enfim, todas as liberdades que a ditadura e o famigerado AI-5, haviam cerceado. Agustin reformava móveis usados, mas só móveis clássicos e de estilo antigo. Era um artista, como diziam seus amigos e aqueles que conheciam o seu trabalho. Metido a intelectual, defendia com unhas e dentes a *democrácia* como ele pronuncia em seu portunhol (mistura de português com espanhol). Terminado o serviço lá pelas seis horas da tarde, o espanhol mandava dar uma varrida na oficina e cedia prazerosam,ente o local para as reuniões clandestinas.

Ao despedir-se, Célio convidou Duarte pra fazer parte do Centro Democrático. Mas o ex-colega de presídio não disse que sim nem que não. Iria pensar primeiro, depois resolveria se entrava ou não; contudo, pediu o endereço, a fim de fazer uma visita de cortesia em época oportuna. E já se despedindo, Célio dizia:

– Apareça por lá, camarada! Teríamos grande honra em contar com a sua fecunda inteligência e talento nas nossas reuniões! Creia mesmo, seria uma grande honra tê-lo como companheiro de lutas. – E despedindo-se encarecia a Duarte que aparecesse.

Duarte, pensativo e cauteloso, disse:

– Vou meditar na sua proposta. Se me der vontade, qualquer dia lá apareço. Tá bom?... Mas olhe, é sem compromisso! Certo?...

– Certo – respondeu Célio, afastando-se para o lado contrário para onde Duarte se dirigia.

Depois deste encontro Duarte ficava encafuado em casa, raros eram os dias em que saía. Já não o satisfaziam as leituras, os passeios até a praia ou outro qualquer espairecimento. A mãe também sofria com a desolação do filho. Mas que podia ela fazer?... O rapaz andava tão esquisito ultimamente! Nada o distraía, nada o entusiasmava, nada o interessava, era como se o mundo tivesse prestes a terminar. Então Leonor, disfarçadamente, chorava esta mágoa que o filho carregava consigo mas reprimia este sentimento só para si, sem deixar transparecer a angústia de que era possuída.

Algumas semanas depois, após este tédio enfastiado e mórbido, Duarte lembrou-se de Célio e da conversa havida naquele dia no Mercado. Subitamente, levantou-se da cadeira onde estava sentado, como se acordasse de um profundo sono, e consigo mesmo exclamou: E se eu fosse até ao Centro Democrático!... Será que tinha reunião esta noite? Pensou mais um pouco e disse: – Vou até lá, se não tiver, não perderia nada. Daria uma volta pela cidade, desenferrujaria as pernas, ao menos!

E após acabar de jantar, disse à mãe que iria sair, talvez se demorasse um pouco.

A mãe ficou feliz quando viu o filho mais animado, mais disposto naquele dia. Recomendou-lhe cuidado e que não voltasse muito tarde, porém estava satisfeita.

No percurso da Marechal Deodoro, Duarte ia pensando nas lutas e conflitos contra a própria adversidade que ele e os companheiros teriam de enfrentar caso entrasse para o Centro Democrático. Nestes pensamentos toldados de sombras retardadas no seu espírito, oprimido como névoa obscurecedora das suas faculdades mentais, chegou finalmente ao Centro Democrático.

Tocou a campaínha. Veio atendê-lo o espanhol. Narvéez era um homem aparentando uns cinquenta anos, de vasta e armada cabeleira grisalha, rosto chupado e enrugado, bigodinho ralo e fraco, olhos muito vivos para a sua idade, alto e magro trajando calça amarela e camisa vermelha (as cores de Espanha). Grosseiramente indagou:

– Que quier usted?

Duarte, sem graça, balbuciou:

– Bem, eu venho aqui a convite de Célio.

– Quem és Célio? – perguntou o espanhol, desconfiadamente.

– Célio Fernandes!

– Mas usted conoce Célio donde?

– Ora donde conheço eu o Célio! – disse Duarte um tanto indignado com tantas perguntas. – Conheço o Célio da prisão do Rio de Janeiro.

– Bueno, hombre, bueno!... Porque no lo dissera antes! Adelante, adelante.

E Duarte, esgueirando-se por um corredor estreito e comprido, com o espanhol se explicando à sua traseira, atingiu finalmente um portão alto e largo semi-fechado. Ali era a sede do Centro Democrático. O galpão era uma construção muito rude e antiga, As paredes cobertas com uma camada leve de poeira de serragem de madeira, com alguns laivos claros, onde a poeira não grudara, tinha aspecto fúnebre e desolador. A entrada, perto do portão num pequeno escritório feito também de madeira, com alguns vidros a meia altura, onde o espanhol recebia seus clientes, podiam caber no máximo umas dez pessoas, bem apertadas, como sardinha em lata. Era onde se fazia as reuniões dos democratas, a princípio.

Quando Duarte e o espanhol chegaram, já alguns companheiros lá se encontravam. A reunião, porém, ainda não havia começado. Célio, assim que viu Duarte, correu ao seu encontro a cumprimentá-lo. Depois, pedindo um pouco de atenção aos outros colegas presentes, apresentou um seu ex-companheiro de presídio do Rio, também que ele era detentor duma das mais fecundas e nobres inteligências que ele tivera oportunidade de conhecer.

Em seguida; começou a reunião, com a pauta dos assuntos vastíssima, e que só terminou lá pelas vinte e três horas. A polícia andava farejando e prendendo os contra-revolucionários e todos aqueles que se reuniam clandestinamente. Era preciso, por isso, muito cuidado ao sair do Centro Democrático. Assim, os democratas nunca saíam juntos, mas com intervalos de cinco minutos, e qualquer movimento estranho na rua deveria logo ser comunicado aos companheiros ainda lá dentro, para não se deixarem prender.

As reuniões continuavam normalmente e o Centro Democrático, aos poucos, ia se fortalecendo e aumentando o número dos seus adeptos. Agora já se reuniam acima de duas dezenas de pessoas. O pequeno escritório de Agustin já não suportava toda aquela gente. Tiveram de adaptar um espaço na oficina para fazer as reuniões.

Numa das noites de reunião, apareceu um rapaz convidado do espanhol, como sendo um grande defensor da *democrácia*. Era o Thieres

Rodrigues. Seu pai lhe pusera este nome, em homenagem a Thieres da França.[15]

Aberta a sessão, o apresentado pelo espanhol, rapaz novo, impetuoso, dos seus vinte e poucos anos, pediu a palavra para esclarecer um assunto de suma importância... dizia ele. Depois de declinar todo o seu nome e seu currículo, com ar arrogante e filaucioso, acrescentou:

– Quero esclarecer aos camaradas, para que mais tarde não haja enganos nem frustrações a meu respeito, que sou comunista. – E encarando um a um todos os componentes da reunião, repetiu sílaba a sílaba: – Escutaram bem! Escutaram o que eu disse! Ouviram: – CO-MU-NIS-TA.

Duarte, Célio e os demais companheiros, atentos às palavras do rapaz, ficaram estupefatos com aquela confissão extemporânea e fora de sentido. Então Duarte levou as duas mãos ao rosto, esfregou os olhos e indagou:

– A que propósito nos diz isso?

– É para preveni-los dos meus ideais – respondeu Thieres ainda com o peito inflado.

Célio, muito lívido e indignado com a impavidez do recém-chegado, tomou a palavra:

– A este recinto, que nós chamamos de Centro Democrático, podem vir todos aqueles que lutem pelos ideais democráticos livres e liberais. Sejam eles comunistas, socialistas, bolchevistas, anarquistas ou outros quaisquer "istas". Só não admitimos é que nos venham aqui impor qualquer tipo de orientação a seguir, fora daquela da livre escolha dos seus governantes... entendeu o meu amigo?...

15. Thieres-Luis Adolfo: Homem público francês, chegando a ser Presidente da República. Foi jornalista e historiador. Nasceu em Marselha em 1797 e morreu em 1877.

– Entendi – disse Thieres, agora já um pouco enrubescido e sentindo que havia dado mancada.

Havia agora no rosto de cada um dos presentes uma certa tensão e surpresa ao mesmo tempo, causada pela manifestação de Thieres.

Então, Duarte levantou-se e pediu a palavra. Era a primeira vez que falava naquele lugar. No intróito, logo teceu os maiores elogios ao homônimo de Thieres, aquele da França. Lembrou que foi na França, com o iluminismo, que se iniciaram as primeiras liberdades democráticas e considerava ele que a democracia, com todos seus defeitos, ainda era a melhor forma de governar uma nação livre e soberana. E estabelecendo paralelos entre a democracia e as ditaduras despóticas cerceadoras das liberdades... e numa alusão aos países que se dizem democratas, mas onde o povo não pode escolher livremente os seus representantes, frizou:

– Aqui entre nós sabemos que existem pessoas, companheiros nossos, que aspiram substituir um Presidente da República colocado pelos militares, por um outro, colocado pelas massas operárias simplesmente... Ora, meus amigos, eu vejo nessa substituição de Presidentes, apenas a troca de um regime de força por um outro regime de força. Vale dizer: nada muda, e nós aqui estamos lutando para mudar este regime de força, para implantar em nosso país a democracia plena e justa para todos, e não só para alguns previlegiados como acontece no regime de força. E depois, a mim quer-me parecer ser a democracia o melhor sistema; o que melhor serve ao nosso país; e logo, à nação brasileira. E para terminar, quero dizer: se não é esse o motivo que nos traz aqui, peço vênia para me retirar já. Fazendo menção para abrir caminho entre os companheiros, foi todavia impedido por Célio, que estava ao pé dele.

Um pequeno tumulto se criou, depois de Duarte ter acabado de falar. Um sujeito de meia idade, gordote, de óculos grossos, baíxote, de careca lustrosa, também pediu a palavra.

Queria externar a sua opinião sobre a iminente divisão a eclodir no Centro Democrático. E com os braços cruzados, iniciou a falar sem empolgação:

– É lamentável – balbuciou. – É lamentável que entre tão poucos já estejamos tão divididos... É lamentável que até já tenhamos partidos organizados aqui dentro e estes queiram se sobrepujar a outros, até mesmo antes de chegarmos ao poder. Imaginem os senhores, quando a democracia emergir deste Estado de Exceção ora instalado em nossa pátria, quantos e quantos partidos e facções ideológicas não surgirão!... Imaginem o que vai ser a nossa democracia! E à medida que ia falando se ia empolgando, e o seu rosto se transformando, uma voz canora, uma dicção perfeita, com palavras claras e objetivas dizia: – Pois é, meus companheiros e amigos! A hora não é de cisões, não é de divisões e de divergências; não é hora de desinteligências!... Vamos caminhar juntos, unidos e coesos... só assim nós conseguiremos alcançar a democracia plena, a democracia justa, a democracia total e ideal que tanto perseguimos e pela qual muitos dos nossos irmãos têm morrido, muitos dos nossos irmãos têm sofrido! E, para finalizar, quero pedir a todos para não nos dispersarmos. Tenho dito! – concluiu.

– Muito bem! Bravo! É isso mesmo! Muito bem!... – exclamavam quase unanimente todos os companheiros, abafando ainda as últimas palavras do orador, que, mesmo dando por terminado o discurso, ainda tentava balbuciar mais algumas frases. Então, transpirando em abundância, depois da retumbante oração, limpava o rosto onde fartas gotas de suor escorriam pela face cheia e vermelha.

Era já de madrugada quando acabou a reunião. Sempre com as mesmas cautelas, os democratas foram saindo, um após outro.

Depois deste exemplo de unidade e de persistência dos menos extremados, estavam agora muito mais organizados. Havia sido eleita uma diretoria para dirigir os trabalhos, introduzindo-se inclusive um livro de atas onde os assuntos discutidos deveriam ter seu assento para efeito de história, posto que não tinha validade por não haver sido registrado nenhum documento de ordem oficial, por ser o movimento clandestino. Era todavia necessário algum registro para discussões futuras.

O espanhol fizera uma divisão removível e uns bancos compridos, onde os membros do Centro assistiam às reuniões. Uma escrivaninha velha servia como mesa de honra, onde o Presidente e o Secretário dirigiam os trabalhos.

Tinham sido eleitos para Presidente um ex-oficial das Forças Armadas, aposentado compulsoriamente pela revolução, e, para Secretário, Célio Fernandes. O Presidente, um desses poucos militares com vocação democrática, tinha os seus passos firmes e inconfundíveis, que nenhum civil saberia imitar. Pertencera ao movimento revolucionário de 1930, ao lado de Juarez Távora, e em São Paulo sempre defendera a democracia com todas suas forças. Eis aí um singelo retrato do ex-Coronel Otto José de Sousa.

Numa das reuniões, o Secretário lia a ata da reunião anterior, onde relatava uma confusão de uns panfletos apreendidos pelas autoridades, cuja procedência estas estavam apurando, sendo notório que mais tarde ou mais cedo, os militares viessem a descobrir quem teria mandado imprimir tais documentos. A ata, muito extensa e confusa, tornara-se monótona. Duarte escutava a leitura imóvel: uma inércia afrouxava-lhe os músculos num relaxamento e fadiga. No mesmo banco, encostado à parede, encontrava-se sentado o sujeito que houvera feito aquele inflamado discurso. Dormia a sono solto e roncava alto. O coronel, escutando o homem assim a roncar, fez sinal para o acordarem.

Um rapaz aparentando uns vinte e poucos anos, trazido por Célio ao Centro Democrático, se acercou do homenzinho de óculos grossos e colou nas lentes dos óculos dois pedaços de papel de seda brancos, e, ao invés de o acordar discretamente, com outro pedaço de papel, começou a esfregá-lo levemente pelo nariz. O homemzinho, sentindo aquela coceira, ainda sonolento, passava a mão, como querendo afastar algo impertinente. Mas, de repente, acordou, esfregou os olhos por baixo dos óculos, e, quando abriu os olhos, só via aquela coisa branca à sua frente! Deu um berro e, aos gritos, dizia:

– Estou cego ... Acudam-me, estou cego!... Ai, meu Deus, estou perdido!...

Uma grande e geral gargalhada até então contida na garganta de cada um rompeu o silêncio sepulcral.

O coronel, impávido e carismático, pousou um olhar repreendedor no rapaz e nos mais próximos do homenzinho. Célio, cético, interrompeu a leitura, e o retinir da campainha chamou a atenção para a algazarra ali formada. Estabelecida a serenidade, foi lida a ata até seu final.

As reuniões prosseguiam. Duarte, agora mais interessado, buscava no fundo da sua imaginação um meio de desbancar os milicos do poder. Debalde. As Forças Armadas e serviço de informações, mais ativos que nunca, vasculhavam a vida de todos quantos já tivessem passagem pela polícia ou de alguma atividades políticas. O Serviço Nacional de Informações era quase perfeito, e à medida que aparecia um aparelho contra-revolucionário, lá estava um batalhão para o desarticular.

Até houve uma denúncia na Câmara dos Deputados, antes desta ser encerrada, relatando que, provavelmente, oficiais da Aeronáutica pretenderiam utilizar o PARA-SAR, unidade de busca e salvamento da FAB, em missões de extermínio de vários líderes políticos, estudantis e sindicais. Essa missão consistiria em verdadeiros massacres de vidas humanas. Para tanto, seria necessário sequestrar esses líderes, metendo-os em aviões, e depois jogá-los em alto-mar, onde fosse totalmente impossível serem salvos, ou até mesmo estes virem dar à costa, vivos ou mortos.

Mas quando o Coronel punha em discussão em plenário, para aprovação, a mudança – de lugar ou não das reuniões, nova, verbosa e quente discussão, rebentou entre os membros do Centro Democrático.

Um dos mais novos membros, um homem de cor, dos seus trinta anos, operário dos estaleiros da Ponta da Areia, começou a dizer que era muito arriscado sairem dali, porquanto os lugares indicados não ofereciam segurança e...

Mas Célio não deixou o homem concluir o seu pensamento, dizendo desde logo não concordar com o homem de cor, pois o risco que corriam ali ou noutro lugar era o mesmo. Ainda mais... Digo ainda mais... Aqui já tem gente da polícia que sabe que nos reunimos... Um outro tumulto se formou.

O coronel pediu calma. E com a sua voz grossa e vibrante dizia:

– Calma, meus amigos, calma. Um de cada vez, por favor!...

Thieres levantou-se e pediu a palavra. O coronel concedeu-lhe.

Thieres, com a sua petulância, ao mesmo que indagava, afirmava aos companheiros com as seguintes frases já decoradas:

– A verdade, meus amigos... a verdade, a grande verdade, é que estamos aqui reunidos clandestinamente, conspirando contra o Governo. Muito bem. Pergunto eu: Quem nos diz a nós – Repetiu – quem nos diz a nós... que se formos nos reunir num outro lugar, não seremos delatados?... Quem garante isso?... Quem... Respondam!...

O Presidente, vendo os olhares intuitivos e aflitos de todos os companheiros, levantou-se e disse:

– Muito bem meus senhores! Muito bem... Eu ainda sou o Presidente, e como tal, tenho o dever de informá-los qual o motivo que nos leva a pensar porque devemos mudar de lugar. E continuando, articulava, os motivos da mudança.

– Em primeiro lugar, quero dizer que o que nos leva a mudar daqui é um pouco a falta de espaço para acolher os amigos que nos honram com a sua presença. Segundo, isto aqui foi o corneço do movimento, e à medida que o movimento se vai difundindo, novas pessoas se vão juntando a nós, e vocês devem compreender que logo mais não podemos receber mais ninguém. Terceiro, acho que já é hora de darmos um pouco de sossego ao Agustin, que tem-nos aguentado aqui durante todo este tempo. E voltando-se para o espanhol, agradeceu. – Muito obrigado Agustin. Viu?...

– Obrigado, Agustin. Obrigado. Mas como eu ia dizendo: em primeiro lugar, porque o lugar é muito pequeno. Os outros motivos também já os expliquei. Mas o pior motivo que nos leva a mudar daqui, é justamente porque nós tomamos conhecimento que a polícia já sabe que nos reunimos aqui. Então, meus amigos, eles não devem tardar em nos fazer uma visita daquelas que costumam fazer, onde há reuniões deste tipo. E isto será o fim de todos nós... Realmente, este último motivo é aquele que mais me preocupa. Que acham os senhores disto?...

Estabeleceu-se o pasmo entre os membros do Centro. Duarte, sentado ao lado de Thieres, limpava as unhas, com o pensamento vago, alheio à polêmica sobre a mudança de lugar.

Mas, de repente, começaram a perceber um tropel de pessoas andando pelo corredor, e muitas vozes se aproximando mais a cada instante, até que estancaram à porta da oficina. Era a polícia! Dois carros com oito homens cada um, fortemente armados, estacioram na rua em frente à loja de louças, invadiram o corredor, e, chegando em frente ao portão de madeira, empurram-no com violência e este cedeu sem maiores dificuldades à fúria brutal dos policiais.

Dois homens, portando cada um a sua metralhadora, apontavam para o local onde se encontrava o Presidente e o Secretário, enquanto os outros para onde estavam sentados os membros do plenário. A princípio estabeleceu-se uma certa confusão, mas depois uma voz estridente, firme e com muita ressonância, se fez ouvir, dizendo:

– Atenção! Atenção! Os senhores estão detidos. Levantem as mãos para o alto e atrás da cabeça, e todos de pé. – E voltando-se para o Presidente, acrescentou: Você aí! Venha cá, com as mãos na cabeça, ouviu?... Você também, (apontava para Célio) venha para cá. Vamos fazendo uma fila. Vocês aí, também! Aproximem-se. Todos em fila. E enquanto os membros do Centro se iam aproximando, os policiais iam passando as algemas em todos eles.

A rua Marechal Deodoro, àquela hora da noite, era uma rua deserta. Porém, alguns transeuntes iam passando, e, vendo aquela movimentação estranha, puderam observar os detidos serem levados aos empurrões e safanões para o interior das viaturas.

Começavam ali mesmo as primeiras e terríveis torturas, físicas e mentais, dos infelizes contra-revolucionários.

Não era costume Duarte chegar tarde em casa. A mãe, contudo, não o sentindo chegar naquela noite, ficara preocupada. Eram três horas, não sentindo o filho chegar, levantou-se e foi verificar se ele se deitara. Ao abrir a porta do quarto, notou a cama feita, tal qual a deixara de manhã, e, um temor, uma aflição, enfim uma grande sufocação se apoderou da sua alma. Já não pregou olho nessa noite. Então, pareceu-lhe ver o filho morto, enrolado num lençol branco, dentro duma gaveta daquelas em que vira seu marido, quando foi levado para o necrotério, já dado como indigente, e mais uma quantidade de situações ambíguas e fatais. Lágrimas rolaram pelas faces, indo ensopar o travesseiro. Ouviu o relógio da igreja bater as quatro, as cinco horas, e depois de não aguentar mais ficar na cama, levantou-se. O filho não chegara. Aquela aflição não a deixava sossegada.

Abriu a venda tristemente. Os primeiros clientes começaram a vir comprar as coisas para o café da manhã. Leonor, sempre com aquele pressentimento que algo de ruim acontecera ao filho, em largos e profundos suspiros, atendia a clientela, muito desconsoladamente. Uma vizinha, vendo-a assim tão aborrecida, perguntou se tinha acontecido mais alguma desgraça. Leonor, não aguentando mais aquela opressão no seu coração, contou o motivo do seu aborrecimento. E no mesmo instante pediu à mulher se ela não poderia ir lá na Vila chamar o Lourival, para ele ir à procura de Duarte.

Mais uma vez Lourival, sempre pronto, sempre prestativo, a ajudar os Guedes, lá foi à procura de Duarte, Primeiramente, pensou em algum atropelamento ou mal súbito, por isso dirigiu-se ao hospital. Mas, Duarte não constava na lista dos internados. Depois, foi à delegacia central saber se o filho de Leonor fora detido. Lá ficou sabendo que uma batida da polícia havia desarticulado uma aparelho contra-revolucionário, e vários membros do grupo, detidos, encontravam-se ali mesmo na cadeia da delegacia.

Lembrou-se então de procurar Fábio, o amigo de Duarte, para saber as condições em que Duarte se encontrava. Chegando à sala onde Fábio trabalhava, deu de cara com Rubens Gonzales. Uma nuvem de cólera lhe subiu ao rosto, num olhar torvo negrejado de ódio e de desespero ao mesmo tempo. Deu meia volta e saiu. Um guarda que estava no corredor, sentado numa mesinha, dissera que Fábio havia saído, e um outro seu colega é quem estava de serviço desde as oito horas da noite anterior, mas que ele poderia dirigir-se ao Delegado de plantão. Este lhe forneceria as informações necessárias.

– E onde é a sala do Delegado? – perguntou Lourival.

– A terceira porta à direita.

– Muito obrigado.

Na sala, o Delegado estava sentado numa cadeira de encosto, giratória, dessas de molas, e com os pés em cima da escrivaninha. Conversava com um homem franzino, de meia idade, terno de linho branco, de óculos. Tinha aparência de advogado, pela maneira como o Delegado se dirigia a ele.

Lourival entrou e pediu licença. O Delegado, sem olhar para ele, disse:

– Que quer o senhor? Não vê que estou conversando!...

– Eu, eu apenas queria fazer uma pergunta – disse gaguejando o operário, um pouco desajeitado.

– E qual é a pergunta?

– Eu, eu queria saber se, entre os presos da Rua Marechal Deodoro, está um rapaz chamado Duarte Guedes.

– Espere um pouco lá fora. Depois de atender aqui o Doutor, vou atendê-lo!...

– Obrigado Doutor! Muito obrigado – disse Lourival.

Depois de quase uma hora de espera, o Delegado mandou entrar Lourival.

– Muito bem!... Como é o nome do homem que o senhor procura?

– Duarte Guedes – respondeu Lourival.

– Deixe ver! – E pegando uma lista datilografada, foi lendo mentalmente os nomes de todos os encarcerados.

– Está aqui detido, sim senhor! É seu parente?...

– Não senhor! Não é meu parente. É meu amigo desde longa data... desde criança. E venho aqui a pedido da mãe, que está bastante aflita, sem saber onde se encontra o filho.

– Pois pode dizer à mãe que ele ficará aqui somente as primeiras quarenta e oito horas. Depois, deverá ser trasladado para o presídio do Estado, e deverá constituir um advogado para preparar a sua defesa.

– Ora, Doutor! Advogado é ele. Afinal que poderia fazer um advogado em favor do rapaz!... Nada, ou quase nada, a mim me parece. – disse o operário descrente do conselho do Delegado.

– Bem, o senhor é quem sabe. Eu só posso detê-lo aqui dois dias. Depois deverá seguir outro rumo. Tudo bem!... Compreendeu?...

– Entendi. Muito obrigado, Doutor. Muito obrigado pela informação.

Já era quase meio-dia, quando Lourival veio dizer à mãe onde Duarte se encontrava.

Leonor já se habituara às frequentes prisões do filho. Então, apesar da desgraça ser muita, assim mesmo deu graças a Deus de não lhe ter acontecido algo pior. Algo mais terrível, como algum atropelamento ou até mesmo algum confronto com a polícia, assalto à mão armada ou coisa assim parecida. E ao mesmo tempo que sentia uma mitigação exuberante, com o peito a estalar de satisfação, não conseguiu reprimir as lágrimas,

Durante as quarenta e oito horas, que os democratas ficaram detidos na Delegacia Central, para cadastramento e posterior inquérito policial, Duarte fora reconhecido por Rubens Gonzales. Não só pelo nome, como também por indicação de seus colegas.

Aos detidos foram-lhes apenas deixadas as vestes que cobriam as partes pudicas. Todas as demais roupas, assim como objetos pessoais, foram confiscados.

Rubens sentira nesta situação, ótima oportunidade para se desforrar da surra apanhada de Duarte quando criança. Então, em conversa com o Delegado sobre os presos políticos, disse ser velho conhecido de Duarte, e saber tratar-se de elemento de alta periculosidade. Por isso, deveria isolá-lo dos demais presos.

O Delegado, a princípio, não levou em consideração as informações do policial. Entretanto, Rubens se encarregou de provocar um tumulto na cela onde estavam os presos para assim consumar a sua ideia de vingança. Então, o investigador logo apontou Duarte como o instigador à rebelião, convencendo o Delegado a trancafiar Duarte na solitária dos castigos. Estava assim consumada a primeira parte do ego de Mefistófeles de Rubens. Agora, era só esperar a oportunidade, quando viesse a noite, para se vingar do seu antigo rixador.

No silêncio da noite, esbatido por trás de umas tábuas mal arrimadas à parede, ali colocadas com o intuito de fazer sombra à já escura solitária, Rubens penetrou nesta, e, com a ponta do cigarro aceso, comprimia-o contra o corpo de Duarte. Este ainda algemado, e com os pés amarrados um ao outro, ficava inteiramente à mercê do seu algoz. Assim ia queimando o detido, enquanto este gritava por socorro. Rubens vociferava de raiva e lhe escorria uma espuma branca da boca, enquanto praguejava:

– E agora, seu filho da puta! Agora você não é homem! Agora você é covarde... Seu veado, filho da puta! Porquê você não revida agora... Heim? Porque você não briga?... Seu puto!... Corno... Levanta daí!... Filho da puta! E pegando num cavalo-marinho preparado antes, começou a açoitar Duarte com toda a fúria de suas forças. Era como se estivesse endoidecido. Duarte estendido no chão da enxovia gemendo e gritando por socorro, já muito debilmente, era agora pisoteado e recebia pontapés por todo corpo e pela cabeça até que, inerte, ficou sem sentidos.

Depois, um silêncio profundo e sepulcral se abateu naquele ambiente esquálido e fúnebre do cárcere. Só se ouvia uma respiração forte e acelerada. Era Rubens. Esfalfado de tanto bater em Duarte, chegou quase ao esgotamento das suas energias. A vítima, então, prostrada ao centro da cela, sem sentidos, com a cabeça como se fosse uma bola de sangue, os olhos completamente invisíveis do inchaço, estava de bruços, inerte, e mal-e-mal respirava.

Então, Rubens, vingado e satisfeito, foi até à sala da carceragem, falou ao carcereiro de plantão para levar uns baldes de água fria e jogá-los num prisioneiro que não quisera confessar um certo crime, e por isso apanhara até confessar tudo...

Depois do carcereiro jogar a água em Duarte, este, semimorto, com o rosto numa posta de sangue e o corpo com bastante sinais de sevícias, não reunira condições para se levantar.

Dali foi direto para o hospital, a fim de ser tratado dos ferimentos. A mãe só ficou sabendo do lastimável estado do filho quando Lourival veio novamente na delegacia e disseram-lhe que ele havia baixado à enfermaria, por haver sofrido um mal súbito. Contudo, as visitas estavam proibidas e só em dias apropriados eram estas permitidas aos familiares.

– E qual é o dia normal de visitas? – perguntou Lourival, muito preocupado.

– Às quintas e domingos, das doze às dezoito horas – respondeu o carcereiro.

– Mais um favor, se me permite! O Fábio está hoje de serviço?

– Olhe, eu não sei bem ao certo! Mas parece que ele está de folga.

– E como posso saber eu sobre o estado de saúde do prisioneiro? – indagou novamente Lourival.

– Só no dia da visita, como eu lhe falei.

– Mas o senhor não sabe qual o mal que o acometeu?

– Francamente não sei! Quando vim render o outro colega, apenas soube que um detido havia baixado à enfermaria por haver sofrido um mal súbito. É só isso que eu sei, entendeu?

– Será que o Delegado não me poderia dar mais algum esclarecimento sobre o assunto? – insistiu Lourival.

– Pergunte a ele! Ora bolas!... – respondeu o outro.

– Tá bom! De qualquer forma, muito obrigado.

– Não há de quê – disse secamente o carcereiro.

Lourival levou a triste notícia à mãe de Duarte: ele havia sido internado no hospital por causa de um mal súbito e só poderiam visitá-lo no domingo seguinte.

Ainda era Sexta-Feira. Dois dias intermináveis e infindáveis faltavam para Leonor ver o filho amado.

O Hospital era uma dessas coisas horríveis. Hospital de presos, calculem... o teto tinha sido uma vez branco. Agora salpicado de cagadelas de moscas, não se sabia qual era a cor. As paredes verdes, de um verde desmaiado, salpicado também com gotas de sangue, ou algum líquido vermelho escorrendo, dava a impressão duma adega, onde os salpicos das uvas tivessem colorido em laivos borrados toda a imundicie hospitalar. Os leitos pintados com uma tinta creme opaca, com a maior parte dos ferros esfolados e enferrujados. Os lençóis, sebentos e encardidos, cobriam um colchão de crina moída de tanto uso. Assim enfileirados, estavam uma grande quantidade de presidiários, quando Leonor e Lourival entraram pela enfermaria, acompanhados de outras pessoas que iam visitar os seus familiares detidos.

Duarte, com a cabeca completamente enfaixada, os olhos empapuçados e manchados de sangue e o corpo todo amarrado e envolto em ataduras, não dera sinal de si, quando a mãe e os amigos se acercaram dele para o cumprimentar.

O rosto do rapaz estava completamente desfigurado. Foi reconhecido porque portava uma pulseira com as suas iniciais, e pela indicação dos enfermeiros, Leonor, ao ver o filho naquele estado, não pode conter um grito de terror e de sofrimento. E, como querendo sufocar esta dor e este desespero, chorava em convulsões de ansiedade. Depois, com os apelos dos amigos, um choro baixinho e mudo veio substituir essa angústia, e, aflita, exclamava, quase imperceptivelmente:

— Aí, meu filho!... Meu querido filho!... Quem foi que fez isso?... Ai minha vida!... Quem foi que fez tão grande malvadeza? – E chorava sem cessar.

Enternecidos, os amigos, todos querendo saber como teria aquilo acontecido, acalmavam Leonor, com palavras de carinho e amor.

Ninguém no hospital dissera como teria acontecido aquela tragédia. Na polícia também todos se esquivavam às perguntas das pessoas interessadas em desvendar o mistério que envolvia a quase morte de Duarte.

Alguns meses mais tarde teria lugar o julgamento do detido, mas ele jamais recuperaria o sentido das coisas. As pancadas tinham-lhe afetado o cérebro. Os médicos, depois de o observarem detidamente, chegaram à triste conclusão de que o rapaz havia perdido para sempre a razão, considerando-o incapaz. Assim mesmo, as autoridades concederam-lhe apenas liberdade condicional. Isto é, se ele viesse a recuperar as faculdades mentais, deveria retornar à cadeia, para ser julgado por crime de reunião clandestina.

XII

Decorrera mais um ano. Aproximava-se novamente o Natal. A família Guedes, agora, poder-se-ia dizer, estava reduzida somente a uma pessoa. Era Leonor.

O filho Duarte, infeliz e abobalhado, pasmado a um canto, sentado numa cadeira, ficava horas sem fim com os olhos fitos nalgum objeto, sem perceber o que via. Nem ao menos sabia vestir as calças, era a mãe que tinha de lhe fazer tudo. O Dr. Waldir Coelho fora quem primeiro tratara do rapaz, mas, não sendo especialista no assunto, tinha encaminhado Leonor a alguns colegas especializados em assuntos de neurologia. Porém, todos os tratamentos tinham sido em vão. Duarte não melhorara em nada, apesar da mãe ter feito tudo para recuperar o filho. Todos os amigos, Germinal, Lourival, Sr. João Neves, o jornalista, Sr. Bento, D. Amália, até o Flávio da Delegacia, tinham-se empenhado ao máximo para salvar tão grande e clara inteligência. Mas com a doença de que fora vítima por causa do espancamento, um "neurorrexis" (com a destruição completa dos troncos nervosos), seria muito difícil a total recuperação do paciente. Algumas cirurgias tinham sido feitas pelos especialistas do Rio de Janeiro, porém sem êxito algum.

Leonor, no entanto, não se dava por vencida. Lutava com todas as suas forças, num esforço supremo e excelso, para salvar o filho.

As caminhadas aos hospitais, as consultas aos médicos começavam a enfastiá-la e a esgotá-la. Tinha envelhecido muito. Os desgostos, as insônias, enfim, os trabalhos que passaria nestes últimos meses, tinham marcado muito no seu coração de mãe, e uma profunda anemia começava a minar também a sua saúde.

O Dr. Coelho recomendara-lhe que passasse uma temporada em São Lourenço, a fim de se revigorar.

– Oh, Senhor Doutor, onde vou eu buscar o dinheiro para passar uma temporada em São Lourenço?... exclamou Leonor ironicamente.

– Ora, onde vai a senhora buscar o dinheiro! – respondeu o facultativo. – Venda o Bar...

– E depois, do que vamos nós viver?... Eu e o meu filho!

– A senhora compra outro boteco por aí! Ora essa!...

– Se eu vendo o bar para passar uma temporada em São Lourenço, vou gastar o dinheiro? – Como é que eu vou comprar outro?... Com que dinheiro?

– A senhora se arranja! Os amigos ajudam. Um pouco aqui, outro ali, e tudo se arruma – exclamou o Dr. Coelho.

– Coitados dos meus amigos, já me ajudaram tanto! Mais do que podiam. Não posso sacrificá-los mais...

– Olhe, D. Leonor! – disse o médico muito sério. – A senhora não pode continuar trabalhando neste ritmo, dia e noite, Ou a senhora dá um jeito de arranjar algum tempo para descansar, ou então está sujeita a cair aí numa cama, e nunca mais se levantar. Entendeu?...

– Entendi, Doutor! Entendi. Só que eu não posso abandonar isto tudo e tirar férias, neste momento.

– Bem, a senhora é quem sabe da sua vida! Eu apenas sei da sua saúde e posso garantir-lhe que não está muito boa neste momento...

– Mas, Doutor, agora é impossível eu sair assim sem mais nem menos... o senhor compreende...

– Compreendo. Mas a senhora está muito próximo dum esgotamento, e aí é muito pior...

– Eu vou pensar nisso, Doutor Coelho!... – exclamou Leonor.

– Pense D. Leonor! Pense bem no que lhe estou dizendo. A senhora precisa muito de um repouso, e não pode demorar muito. Vá para casa e pense nisso. Certo?...

– Vou pensar, Senhor Doutor – disse Leonor. – Vou pensar... adeus e muito obrigada.

No caminho de casa, muito abatida, cansada e triste toda vestida de luto ainda pelo passamento do marido, Leonor ia relembrando quando chegara de Portugal. Também era verão e um sol muito quente, branco e radiante derretia o asfalto da mesma Rua Padre Anchieta. O ar abafado, sem o menor bafo de vento, parecia querer torrar os miolos das pessoas. De repente, um mal-estar tomou conta dela e uma nuvem escura pareceu toldar-lhe as vistas, com o peito a arfar, sentiu os joelhos dobrarem-se. Ainda reagiu, mas faltaram-lhe as forças, conseguiu dar mais uns passos cambaleantes, mas, não resistindo mais, caiu de bruços e sem sentidos.

Felizmente estava perto de casa. Os vizinhos logo a socorreram, levaram-na para casa e a deitaram na cama ainda desacordada. Aos poucos ela foi recobrando os sentidos, admirada por ver uma porção de gente a olhá-la. Fricções de álcool pela testa e fontes fizeram-lhe aos poucos recuperar os sentidos. Ao acordar, olhou e viu em seu redor aquela multidão toda azafamada e de rostos preocupados, cada um dando a sua opinião. Uns eram de opinião que se chamasse urgentemente um médico, outros que talvez o melhor seria levá-la para um hospital, e assim Leonor, estirada na cama, ouvia aquelas vozes, difusas e distantes, opinarem sobre o seu estado de saúde.

Olhou para o lado e viu o seu Duarte sentado na cadeira, alheio a tudo quanto estava ocorrendo em seu redor. Então, sentiu uma vontade incontrolável de chorar e um enorme desgosto comprimiu o seu já frágil e cansado coracão. Com os olhos rasos de lágrimas e um pouco refeita do mal súbito, conseguiu dizer aos presentes que estava vindo do médico, e o seu mal outra coisa não seria senão uma queda de pressão, derivada do forte calor que estava lá fora, mas felizmente já se encontrava boa, apenas um pouco fraca.

A notícia do mal súbito de Leonor logo foi conhecida por todos os seus amigos. Germinal e o Dr. Coelho também ficaram sabendo do acontecido e uma preocupação constante fê-los conversar novamente com Leonor para que ela tirasse uns dias de repouso. Era preciso tirar umas feriazinhas, dizia D. Amália, e o mais urgente possível.

– E olhe, se a senhora quiser, eu falo com o Bento e nós vamos os três para São Lourenço!

– Mas, D. Amália, eu não posso fechar isto aqui e ir embora sem mais nem menos...

– Ora D. Leonor, e se a senhora tiver uma doença ruim, e tiver de ficar aí na cama sem poder se governar! Como vai ser?... hein!... Diga lá? Como vai ficar tudo isto... diga? Diga... como vai fazer?...

– Mas D. Amália, eu não estou assim tão ruim, como por aí pintam! Foi um mal súbito, e, uns dias mais, eu me restabeleço. A senhora não acha?...

– Não sei, não! O Dr. Coelho disse que a senhora está muito esgotada e precisa de um bom repouso! Agora a senhora é que sabe, né?...

– Tudo está muito certo, D. Amália – disse Leonor – mas eu tenho o Duarte e o estabelecimento para cuidar – a senhora entende?... Bastam uns dias e eu me recupero logo.

Não se preocupe, D. Amália.

– Bem, eu não insisto mais. A senhora sabe que eu gostaria de vê-los todos bem, mas se não pode ser, paciência. Fique sabendo: o que precisar de mim e do Bento, pode contar conosco! – Tá bom? Então, estimo as melhoras e agora deixa-me ir à vida que a morte é certa. Desejo um pronto restabelecimento. Tá bom?...

– Muito obrigada D. Amália. Muito obrigada mesmo – respondeu Leonor.

Dias depois, já refeita, Leonor, lembrava mais seriamente o conselho do Dr. Coelho, de D. Amália e dos seus amigos. Pensava talvez, vender o estabelecimento e tirar alguns dias para descansar, mesmo que não fosse em São Lourenço, mas em algum outro lugar onde estivesse distante daquela confusão da venda, daquele calor quase insuportável de Niterói, enfim, um lugar retirado e tranquilo onde pudesse descansar alguns dias. Depois, compraria outro negócio qualquer, ou faria qualquer coisa com o dinheiro. Talvez se o pusesse a juros lhe rendesse mais, e ela, com esse rendimentozinho viveria com o filho, sem muitas preocupações, de qualquer maneira sem ter que se fatigar muito.

Um ruído de motor veio tirar Leonor da abstração em que se encontrava, enquanto fritava os tradicionais bolinhos de bacalhau. Depois escutou o motor parar, as portas baterem com força e alguém que chegava dizia: – Ó da casa! Sai duas cervejas bem geladinhas... Estamos morrendo de sede. Estendeu o pescoço e viu Germinal e o Dr. Coelho, que a despeito de quererem beber cerveja, vinham com a intenção de saber como estavam de saúde os Guedes. E, ao mesmo tempo, também traziam novidades para Leonor sobre a doença de Duarte.

É que o Dr. Coelho, em conversa com um colega seu que viajara à Europa, onde assistira a alguns simpósios sobre medicina, fora convidado a visitar em Portugal um centro de estudos no Hospital Santa Marta, anexo à Faculdade de Medicina de Lisboa. Neste centro de estudos, fundado pelo professor Egas Moniz[16] neste momento entregue aos seus antigos colaboradores e alunos, estavam conseguindo excelentes

16. Egas Moniz (Antonio Caetano Abreu Freire) Diretor do Instituto de Neurologia em Lisboa. Desenvolveu a angiografia cerebral (1927). Introduziu a lobotomia prefrontal. Obteve o Prêmio Nobel de Fisiologia e Medicina em 1949. Deixou uma vastissima obra sobre Neurologia.

resultados no campo da neurologia e da neuro-cirurgia. Então, logo ele se lembrou de Duarte e ali estava a participar à mãe, quiçá o lugar indicado para a cura dos males do filho.

Leonor ouvira toda aquela explicacão do Dr. Coelho, muito atenta, mas a surpresa fora tão grande que quase lhe parecia estar sonhando. E, ao mesmo tempo, sentia-se enternecida, com uma saudade profunda de rever a sua gente, a sua terra... enfim, e o mais importante de tudo, a cura do filho.

– Oh, Senhor Doutor! Isso que me acaba de dizer é mesmo verdade?...

– O quê, D. Leonor? O quê?...

– Que em Portugal há um centro de estudos de doenças neurológicas!

– Claro que é verdade. Então a senhora acha que vinha aqui para brincar com uma coisa tão séria? Pelo amor de Deus...

– É que o senhor sabe! Gozam tanto com as coisas de Portugal, falam tão mal de lá, que a gente quase não acredita quando algo de bom por lá aparece.

– Não, mas em Portugal além desse centro de estudos de neurologia, também há outros centros de estudos científicos com excelentes resultados.

– Bem, mas eu não tenho motivo para não acreditar no senhor, e muito menos nas coisas de Portugal! Não é verdade?...

– Claro, claro, D. Leonor.

– Aconselha-me então a eu ir para Portugal tratar do Duarte?... – perguntou Leonor indecisa.

– Mais uma tentativa sempre é válida, D.Leonor! E depois, para salvar um filho, nós fazemos qualquer coisa, não é isso?... – disse o facultativo, virando-se para Germinal.

– Com certeza – respondeu o velho amigo e protetor dos Guedes.

E continuando, disse: – Se eu estivesse no seu lugar, não ficaria aqui nem mais um minuto.

– Eu também faria o mesmo – retrucou o médico.

Mas Leonor ainda estava confusa. Uma mudança assim tão repentina abalara-lhe as estruturas, e um suspiro de ansiedade saído do fundo do seu peito, demonstrava todo o seu nervosismo.

Então Germinal e o médico, depois de tomarem as cervejas geladinhas, queriam pagar para se pirar, como dizia GerminaL

– Não senhor, aqui os senhores não pagam nada, ora essa... faltava só isso... eu cobrar duas cervejas a pessoas que me têm feito tanto bem! Pelo amor de Deus...

– Deixe disso, Leonor! – dizia Germinal. Receba lá o dinheirinho e fique quieta.

– Não recebo. Pronto, está acabado.

– Então, não há mais nada a fazer... muito obrigado, e pense nisso que o Dr. acabou de lhe dizer. Certo?

– Parece uma boa ideia... vou pensar melhor e depois voltarei a conversar sobre o assunto.

A ideia de vender o estabelecimento para descansar, ainda em embrião, ia agora criando raizes mais profundas e verdadeiras. Mas neste momento já não pensava apenas em descansar e viver de qualquer maneira, a um canto, mofando, esperando a morte, ou uma vida pacata e lúgubre. Um pensamento novo esvoaçava nos seus sentidos, e, aos poucos, via-se retornando a Portugal. Esta ideia possessiva e intensa tinha a sua razão de ser: primeiro, não tinha mais nada que a prendesse a Niterói de boas lembranças. Restava-lhe, é verdade, os restos mortais de seu marido; do mais só coisas ruins lhe ficavam na memória. E ao menos, se fosse para a sua terra natal, ainda lá tinha os pais, apesar de velhos, também lá estavam os irmãos e outros parentes e amigos.

Assim, o germe de uma resolução que começara tênue e fraca, ia aos poucos ganhando força e corpo. Entretanto deixaria passar as festas para depois, com mais calma e tempo, pensar melhor como deveria fazer os seus negócios a dar início progressivo ao regresso à velha pátria.

O segundo passo era escrever à família no sentido de prepará-los para o seu regresso, e, ao mesmo tempo, saber da tal clínica de que o Dr. Coelho havia falado, e se realmente tinham conhecimento dos resultados positivos quanto à cura de doença grave como aquela que tinha Duarte.

Um irmão de Leonor respondera-lhe que sim... Haviam pessoas que se tinham curado de males parecidos com os do sobrinho; inclusive pessoas de outros países até mais adiantados em tecnologia e outros ramos da medicina, estavam em Portugal em tratamento dessas doenças nervosas, cujos resultados eram bastante alentadores.

Se Leonor já estava animada, com a chegada da correspondência e as notícias alvissareiras sobre o assunto, agora então redobraram-se-lhe as esperanças da cura do filho.

Desfizera-se já do velho estabelecimento. Contava apenas o prazo para a entrega das chaves. Dos outros objetos domésticos aos poucos também se fora desfazendo e alguns até tinha doado às vizinhas mais necessitadas. Duarte, sempre sentado naquela cadeira, nada ajudava, ela sozinha, como havia acontecido na vinda, agora também no regresso tinha de se virar. Mas os tempos haviam mudado, e as viagens não eram mais feitas de navio e sim de avião.

Iria pela TAP – Transportes Aéreos Portugueses. Felizmente o dinheiro apurado com a venda de todos os bens era suficiente para comprar duas passagens e ainda sobrara algum... Era pouco, é verdade, mas sobrara. Daria para passar uns cinco ou seis meses em Lisboa sem trabalhar.

Quando finalmente se desvencilhou do restante dos objetos que ornavam a casa, e se preparava para entregar as chaves ao novo comprador do estabelecimento, ficara-lhe em cada canto uma recordação. Na verdade a maioria eram só tristezas, mas também ali tinha passado alguns momentos felizes. Foram aqueles momentos que ela, o marido e o filho, ali viveram, sob o mesmo teto, onde algumas boas e alegres recordações tinham ficado: fora, por exemplo, aquele almoço oferecido aos Silveiras; aquela festa de que fora alvo o seu filho, quando lá no colégio o homenagearam com o melhor aluno do curso; ou ainda aquele momento em que Fernando ofereceu a célebre churrascada por ter sido o filho o primeiro classificado nos exames vestibulares.

Então, com os olhos rasos de água, iniciou a arrumar as duas malas, cujo recheio, o fruto do trabalho incansável diuturno de tantos anos, ali estava contido.

Não levava para a velha pátria as jóias que de lá trouxera. Levava, isto sim, como maior e melhor recordação, um diploma de Bacharel em Direito; uma Menção de Honra ao Mérito; e mais algumas cartas de recomendação; tudo em nome de Duarte Teixeira Guedes. Um álbum com algumas fotografias com várias dedicatórias, lembrando os momentos mais felizes e mais culminantes dos eventos sociais que este vivera.

Duas malas e um filho abobalhado e incapaz, era o que restava a Leonor depois de vinte e tantos anos de Brasil.

No aeroporto do Galeão, alguns amigos assistiram ao avião 747 da TAP levantar voo...

FIM

ECOgraf
diagramou e imprimiu

Rua Costa, 35 – Consolação – São Paulo-SP
ecograf.grafica@terra.com.br
Fone: (11) 3259-1915